提笔应写

放胆文

丁时照 著

深圳出版社

图书在版编目（CIP）数据

提笔应写放胆文 / 丁时照著 . −− 深圳：深圳出版社，2023.1

ISBN 978-7-5507-3714-3

Ⅰ.①提… Ⅱ.①丁… Ⅲ.①散文集—中国—当代 Ⅳ.① I267

中国版本图书馆 CIP 数据核字 (2022) 第 233710 号

提笔应写放胆文
TIBI YINGXIE FANG DAN WEN

出 品 人	聂雄前
责任编辑	孙 艳
责任校对	叶 果
责任技编	梁立新
封面设计	孙琪翔
书名题字	孙 宏

出版发行　深圳出版社
地　　址　深圳市彩田南路海天综合大厦（518033）
网　　址　www.htph.com.cn
订购电话　0755-83460239（邮购、团购）
设计制作　深圳市龙瀚文化传播有限公司（0755-33133493）
印　　刷　深圳市华信图文印务有限公司
开　　本　787mm×1092mm 1/16
印　　张　22.5
字　　数　320 千
版　　次　2023 年 1 月第 1 版
印　　次　2023 年 1 月第 1 次
定　　价　68.00 元

辑一

一苇杭之

辑
二

一曲阳关

辑三

一蓑烟雨

辑
四

一城万象

辑五

一纸风物

5

一

一苇杭之

YIWEIHANGZHI

不朽才消一句诗

（一）

《全唐诗》以唐太宗李世民开卷。

李世民是马上得天下的一代豪杰，在深圳商报文艺部前主任张清的眼里，太宗的诗，既有英雄本色，也有儿女之态，因此"李世民的诗就是雌雄同体"。张清对《全唐诗》的开评，形象又令人捧腹。

太宗是有点不按常理出牌。帝大笑曰："人言徵举动疏慢，我但见其妩媚耳。"又言："褚遂良学问稍长，性亦坚正，既写忠诚，甚亲附于朕，譬如飞鸟依人，自加怜爱。"

魏徵是唐朝第一净臣，经常让唐太宗恨得咬牙切齿。但他提的意见，大多被唐太宗采用，因此是李世民的股肱之臣。看似倔强的魏徵对大唐充满了责任心，更理解唐太宗的雄心壮志。

褚遂良工于书法，有很高的楷书造诣，是"初唐四大家"之一。唐太宗任命他为起居郎，专门记载皇帝的言行起居。有一次，唐太宗对几个大臣进行"年终考评"的时候说：褚遂良对朝廷忠心，对我很有感情，平时一副飞鸟依人的模样，我很是怜爱他啊！"小鸟依人"成语由此而得。

"魏徵妩媚动人、褚遂良小鸟依人"由此定格。他在《首春》中云"初风飘带柳，晚雪间花梅"，在《元日》中说"草秀故春色，梅艳昔年妆"，在《赋得樱桃》中写道"乔柯啭娇鸟，低枝映美人"，因此，他用两个形容女人的词来形容两个大男人，一点不意外。

（二）

有唐一代，边关外患始终缭绕不去。与之对应，边塞诗的创作蔚为大观。收录在《全唐诗》里的就有 2000 多首。盛唐时期高适、王昌龄、岑参、王之涣是四大边塞诗人。不管到没到过边塞，唐朝的著名诗人大都写过边塞诗。这些高质量的边塞诗已经遗存在我们的基因里，黄口小儿皆能朗朗而诵。

王昌龄"黄沙百战穿金甲，不破楼兰终不还"，王翰"醉卧沙场君莫笑，古来征战几人回"，卢纶"月黑雁飞高，单于夜遁逃"，杨炯"宁为百夫长，胜作一书生"，边塞诗既阳刚壮美，也阴柔优美。岑参"忽如一夜春风来，千树万树梨花开"，李益"回乐峰前沙似雪，受降城外月如霜"，王之涣"羌笛何须怨杨柳，春风不度玉门关"，王维"大漠孤烟直，长河落日圆"。

对了，就是王维，他的边塞诗也很有味道。《少年行》写无名的将士"新丰美酒斗十千，咸阳游侠多少年""偏坐金鞍调白羽，纷纷射杀五单于"，让人豪气飞扬。《老将行》里写有名的李广"一身转战三千里，一剑曾当百万师""自从弃置便衰朽，世事蹉跎成白首"，让人一声叹息。

张清评说唐人边塞诗有见地。他说，边塞诗多有义气纵横、慷慨壮烈之作，可惜众口一词，腔调雷同。盖边塞诗为调式所限，凡手跳不出来。

边关征戍，死生之地，存亡之间。不会常胜，也难久败。胜固欣然，败更悲凉。陈陶《陇西行》"可怜无定河边骨，犹是春闺梦里人"，沈彬《吊边人》"白骨已枯沙上草，家人犹自寄寒衣"，与"日之夕矣，羊牛下来"的田园牧歌一对照，无限悲凉。

（三）

书是用来读的。读书长见识，也能给人启迪，提高写作水平和理解能力。熟读唐诗三百首，不会写诗也会吟。

很多著名的诗词歌赋，都有自己的前世今生，或者有若隐若现的意绪相连。

张九龄有一首《湖口望庐山瀑布水》，此诗中有万丈、紫氛、奔流、日照等关键词。李白《望庐山瀑布》所见与其相似，意境也相同，用词也相若，但是，人们记住了李白的诗，张九龄的这首却湮没无闻。问题是，张九龄在前，李白在后。此诗不好说是抄的，借鉴是肯定的。

这样的例子不在少数。

元稹与白居易是好友，世称"元白"；刘禹锡与白居易是好友，世称"刘白"。这个"铁三角"有很多动人的故事。白居易写了一首诗，刘禹锡改了一下，就变成自己的，白居易也不生气。

白居易《板桥路》：

> 梁苑城西二十里，一渠春水柳千条。
> 若为此路今重过，十五年前旧板桥。
> 曾共玉颜桥上别，不知消息到今朝。

刘禹锡把此诗编辑了一下，最后变成一篇"神品"。
刘禹锡《柳枝词》：

> 清江一曲柳千条，二十年前旧板桥。
> 曾与美人桥上别，恨无消息到今朝。

有区别吗？内容完全没有区别。形式上减了点字，重新排个版。"编辑"刘禹锡硬是把自己变成了"作者"，好在唐朝不讲知识产权，关键是老朋友不计较。

还有容易让人记混的"江入大荒流"和"月涌大江流"，这可是李白和杜甫写的，但是它们长得太像了。李诗在前，《渡荆门送别》："渡远荆门外，来从楚国游。山随平野尽，江入大荒流。月下飞天镜，云生结海楼。仍怜故乡水，万里送行舟。"

杜诗在后，《旅夜书怀》："细草微风岸，危樯独夜舟。星垂平野阔，月涌大江流。名岂文章著，官应老病休。飘飘何所似，天地一沙鸥。"

杜诗声韵沉郁，李诗格调空灵。有人说，诗到李白成巅峰。我看各有各的好，我更喜欢杜甫。

（四）

文章不厌百回改，《全唐诗》也非尽善尽美。所以，张清动手编辑古人诗歌。

郎士元有诗曰《寄李袁州桑落酒》：

> 色比琼浆犹嫩，香同甘露仍春。
> 十千提携一斗，远送潇湘故人。

张清反复研读后得出结论，怀疑此诗故意为六言之作，是凑字数，实际上，还是五言好些。他改为："色比琼浆嫩，香同甘露春。十千携一斗，远送潇湘人。"真的，改后好像没毛病。

这是"减字"的改法。其实，前人早就有了"删句"的做法。

柳宗元的名篇《渔翁》写得好：

> 渔翁夜傍西岩宿，晓汲清湘燃楚竹。
> 烟销日出不见人，欸乃一声山水绿。
> 回看天际下中流，岩上无心云相逐。

但是，人们一般只记得前四句。这和苏东坡有很大关系，苏翁认为，"然其尾两句，虽不必亦可"。估计这首诗在宋代就开始有删节版，后来，删节版被普遍接受。

（五）

可见，文字改改，不一定是坏事。虽然张清没有生活在唐代，但并不影响他对唐代的作品"整容"。写诗作文，身到固然重要，意到有时更重要。

范仲淹没有去过岳阳楼，不影响他写出千古雄文《岳阳楼记》。金庸不懂武功，他的武侠小说让人如醉如痴。

诗人刘商没有去过北地胡境，根据传闻写出了《胡笳十八拍》，细节丰富，相当传神：

> 水头宿兮草头坐，风吹汉地衣裳破。
> 羊脂沐发长不梳，羔子皮裘领仍左。
> 狐襟貉袖腥复膻，昼披行兮夜披卧。
> 毡帐时移无定居，日月长兮不可过。

作为记者，一定要深入现场，才能写出活色生香的新闻，根据传闻来写，十有八九是假新闻，让人诟病。诗歌乃是文学，可以虚构可以加醋，最后的结果，可能比到现场还贴切生动。如果说现实是骨感的，想象则能让它丰满。如果眼见的把握不住，就用思维洞悉全部。

（六）

大家或许听说过一句话："一词压两宋，孤篇盖全唐。""一词"为南宋岳飞的《满江红》，"孤篇"为唐朝张若虚的《春江花月夜》。清末学者王闿运评价张若虚"孤篇横绝，竟为大家"。近现代著名学者闻一多先生对《春江花月夜》也推崇有加，称其为"诗中的诗，顶峰上的顶峰"。

其实孤篇不孤，张若虚存世的有两首诗，另外一首《代答闺梦还》无人记取。

《全唐诗》里有许多的孤篇佳作。如崔郊的《赠去婢》，其中最让人记住的一句是：侯门一入深如海，从此萧郎是路人。

唐代诗人金昌绪也是"孤篇诗人"，他仅存诗《春怨》一首，却是好诗，广为流传：

> 打起黄莺儿，莫教枝上啼。
>
> 啼时惊妾梦，不得到辽西。

世事纷纷扰扰，众人来来往往，世界多变而薄情。记忆力有限，注意力是稀缺资源。还是晚唐诗人司空图说破关节：争名岂在更搜奇，不朽才消一句诗。有一句诗能让人记住就不错了，越往后，越丰富，也越拥挤，想不朽，难。

（七）

《全唐诗》是唐诗的原始森林，林林总总收录唐诗近 5 万首，作者近 3000 人，计 900 卷。有人说，假使每天读一首，也要耗费近 140 年才能读完，因此，大多数人望而生畏。

张清有一个冲动或者说梦想，要领略《全唐诗》的无限风光。于是从 2013 年 9 月开始，他一首一首地读，到 2018 年 4 月通读完，共花了四年零七个月的时间。《清读全唐诗》是阅读笔记，他感觉很像传统的旧诗话，就按照旧诗话的样子出了一个集子。

张清说，这个集子不是为写而写，是读有所感、读有所得而记之。因不刻意，所以随意。他自己的定义："它就是一本闲书。"

宋代文学家苏轼在《记承天寺夜游》里说得好：何夜无月？何处无竹柏？但少闲人如吾两人者耳。

闲不是空白，闲人不是无用之人，闲书不是无用之书。

圣人无父丧斯文

毫无疑问，《孔子和他的时代》是关于孔子的。写孔子的书，比孔子自己说的、编的和写的要多得多。孔子第 75 代直系孙孔祥林在给本书写的序言中说："坊间关于孔子的书，用汗牛充栋来形容一点也不为过。"孔子的言论著述就像酵母，后世用它发了好多馒头。

关于孔子，永远都有说不完的话题。孔子的话，每读一遍，都受益一次。孔子的故事，每听一遍，都受教一次。孔子的行为，每看一遍，都心动一次。

（一）

孔子其实蛮可怜的。

他的父亲叫叔梁纥，母亲叫颜徵在。60 多岁的叔梁纥娶了 15 岁的颜徵在，典型的老夫少妻。

孔子的父母幸福与否，我们不得而知。即使幸福，也很短暂。孔子 3 岁时，父亲去世。17 岁时，母亲去世。他是典型的孤儿。

孔子出生前，他有同父异母的 9 个姐姐和一个身有残疾的哥哥。所以，在一个特殊的时期，他被人们侮辱性地称为"孔老二"。

鲁哀公曾经问孔子，寡人生于深宫之中，长于妇人之手。未尝知忧也，未尝知劳也。孔子没有生在深宫之中，但是长在妇人之手。因此，忧劳哀惧尝遍。我从不赞美不幸，但赞美历经不幸而健康生长的灵魂，比如孔子。

孔子是大成至圣先师，被后世尊为圣人，比肩帝王。中国文化里面有所谓"感生"说，也就是感天神而生。帝王将相，天赋神权。因此有"圣人皆无父，感天而生"的说法，目的是赋予他们天降祥瑞、天生非凡的与众不同。孔子是圣人，有父亲，但3岁时父亲离世，相当于"无父"。

孔子对父母的感念非常深厚，他说："父母之年，不可不知也，一则以喜，一则以惧。"这既是对人情世故的总结，也是自己真情实感的流露。

（二）

孔子是个喜欢折腾的人。

他所处的春秋时期，因为生产力低下，人的平均寿命也就三十来岁。他周游列国的时候是55岁，相当于多活了个当时普通人的年纪。此时他迈步，开始了最颠沛流离的14年。如果替古人操心的话，孔子出游时，肯定将自己的年龄打了个对折，也就是说他的心理年龄很年轻。

我们常说要开始一段说走就走的旅程，那是因为现代交通发达，服务周到。孔子时代，天下不太平，国君争霸，盗贼横行，道阻且长。他带上一点钱财，领着几个弟子，赶上马车就上路。这注定是颠沛流离的，注定是危机四伏的。

孔子经过匡地，被围困五天。子曰："文王既没，文不在兹乎？天之将丧斯文也，后死者不得与于斯文也；天之未丧斯文也，匡人其如予何！"这是典型的"秀才遇到兵"，凭借着文化自信，孔子奇迹般地渡过难关。

另一场更大的灾难是孔子厄于陈蔡，断粮七日，跟随的弟子都病倒。生死关头，弟子中出现了怀疑论和失败论。孔子仍然弦歌不辍，凭借自己过人的自信稳定人心。

还有一次，孔子来到郑国，和弟子走散。他饥寒交迫，蹒跚到东门，倚在城墙下发呆。弟子们也在满大街找老师。有个人说，东门边有个人，看他的样子像圣贤，看他劳累的样子，"累累若丧家之狗"。找到老师后，子贡把这段话告诉孔子。孔子哈哈大笑说："说我像条无家可归的狗，然哉！然哉！"

从天将丧斯文，到成为丧家之犬，无论多么穷途末路，孔子都不丧心病狂。这是圣人之所以是圣人的原因。

（三）

孔子是万世师表，对中国和世界的发展都有深远影响。

孔子是鲁国人。鲁国有孔子这样的"天纵之圣"，却在公元前256年，为楚国所灭。也就是说，鲁国根本没有进入战国七雄这样的一线阵营。

这样的结局让人很遗憾。如果要给失败找理由，那么鲁之灭国，应该是当权者不用孔子。孔子不用，就说不上野无遗贤。人不尽其才，物不尽其用，身死国灭应当是必然。

但是，诸葛亮是当权者。有如此智者，蜀国为何最先灭国？答曰："政事无巨细，咸决于亮。"诸葛亮个人能力太强，唯恐别人做不好，不能放手让他人做事，所以手下人得不到锻炼，很难成才。即使是人才，如果不给机会，也成不了大事。无人可用和有人不用，是一件事情的两面，异曲而同工。

孔子周游列国的第一站是卫国，总共五进五出卫国，因为，孔子对卫灵公非常认可，卫灵公对孔子也非常大度。但是，孔子在卫国一事无成，还因为"子见南子"而让子路"不悦"。深圳晚报编辑中心主任楚宏对卫灵公的分析很有见地，他说，尊重知识，尊重人才，卫灵公基本做到了。问题是，爱才而不用，听不进建议，所以，卫灵公在政治上也没有什么大的建树。孔子回到鲁国时，已经68岁，仍是被敬而不用。其实，孔子周游列国，最大的问题是明知不可为而为之，没有为自己的理论找到窗口和试验田，最后失败。

人才需要用，不用成不了才，王维在《老将行》中对用与不用说得非常贴切："自从弃置便衰朽，世事蹉跎成白首。"

孔子和他的时代已经走远，孔子和他的问题一直都没走远。

（四）

经典需要重复，圣人需要怀念。

楚宏的这本书，基本是孔子的评传。有很多的知识点，有很多的好见解，有很多的好故事。会讲故事是真本事，通过讲故事，楚宏对传统文化的推广不遗余力。通过反复琢磨，他发现了孔子一生的三个关键时刻：第一次是孔子54岁的时候，当上了大司寇，相当于司法部部长兼代理宰相，人生仿佛达到高峰；第二次是63岁的时候，在周游列国的路上受尽奚落和怀疑，人生走到低谷；第三次是68岁的时候，结束漂泊动荡归于平静，整理古代文化典籍和悉心教育子弟。

高峰—低谷—平静，楚宏说：这是关于处世的交响曲。孔子对于我们今天的人，是必需品。对于这点，我尤其认同。我们已经进入老龄化社会，新时代的"老"问题值得高度重视，从50多岁到近70岁，是孔子最不安分的时期，也是他最终开悟、硕果累累的时期。当我们有的人感觉暮色苍茫的时候，想想孔子，想想孔子说的，"六十而耳顺，七十而从心所欲，不逾矩"，我们就能正确对待各种言论，什么都能听得进，而且能随心所欲而有规矩，这不就是身心自由的最高境界吗？

现世哪寻桃花源

（一）

谢伯齐老先生口述笔画了《华夏民生百图》，那些温润的陈年往事，一帧一帧地从记忆深处俱来眼底心头。这是中华民族的民生图谱，让我们体认出炎黄子孙的文化基因。

一部波澜壮阔的中国历史，其底色主要是农耕文明。在世界被交通网、互联网罗织成地球村的时候，当一切都讲究标准和规范的时候，有一种危险悄然来临：环境的污染让物种逐渐减少，所有的城市几乎都是一个模子里刻印出来的，文化的多样性正遭受空前的挑战，对从农业社会演化生成的中华文化特色的保护，已经成为刻不容缓的课题。

谢伯齐老先生年逾古稀，志坚行苦，创作了华夏民生的百二图景，在文化特色保护战中奋勇当先，年龄虽高却当归属到"青年近卫军"的壮行义举之中。

（二）

《华夏民生百图》所记所描，都是铁犁牛耕的农业社会里的寻常光景。其人物，皆着长衣大衫，"不知有汉，无论魏晋"，绝非现代人模样。其职业，从采桑养蚕织布到"磨剪子嘞——戗菜刀"，样样包罗，有的已经渐行渐远，有的已经转型升级为现代流水线上的一个岗位，有的换了个名字成为消费时尚，譬如修面剃头是"美容美发"。大要言之，都是经济，都和"经世济民"密切相关，都和农村根脉相系。

城市和农村有着割不断的关联。生民之初，岩穴藏身，进而三五成群，聚而为邑，合而成市，有了互通有无的功能，故有城市。可有的人，一旦成为城里人，就鄙视农村人。就像有的人一阔脸就变，一当官就不知道自己是谁一样，都是忘本的行为。看谢伯齐老先生的民生百图，很容易明白一个道理：城里人的祖先是乡下人。今后有可能逆反（一笑）。

人都是从过去走来，没有过往的记忆，就会失重。一个民族，不珍惜历史，就会失忆。没有文化的根基，我们只是世界民族之林的一根浮萍，连树都算不上。谢伯齐老先生的这本书上有一句话："了解昨天，珍惜今天，创造明天。"我以为，这既是他创作的基本价值取向，也是给人们的当头棒喝，是醒世的南海潮音。

（三）

我们当下处在一个什么年代？如果从上层建筑的角度来分，人类经历了原始社会、奴隶社会、封建社会、资本主义社会和社会主义社会；如果从生产力的角度来看，人类走过渔猎社会、农业社会、工业社会、信息社会。现在呢？我认为，不论是从哪个角度看，我们当下所处的都是情感社会。

现代人，各有各的压力。城里人有，农村人也有；富人有，穷人也有；当官的有，老百姓也有；小孩有，老人也有；中国人有，外国人也有。压力之下，人人苦恼，很多人不堪重负。因此现代人的特点是极度焦虑，精神疾患频发。

何以解忧？《华夏民生百图》是一剂药方。它让我们回望历史，展望未来，在时间的坐标上找到自己的位置，给人慰藉。现实中没有桃花源，我们就往心里找。谢伯齐老先生给我们的图卷，让我们知道自己的来处，也让我们感受到劳动着是快乐的，工作着是尊贵的。我们不把自己看得太高，也不看得太低。一切正好，心理平衡了，人就快乐了。

（四）

中国是世界上老年人口最多的国家，已经一步跨入了老龄化社会，有人说，"21世纪是老人的世纪"。现在人口平均寿命80岁是稀松平常的，如果按60岁退休算，我们还有20年的黄金时期。人退休了，没有生活压力，子女都成人成家，一身轻松。更重要的是，积累了几十年的工作经验和人生阅历，如果就此全部归零，对个人是不舍，对社会是损失。我一直有个念想，就是想编写一部"创业从老年开始"的书。黄昏的落日，其动人不亚于晨曦。人生完全可以从60岁起另起一行。六十耳顺，七十而从心所欲不逾矩，这是最好的状态。这种状态的一个现实蓝本就是谢伯齐老先生，他60岁退休后来到深圳，一路风生水起，居然创造了一个世界之最，取得了让人惊叹的成绩。高山仰止，景行行止。

（一）

2020 年，我受深圳市武术技术研究会之邀，观摩第十四届深圳武术公开赛总决赛。这是一群痴心武术研究之人组织的协会，也是这群醉心武术传承的人托举的赛事。总决赛现场，南拳北腿齐飞，刀枪棍棒共舞。端的是从另外一个视角，让人感受到了深圳这座城市的阳刚之美，叫人拍案称奇。

与习武之人接触多了，见到的武林俊杰也多了。有一种深圳本土原创的武术让我目不转睛——洪佛拳。

洪佛拳发源自深圳市宝安区洪桥头村，据深圳商报高级记者赵川的田野调查，这里的洪氏族人堪称全民习武，400 余口人中，有 200 余人常年坚持习武。就连已迁徙至港澳地区的 700 多位洪桥头村人，依然有相当多的人坚持习武，并有拳师开馆授徒，习练者远至东南亚、北美、欧洲等地。据测算，世界各地练习洪佛拳者，不下 10 万人。

看到洪桥头村人比武时的英姿飒爽，见到洪佛拳传人眉宇间的英武之气，我不觉怦然心动。我对赵川说，您要写写洪桥头村，要写写洪佛拳。彼时，他担任深圳商报驻区部副主任兼宝安记者站站长，占尽天时地利人和。赵川说，我早有此意，也早已动手。

他在《拳承：古村秘事》中多次表示，在招展百余年的洪佛拳大旗下，他要试图从中找到一座村庄为何习武不辍的根由。老实说，这是一件吃力不讨好的苦差。但"洪桥头"及"洪佛拳"这两个汉语词语背后的丰富内涵及现实存在，给了他思考的机会，也给了他挖掘与探索的勇气。

写洪佛拳，作者也濡染上豪侠之气。

（二）

现今国人的"骨密度"不够，钙质流失，骨质疏松让人深受困扰。比如，男不男，女不女，不人不妖，雌雄莫辨。

这股"妖风"发端于日韩明星中的一些男性形象，这些男人妆容浓重，衣着妖艳。经由影视娱乐圈的"中国化"后，演变成泛滥于年轻人中的"娘炮"。所谓的"油头粉面 A4 腰，矫揉造作兰花指"，小伙子举止如妇人，使本该阳刚的气质变得邪魅，本该大方的动作转为忸怩。

与此相对，大姑娘则像极了男子汉，形象像，动作像，心理也像，有人说是向"中性"靠拢，其实早就过了楚河汉界，而且愈演愈烈，成为所谓的"女汉子"是也。男人有"伪娘"，女子也有"伪爷"。虽说我们对女子的男性化比较宽容，但是，看着量产的"伪娘""伪爷"，爷娘们心中那个堵啊。

这个世界，各有各的角色定位，不偏不倚，无过无不及，乃是平常之理。这就是我们常说的"中庸之道"，致中和，天地位焉，万物育焉。中医认为，正邪失调、阴阳失衡是一切病痛的根源。当行教化之功的媒体，具引导之力的影视，在为阴盛阳衰推波助澜的时候，它就成为一种性别问题，更是一种社会病。

"生于深宫之中，长于妇人之手"的帝王一直被历史诟病，因其无治国安邦的才能，最终导致了国家沦亡。而从娱乐圈席卷而来的病态审美风潮，对青少年的性格取向影响尤甚。男孩子没有一点男子汉气概，女孩子则过阴或过阳。当阴柔之风劲吹的时候，心理需要疗愈。

"书犹药也，善读之可以医愚。"读书有"防病""治病"的功效。

赵川此书就是一味药，是一粒治疗软骨病的钙片。

（三）

作家张嵚写过一篇古代打仗一般要用多长时间的文章。据他考证，岳家军大败金兀术的颍昌之战，缴获战马 3000 余匹，俘虏各级军官 78 人，斩杀金军士兵 5000 多人，俘虏 2000 多人。这样一场激烈的大战，拢共打了一上午。

而关乎唐朝国运的香积寺之战，集合了郭子仪、仆固怀恩、李嗣业等大唐名将的 15 万大军，与叛军殊死搏杀，将叛军打垮，一仗歼灭 6 万叛军。这样一场双方都伤亡惨重的大战，从中午打到黄昏，基本打了一下午，和颍昌之战的时长差不多。

张嵚的结论是，在中国古代战争史上，许多强大的虎师，都靠体能制胜。体能的强弱，隐藏了中国历史上许多王朝兴衰成败的秘密。

男女体能差距是天生的，如果将强健的男性体能，弱化为纤细的女性体征，无论是打仗还是建设，于国于己，皆不可取。

1917 年 4 月 1 日，毛泽东以"二十八画生"为笔名在《新青年》发表了《体育之研究》的文章，号召中国年轻人"文明其精神，野蛮其体魄"。

毛泽东酷爱运动，特别重视体格和意志的锻炼。他认为体育的目的，不仅是强筋骨，还在于强意志；不仅在于养生，还在于卫国。他说："国力苶弱，武风不振，民族之体质，日趋轻细，此甚可忧之现象也。"

此话同样适用于当下，闻之足以振聋发聩。

（四）

有的观念，如果不细加追究，就会陷入人云亦云的境地，容易以讹传讹。譬如儒生。

儒生原指遵从儒家学说的读书人，后来泛指读书人。在人们的印象中，读书人就是手无缚鸡之力的人，所谓的腐儒，书呆子是也。因此，书生就成了文弱的代名词。

孔子是儒家祖师，从他那里怎么都看不出儒家是阴柔的、轻细的。他本人，学富五车，既能当官，也能打仗。

《诗经》是孔子编纂的，其中就饱含他的价值观，《诗经》中的美男子，清一色都身材高大魁梧，力大无比。

《邶风·简兮》："硕人俣俣，公庭万舞。有力如虎，执辔如组。"身材高大又魁梧，公庭上演出《万舞》；扮成骑士力如虎，手捏缰绳似丝组。

《齐风·猗嗟》也是歌咏美男子的作品："猗嗟娈兮，清扬婉兮。舞则选兮，射则贯兮。四矢反兮，以御乱兮。"帅气的相貌，如水的明眸；动作协调，箭箭射穿；全中靶心，有这样的英雄哪怕外国鬼子来侵犯啊。

优美与壮美的合一，这是孔子心中的"武美男"，鸿蒙初开时中华先祖的审美。

孔子崇周，周朝尚武。周朝官学要求学生掌握的六种基本技能——礼、乐、射、御、书、数，就是常说的"六艺"。其中射箭、驾车是和战争息息相关的技能。由此可见，孔子心目中的好学生，应该是"上马击狂胡，下马草军书"，也就是文武双全。这一点从韩非子的言论中也可以反证："儒以文乱法，侠以武犯禁。"虽然儒侠各有侧重，但集中于一人，儒侠互相包含，德智体美劳，一样不能少。

于是，洪桥头村的武风是一个样本。在被欺侮的时代，要练武。在被打压的时候，更不能丢掉武者的精魂。泱泱中华，既是礼仪之邦，也是阳刚国度。故今日之责任，不在他人，而全在我少年。少年智则国智，少年强则国强，少年阳刚，则家国阳刚。

2700 多年前的管子

（一）

树生千年成神木，狐长千年变妖精，话传千年为真理。为何？时间最刻薄，也最温柔，不厚待谁，也不亏待谁。有人权倾一时，富甲四方，却是蒲柳之姿，望秋而落。有人起于草莽，善因祸而为福，转败而为功，故而历久弥坚。

武功再高，也怕菜刀，人终将归去，在时间菜刀的一顿乱砍之后，一切都会被打回原形，"唯上智与下愚不移"。譬如管仲，他九合诸侯，一匡天下，使齐桓公成为春秋五霸之首，虽然那是过去的事了，但徐明天说："当今西方的金融战、粮食战、石油战、贸易战，都出自 2700 年前中国管仲的谋略。"历史证明，管仲通过了时间的考验。历览前贤国与家，这样的人，没几个。

管仲这个人，出生于现在的安徽，但他的事功都出自山东，所以徐明天一直将其视为老乡，有种天然的亲近感。徐明天在山东淄博市委宣传部和市委研究室工作的时候，就花了相当大的精力研读《管子》等先秦典籍，与几个同好一道撰写出版了《齐文化大观》一书。到了深圳商报之后，他有感于人们只讲之乎者也，不讲经世致用，加之经济危机周而复始、去而后来的周期律，他认为很有必要将管子的经济学理论和实践进行整理，向世人昭示东方人的经济智慧，以寻求克服危机的法则良方。为此，他重读《管子》，将其经济方面的内容进行整理，以现代经济学的框架进行归纳梳理，就有了这本《管子的经济智慧》。

（二）

徐明天对管仲推崇备至，目为人类首位经济学家，因为——

他写出人类第一部经济学著作。

他发起有史记载的世界第一次大型改革。

他缔造了春秋首霸和与古雅典相媲美的社会文明。

他开创农业税、盐铁专营、粮食储备、戍边军垦等多项经济制度。

他的弟子助秦始皇统一中国，他的思想主导了汉代"文景之治"和唐朝"贞观之治"。

他是中国历史上第一位总理宰相，是先秦诸子百家第一人。

在历史时空坐标下，管仲是人类最早的思想家之一。西方圣哲苏格拉底、柏拉图、亚里士多德，都在他身后几百年，中国的老子、孔子也都晚了150多年。

管仲确实厉害，连时光都奈何不了他。他说的话，发明的词，我们到现在还在用、还在说。"一年之计，莫如树谷；十年之计，莫如树木；终身之计，莫如树人""仓廪实而知礼节，衣食足而知荣辱""海不辞水，故能成其大；山不辞土石，故能成其高；明主不厌人，故能成其众"，这些都是人们耳熟能详的道理，更有一些当今的大热之词，如"爱民""富民""通货""以人为本""和谐"等，最早都出于《管子》。他创制的一些概念，有的用过，有的在用，有的待用，让人拍案称奇。

反观现今之人，各领风骚三五年，基本规律是，人还在世只是不在位，就被翻了烧饼。何也？"灭六国者六国也，非秦也；族秦者秦也，非天下也。""秦人不暇自哀，而后人哀之；后人哀之而不鉴之，亦使后人而复哀后人也。"唐朝杜牧早就点破了这层窗户纸，道理人人懂得，却不是个个行得。

（三）

很是羡慕古代之人，站立在人类的童蒙时代，那时的荒原沃野，初民初心，随便一动，就是开山鼻祖；任意播种，个个都有收成。现在难乎其难，到处山头林立，找不到斧斤至焉的地方。

徐明天是个例外，"例外"是个品牌。他当过兵，任过教师，做过党政干部，在企业做过管理，后来是深圳商报经济记者，蓝狮子财经创意中心、中信出版社签约作家，北京大学企业管理案例研究中心客座研究员，长期致力于中国企业和企业家研究，著有《春天的故事》《郭台铭与富士康》《博弈危机》《长虹隐痛》《三九陷落》等，是"最佳商业书作者"，用"著作等身"来形容他一点都不为过，他的勤奋很是让人钦佩和感动。我个人认为，《管子的经济智慧》让他的笔触进入了一个更加广阔的时空领域。

《管子》由于时间久远，艰涩难懂，特别是要有经济学、哲学和政治学的学术思维才能读懂。2700多年前的那根管子，锈迹斑斑，无人能识，一直都在被人打磨。孔子对管仲评价很高："管仲相桓公，霸诸侯，一匡天下，民到于今受其赐。微管仲，吾其被发左衽矣。"司马迁对他特别倾心："管仲，世所谓贤臣。"诸葛亮崇拜他："自比于管仲、乐毅。"有人说，管仲，是历史上一个被低估的人，由此观之，历史没有低估，而是被今人低估，徐明天写作的意义正在于此，他希望现代人匆忙的脚步为智者停留，希望当今世界用心倾听久远的声音。

（四）

一般的经济学巨匠，理论水平很高，实践经验不足，包括最负盛名的亚当·斯密和凯恩斯在内，没有一个人具有管仲那样的经济实践和经营业绩。管仲为相40年，将齐国治理成当时世界第一的鼎盛强国，冠带衣履天下，后世经济学家无人能及。而在个人致富方面，管仲水平也相当高，"管氏亦有三归，位在陪臣，富于列国之君"，很多诺贝尔经济学奖得主理论妙如莲花，实操起来，连炒股都亏得一塌糊涂。

历史在冥冥之中会有巧合，文化的基因总会反复发生作用。深圳在改革开放的前行之路上，曾经明确了"主攻方向"，首次概括提出"三化一平台"的概念，即市场化、法治化、国际化和前海战略平台，提出要在"三化一平台"上实施重点攻坚，牵引和带动全局改革，希望借此继续干在实处、走在前列。这和管子有啥关系？

管子充分认识到法治的作用。他写了最早的法学著作，是诸子百家中法家的开创人。

管子充分认识到市场的作用。他认为，"无市则民乏"；有了市场"则万物通"，天下可治。

管子的国际化思维也很独特。他所处的时代，中国就是世界的中心之国，齐国的思维就是中国思维也就是国际化思维，他的"天下观"就是当时的国际观。

当然我们不能为这个叫"前海"的地方来要求管仲，我们更不能胡说"三化一平台"和管子有关。但是，深圳一揽子的改革思维，如果能在古圣先贤那里找到理论呼应，起码可以说明我们的改革不是无源之水无本之木，也可以说明探索的路上不孤单，我们在古代也有知音挚友。特别是经济学现今是显学，中国的高校教授的都是西方经济学，学术界也是言必称亚当·斯密、凯恩斯，我们为什么不读读中国人写的世界第一部经济学著作《管子》呢？

一

（一）

这是一本让人不忍卒读的书。

梁二平先生透过近 160 幅古代、近代关于中国的海战图、海战画，纵贯几个朝代，横跨几万公里，笔墨大开大合只为讲一句话："败在海上"。

通读全书，在时间上，《败在海上》主要聚焦于元、明、清三朝，浓墨重彩写的是清朝；在空间上，关注的是 1.8 万公里大陆海岸线和 1.4 万公里岛屿海岸线，大陆海岸线涉及的南海、东海、黄海、渤海全以事件来珠联，岛屿则重点写台湾。

（二）

读这本书是个挑战，书里尽是让人看不下去的窝心事件。不信就挑几件看看。梁二平先生在书中写道：

第一次鸦片战争初期，一路攻打珠江诸炮台的英军只有几条低等级的战船和 400 余人的兵力，但是两万清军、几十个炮台、数百门大炮，一败再败，败绩连连。

1841 年 2 月 26 日，英舰向虎门各炮台大举炮击后，近万名大清守军在 1000 名英军的围攻下，竟然一哄而散。

1841 年 3 月 13 日，英舰攻击大黄滘炮台，清军水师和炮台营兵已经全无斗志，英军不费吹灰之力就占领了进入广州的最后关口。

1841年5月25日，广州之战，英军就几艘小船一共四百余人，十几门炮，两万清军就丢弃了六百多门炮、好几座炮台和大量船只逃跑了。有的炮台的清军竟然和英军联系说，英船如果过来打炮台，炮台与英船互射三轮空炮，交差后逃走，英船千万别发炮追击。

1841年10月1日，定海之战，此役为鸦片战争中，中英双方参战人数最多、规模最大、交火时间最长的一场战役。清军损失最惨重，葛云飞、王锡朋、郑国鸿三总兵同日殉国；但英军损失微小，仅死两人，伤27人。

其后，英军攻厦门、宁波、慈溪，战钱塘江口、长江口、镇江如砍瓜切菜，势如破竹，最后逼近南京，与清政府签订了近代中国第一个不平等条约——《南京条约》，清政府割让香港岛给英国。

这才是第一次鸦片战争短短的两年两个月里的几个片段，时隔快200年，现在的你，能心平气和地读下去吗？

（三）

书里还有更多让你气得读不下去的东西。朝廷猥琐，士气低落，可是，"精神鸦片"制造得很多，销路也很好。国运不兴，连新闻都无节操，黑白颠倒，将败仗描绘成大捷，邀功请赏。

1884年8月23日，法国军舰袭击在福州马尾港的大清海军，击沉7艘中国舰船。马尾大败之后，江南各地出版了许多版画捷报："长门捷报""马江捷报""福州捷报"。捷报的内容都是清军大胜，法军丢盔卸甲。更不可思议的是，3个月后，光绪皇帝朱批一份长达12页、约5000字的嘉奖令，有711名官兵受到表彰。

无独有偶，10年后的甲午海战的报道，也是歪曲事实，颠倒是非。1894年9月17日的甲午海战，北洋舰队损失"致远""经远""超勇""扬威""广甲"（"广甲"逃离战场后触礁，几天后自毁）5艘军舰，死伤官兵千余人。日本舰队5舰受重创，但无一沉没。日本由此夺取了黄海的制海权，最后导致北洋水师全军覆没。这场改变近代中国命运的大海战，大清上下无不关注，国内多家民营媒体争相报道，但令人不解的是这样重大的战役，媒体上曝出的却是《海战捷音》《小埠岛倭舰摧沉》《丁军门水师恢复朝鲜》《鸭绿江战胜图》等一连串假新闻。看不下去了，实在看不下去了，"变白以为黑兮，倒上以为下"。哭乎？笑乎？皆不得。假新闻既哄皇帝小儿，又哄广大老百姓，让整个社会的痛感消失。大清不仅在岸防是花架子，海战也是纸老虎。一个起于草原内陆的王朝，最后在海上吃了大亏。

（四）

毫无疑问，《败在海上》是一本非常值得读完的书，除了它独特的视角、珍贵的资料外，它的一些冷知识，譬如"三个朝代三个词"就非常让人增广见闻。

元朝时期——"神风"。元世祖忽必烈两次跨海用兵攻打日本。1274年，元军进击日本九州，在博多湾登陆，受到日军激烈抵抗，元军不得不退至海滩。夜里海上突然刮起大风，一些战船沉到海里，元军只好返回。日本国则认为是"神风"助九州武士打败了元军。1281年，元军第二次进击日本，依旧是在博多湾，打了几仗都不成功，部队就在海上战船待命。但是，持续四天的风暴令停泊在海上的元军战船大部分沉没，幸存的部分元军撤退回国，数万元军被俘，元军大败，日本朝野认为这又是"神风"天佑。从此"神风"成了日本民族紧急关头的最后一根精神支柱和战胜一切困难的图腾。

明朝时期——"倭寇"。梁二平先生考证，用"倭"来指称日本或朝鲜等中国东方的古代部族，大约始于战国。"倭"字进入国家文献是在汉朝。正史里出现"倭寇"一词，是从《明史》开始的。最初"倭寇"中的"寇"字，是作动词使用的，表示"侵犯"，如"倭，寇福州"。如此，"倭寇"最后作为名词来用，成为"日本侵略者"的意思。

清朝时期——"丝绸之路"。"丝绸之路"这一富有诗意的名字，最初出现在德国地理学家李希霍芬 1887 年出版的《中国》一书中。李希霍芬认为，在当时所有的知名文明国家里，中国是人们了解最少的国度。一句中文也不会讲的他，以上海为基地，历时 4 年，对大清当时 18 个省中的 13 个进行了地理地质考察。他以绘图的形式将自己一路上的所见所闻记录下来，他的成果彻底改变了西方对中国的认知。最终，他将中欧之间最古老的贸易之路命名为"丝绸之路"。李希霍芬所说的丝绸之路，就是指的西北丝绸之路，是两千一百多年前，西汉张骞两次出使西域后逐渐形成的历史古道。

（五）

当然，《败在海上》是一本非常好的书，它让人不忍卒读是因为血淋淋的历史。梁二平先生生于浩荡的东北，他的海洋情怀生发于一个具体的项目。2007 年，他应深圳市盐田区文化局邀请，为这个以海强区的区图书馆筹办海洋文献馆做项目顾问。最初商定先筹建一个古代海图馆，借助古代海图演进的历史脉络，让读者感受世界的由来及海图里的世界观。随后他一发不可收，成为我国著名的海洋文化学者，著有海洋文史地理著作《谁在地球的另一边——从古代海图看世界》《谁在世界的中央——古代中国的世界观》《中国古代海洋地图举要》《中国古代海洋文献导读》《败在海上——中国古代海战图解读》等。部分著作译介到多个国家和地区。

从梁二平的著作中可以梳理出一组词：一个国家必须要有"陆防、岸防、海防"，相对应的就有"地图、岸防图、海战图"。《败在海上》展现的在水一方的败绩让人窒息。扩展开去，抬望眼，看浩瀚星空，我们应该有自己的"空防图"和"太空图"。

鉴古知今，头顶利剑高悬，让人警钟长鸣。

（一）

总之，这是一本好书。

书里有硝烟的味道，以及烟消人散后的寂静无声。字里行间，人面不知何处去，不知今夕是何年。

书外则有跟时间赛跑的不忿，老兵真的老了，如风中之烛，亦如星星在黎明中批量退场，归于沉寂。

《台湾老兵口述历史》是深圳商报记者赵川在驻点台湾的时候，从两千多万台湾人中大海捞针，挖掘出的十一位台湾老兵的故事，看后让人心梗神伤：历史原来如此坚硬冰凉，往事总是不堪回首。

台湾老兵是那些在1949年前后来到台湾的大陆国民党军人，在赵川的书中，台湾老兵也包括那些在金门战役以及朝鲜战争中被俘的解放军士兵。

这十一个人中，除了一人是少将，其他都是普通士兵，属于寒门子弟，出自草根阶层。用赵川的话说："他们是大时代浩渺烟波里随风飘散的一粒粒微尘。"

六十多年前，血气方刚的他们奔赴疆场，或抗日图存，或同室操戈。如今，秋风吹海水，落叶满台湾。台湾老兵们时日无多，留给我们的时间更少了，最后一个老兵的凋谢都能计日以待。

（二）

赵川在采访中感慨不已，台湾老兵群体早已淡出公众视野，他们是告别历史舞台的一辈人，被称为"凋零的群落"。因此，他的笔下反复出现的老兵，言行惊人地一致——

他们普遍热衷写回忆录："日子在一天天地过去，时间在一分分地流逝，就像鱼儿的水越来越少了……我们即将作古，很快将被人遗忘。"

老兵的遗孀忽然有些感伤，她说，现在大陆也发达起来了，两岸关系越来越好，可是，老兵这代人慢慢都老了，很快就要告别这个世界。

廖潜生，广东大埔人，一个孤苦伶仃的老兵写道："站在门前挥手同我作别，矮小的身影显得十分孤单，此时，已是薄暮时分，天空收走了最后一缕晚霞，夜幕即将来临。"

老兵的后代则满腹疑问："我父亲的故事，大陆还会有人关注吗？"

赵川的这种凄楚笔意，如呜咽洞箫，清幽悲凉中夹杂着无边的惆怅，惆怅里尽是别样的悲凉。

（三）

台湾老兵的人生有着非常明显的分段痕迹：大陆一段光景，台湾一段光阴。在台湾，一般先是在部队里生活，退伍后转入地方或者做点小生意。小孩大了，自己老了，就连孤苦伶仃的，无牵无挂的，也都老了。老了就在家里待着，等待时光来收割。这是台湾百万普通国民党老兵的人生轨迹。

一直都觉得，每个人都有活不下去的时候。当兵的，活不下去的时候更多，尤其在战争年代，能活下来是奇迹。好死不如赖活，台湾老兵的活，更是不易。"乡愁是一湾浅浅的海峡，我在这头，大陆在那头。"在那个非常时期，想家也是罪名。悲歌当泣，远望当归。不知何处吹芦管，一夜征人尽望乡。

哪里是征人啊，他们已经和台湾密不可分。广东黄氏认亲诗曰：骏马登程往异方，任寻胜地立纲常。年深外境犹吾境，日久他乡是故乡。中国历史上经常发生大规模的人口迁徙，第一动因是经济考量，而这次老兵去台，则是政治移民。眼中所见，是那湾海水，挡住了老兵大半辈子的路。根本的问题，是政治的铁幕，钳制住了思想和手足。

等真的两岸可以来去自由了，老兵又出现身份的认知焦虑。在台湾，老兵们被称为"外省人"；在大陆，老兵们又被称为"台胞"。真的回不去了，儿童相见不相识，笑问客从何处来？由此感觉到，一个群体的幻灭很容易，小到家大到国，具体到个人。很多东西，总是来不及。

读赵川的这本书，终归理明白了一个现象：年轻的时候，人的相貌各不相同，这种不相同主要在情态上；一旦老了，人连长相都差不多，这种差不多主要在神态上。赵川也觉得，老兵同大陆的同龄老人无啥区别，甚至同大陆的退休老干部说的道理也都一样。恍惚间，觉得与他似曾相识——说的那些话好像在哪里听过，而这个老人好像也在哪里见过。

（四）

《台湾老兵口述历史》是国内第一部深度呈现台湾老兵烽火岁月与飘零时世的书。赵川是深圳报业集团首批驻台记者。2010年，他在台北驻点满月，就开始寻找采访对象，因为艰难，几次想放弃被他称之为"自寻烦恼的采访计划"，但还是坚持下来了。

人有活不下去的时候，坚持一下就过来了。事有做不下去的时候，坚持一下，兴许就成了。可见坚持的可贵。

作为新闻人，赵川坚守"尊重历史就是尊重他人，也是尊重我们自己"的底线，不虚美不隐过，在历史洪荒的戈壁滩上捡拾那些即将消失的残片遗存，并尽量保留其原生状态。因为抛弃了所有虚构、粉饰的成分，只希望成为一名忠实的记录者，所以，他的文字愈来愈深沉，愈来愈沧桑，沧桑到让人心酸。

"老兵永远不死，只会慢慢凋零！"这是美国五星上将麦克阿瑟在国会大厦发表告别演讲时震撼人心的名言。你读了这本书后，就会明白名言为什么就是不一般。

总之，这是一本好书。

海阔天空贵无闻

（一）

　　如果商界有军校，那军校应该出商人。

　　其实没有如果，现实就是如此。人人都知道，创办于 1802 年的西点军校是美国将军的摇篮。可很少人知道，它更是商界领袖的摇篮。"二战"后的世界 500 强企业里，西点军校培养出来的董事长达 1000 多名，副董事长 2000 多名，总经理、董事级别的高级管理人才超过 5000 名。西点不仅是世界著名军校，也是全球优秀的"商学院"。在这一点上，西点成为"商场如战场"论断的有力佐证。

　　《商界军校》是沈清华写的北大故事，是关于北大汇丰商学院如何从一株幼苗 10 年参天的成长史，是一个精彩的商业案例。2004 年，海闻教授拿着 100 万元开办费在深圳创办商学院，如今北大汇丰商学院已经迈入国内顶级商学院的行列。在汇丰商学院建院 10 周年之际，深圳特区报资深记者沈清华从 2014 年 1 月开始采访，历时 10 个月，撰写出版了 25 万字的国内第一部全面反映中国商学院创业史的商业著作——《商界军校》。

　　这本书非常立体，仁者可以见仁，智者能够见智。中国著名企业家冯仑读此书眼里看到的是"人"："汇丰商学院不仅教人经商之道，还特别重视教人做人之道。"吴敬琏教授认为该书"读起来饶有兴味"。北京大学原校长许智宏则定义汇丰商学院是"北大的一个响亮品牌"，

"已经成为深圳整个高等教育的一张名片"。以上都是功成名就的大家巨贾的评价。我以为，你如果属于寂寂无闻的草根一族，或者是野心勃勃的创业者，读此书，能完善你的创业观，能成就你的方法论，也能给汇丰商学院写评语。

（二）

所有的创业史都是一本血泪账，每个创业者都苦大仇深。即使身为当时的北大副校长、头戴经济学家桂冠的海闻也不例外。他说："我个人的经历是 10 年做一件事情。"海闻认为，做一件事情，如果开始的起点比较低，以后要高端起来，很难，就像做了"夹生饭"。另外，作为北大在深圳新办的学院，一定要超过北大本部的平均水平，这才是对北大的贡献，这才是值得做的事情。海闻的这个定位让他的工作还没开始就充满挑战，一起步就跟自己过不去，想一帆风顺都难。

海闻家在北京，来深办学，9 年时间吃在食堂睡在宿舍，客舍似家家似寄。京深两地穿行，坐飞机坐得都想吐。身体的艰苦对于在北大荒当了 9 年知青的海闻来说算不了什么。办好一所高校，领头人和他的理念非常重要。在具体创办过程中，三项资源最为关键，聘到一流教师，招到优秀学生，找到充足经费，三者缺一不可。首届学生都是调剂生，属于重大创新的双硕士项目用了差不多一年半的时间才拿到批文。办一所大学和打仗毫无二致，要善于捕捉战机，不能拖。如果不抓紧点，汇丰商学院一定面目全非不是今日之气象。2008 年 8 月 30 日和汇丰银行签订捐资 1.5 亿元人民币协议，没过几天，金融危机全面爆发。要地盖大楼也是步步跟进，否则又不知拖到猴年马月。汇丰商学院的传奇说明，在想干事的人眼中，啥难题都有办法。在不想干事的人眼中，啥办法都是难题。

（三）

海闻的商学院目标是要培养比博士更懂得应用、比硕士更有理论水准，介于博士硕士之间的人才。也就是说，要培养领导者，而不是工匠。人是万物的尺度，客观上，这个尺度很难把握。有人说，人分两种，一种是好用的，一种是难用的。可经常是一不小心，就会夹在中间，成为好难用的。

我国目前有 200 多家商学院，汇丰商学院位于最优秀之列。它的优秀表现在学校全英文教学，全职教师中近半是外籍教师，与全球 70 多所名校互换学生，军训实现常态化，男生像绅士女生是淑女，行政人员为教师服务，教师为学生服务，学生是一切工作的中心，从教师到学生，人人都具有强烈的使命感和理想主义精神。这其中任何的一项，都够一个人干一生。

《商界军校》里记叙的一件事让人莫名地感动。在国际上，毕业生起薪是衡量一个商学院好坏的指标之一，汇丰商学院首届毕业生起薪达到 18.5 万元 1 年，公之于众后，正面效应非常大。但是，一起自杀事件让汇丰商学院转弯 180 度，现在只统计学生起薪而不对外公布。

该学院 2009 届一位毕业生到大成基金公司工作不到一年，因为大成基金实行末位淘汰而被解聘，在巨大的压力之下竟然跳楼自杀。此事震惊了商学院全体师生，海闻心情万分悲痛，他给全院学生发送了一封公开信，同时思考公布毕业生起薪的得失。其负面影响是给学生一种无形的压力，也容易带来一种错误导向，以为找到好单位、拿到高工资才有面子，才是成功，否则就感觉人生很失败，很灰暗。海闻说："在这种情况下，我们就开始调整，不把赚多少钱，或者到知名公司工作作为我们培养人才的唯一评定标准。学生到非政府组织去，甚至做志愿者，他们也是我们心目中的优秀毕业生。"

海闻教授的情怀让人想起杜鲁门的母亲。杜鲁门新当选美国总统，记者采访他的母亲说："你有这样的儿子，一定十分自豪。"杜鲁门的母亲回答说："是的。不过，我还有一个儿子同样让我骄傲。他现在正在地里挖土豆。"

（四）

海闻教授的座右铭是"海阔天空地想，脚踏实地地干"。

2011年，深圳商报承办中国经济50人论坛，其时，我具体负责操办会务、安排采访专家兼做夜班总值班，其中有一个整版是写海闻教授的。当时我们借用他座右铭的句式，将标题制作为"海阔天空地想，默默无闻地干"，暗含"海闻"，大家都叫绝。

"海闻句式"也影响到了沈清华。在《商界军校》这本书里，沈清华也提出"海阔天空地想，行云流水地写"的说法。

这个世界，干啥都不容易。创业不容易，守成不容易；老百姓不容易，当官的不容易；学生不容易，教师不容易；写书不容易，读书不容易。沈清华在书中引用了汇丰商学院一位教授的话："我不祝你一帆风顺，因为现实世界中，没有人能一帆风顺。失败和错误是我们生活中最好的老师。"

看到这段话，吾深以为然。

竞争应该都公平

（一）

生于豪富宅第和生于贫穷之家的人不同，生于繁华之都与生于穷乡陋巷的人也有别。检视人类数千年的回忆，自由民和奴隶、贵族和平民、领主和农奴是刚性的对立；透过铁与火、血与泪，将目光聚集于当下，中国社会分层已然成形，虽然各阶层之间呈柔性的对应，但其经济差别和社会地位的不同则显而易见。

人生而不平等，幸好有制度，这个制度如果让公平竞争成为现实的选择，它就能使阶层之间的流动特别是向上的流动成为可能，而不是让人们把改变现状的意愿寄托在孙悟空或者梁山好汉的身上，也不是让人们苦闷无极仰面向天，何况天意自古高难问，希望依然在人间。所以，"人生而平等"是人类永恒的追求，不管这个人是自然人还是法人，其对平等的追求则高度一致。读彭海斌博士的著作——《公平竞争制度选择》让我加深了这一印象。

这是被经济学家誉为"堪称一部有创新、体系完整的理论著作"。理论如果漂浮于现实之外则会迅速枯萎，彭海斌博士的这本书却是将目光直逼现实，追问现世，将实际生活中的诸多困惑百般纠缠，放置在理性的三昧真火之上烤炙，构建了一个既有理论高度，又有实践维度的体系，其创新就在于此。这正好印证了歌德的一句话："亲爱的朋友，一切理论都是灰色的，唯生命之树常青。"

作为常青树上结出的一枚理论果实，《公平竞争制度选择》诉求的是竞争起点平等，机会（过程）均等，而结果应当是"对称性"的。作者眼中的"公平竞争"是"人类社会不同利益主体之间为了追逐有限的经济目标而进行的一切符合法律和道德准则的活动的总称"。这种眼界，聚焦的是经济体制，观照的却是整个社会生活。

书成之日，我国提出了"以人为本"建设和谐社会的发展理念。这既是一种巧合，也是一种互相印证。说明作者的思考搭准了时代的主流脉搏，而中央的决定有深厚的民间基础。上下流动，毫无壅滞。

作者认为，公平竞争是社会和谐的内在要求，是我国构建和谐社会的首要目标。公平竞争制度是现代市场经济的核心，也是构建和谐社会的核心经济制度。彭海斌博士预言："公平竞争制度将在制度竞争中胜出，成为社会主流的经济制度。"

（二）

该书虽然是经济学专著，其中洋溢的对人的关注却极为可贵，其间有种悲悯情怀存焉，有书卷气而无书生气。

在剖析我国公平竞争制度选择的四大失衡表现时，他认为，广大中小企业和消费者是公平竞争制度的主要需求者，但因其成员众多、利益分散，反而在集体选择过程中影响力弱小，成了"需要保护的大多数"。因此，对于社会弱势群体，绝不允许在构建竞争制度体系时继续恶化他们的生存处境。对于弱者的天然关爱是社会良心所在，对于竞争制度的选择也要以公平作为出发点。

该书的另外一个重要特色是对非正式制度的关注。正式制度和非正式制度的脱节，是我国当前社会不和谐的主要制度成因之一。作为直接参与市场竞争主体的人（法人），要为社会经济运行提供强有力的正义支持，不仅要遵守公平竞争制度规则的约束，还要为他人的公平竞争提供道义上的支持，对他人的不公平竞争行为进行排斥和谴责，这种非制度性的缺失是我国公平竞争制度建设中最薄弱、最容易忽视的环节。社会各界包括弱势群体也是公平竞争制度的供给者和需求者，这个共同供给原则道出了天下兴亡的匹夫之责，给人新的震撼，甚开民智。此书多一人读之，这个社会则多一份公平竞争的意识；此理多一人行之，这个社会则多一份正气和坦荡。

除了理论的建立和创新，该书的另外一个特色是选取了传统市场经济国家——英国、美国、德国和澳大利亚的竞争制度进行比较，选取了转型经济国家——韩国、俄罗斯的竞争制度进行比较，还选择了欧盟进行比较，同时对中国的现状进行了透彻的分析。这就使本书具有了实证意义，让人们的视角有了更大的拓展，从初始到未来，从国内到国外，从实践到理论，纵横捭阖又丝丝入扣。虽是一本经济学专著，其视野却超越了经济学。

（三）

其实，彭海斌自己也是公平竞争制度的获益者。2001年，在广东省公选的14名厅级干部中，原深圳市工商局（物价局）价格管理处处长彭海斌通过严格的考试考核，通过公平竞争走上了广东省工商局副局长的职位。当时他正在参加中国社科院经济类的博士考试，这本书就是在他中国社科院优秀博士论文的基础上充实完成的，由商务印书馆出版发行。

为该书作序的有原国家工商行政管理总局局长王众孚和他的博士生导师、中国社科院财贸所原所长杨圣明教授。

彭海斌与我有师生之谊，1982年他大学毕业后就分配在复旦大学工作，那时我还是大二的学生，一片懵懂。如今捧读这部40多万字的鸿篇巨制，面对王众孚先生和杨圣明教授的宏论滔滔，我感觉到"高山仰止，景行行止"的敬畏。唐代杰出诗人杜牧曾经说："公道世间唯白发，贵人头上不曾饶。"他认为，人世间只有白发最公平，就是达官贵人的头上也照长不误。不管你有权还是有钱，不阿谀，不徇私，一切都公平如一，这才是人间正道。人们心中的竞争，也应该具有"公平"的价值观。否则，这样的竞争，就是巧取豪夺。

我之所言，不知所云。

泥土味最浓的
增广贤文

（一）

有些事，翻字典是没有用的，比如基层。

基层建设是一项基础工作，更体现干部的基本素质，核心在身入，关键在心入。身不能至，没有大前提。身至而心不至，这是普遍存在的问题，如入宝山空手而归，漂浮的结果是在才干上难有增益。深圳市宝安区福永街道的干部们是一群有心人，他们将在工作中亲见亲闻亲历的故事爬梳整理，用足功夫，去粗取精去伪存真，留下真情实感和具有规律性的东西。这些，于福永街道的干部是总结提升，于有缘得见此道的读者是"增广贤文"，于基层的概念中增加了最新的注释。

读《基层治理的中国故事》如看万花筒，56 个故事编织出基层一线的动感花簇，鲜活、灵动而不重样，枝叶似乎沾有朝露，花瓣仿佛带有暗香，这是离泥土最近的采撷，饱含原汁原味的味道。

深圳市宝安区福永街道（现分设为福永和福海两个街道——注）是深圳西部特大街道之一，之所以说它"特大"，是因为地大：66.2 平方公里，在寸土寸金的经济特区，洋洋乎大观；其次是物博：位列全国五大空港的深圳宝安国际机场构建于此，全球最大的会展中心——深圳国际会展中心坐落于斯；再次是人口众多：居住人口近百万，因机场而产生的旅客吞吐量超过 4000 万人。地大物博人口众多的"特大"福永，其实也"特基层"，它由区级党委和政府的派出机构——福永街道党工委和办事处管理。合抱之木，生于毫末；九层之台，起于累土。特大往往建立在特基层之上，这是天地万物的辩证法。

（二）

此书是真故事，有好细节，最难得的是具有批判精神。他们对于有的干部对待群众"一拍二吼三丢手"的做法很是不屑。更是敏感地注意到，在社区和居民"最近一公里"的距离内，居然有"基层机关化"的问题。有的基层班子的现象值得深思，譬如"战斗的班子不团结，团结的班子不战斗"。

书中还闪烁着可贵的"互联网+"意识。他们摸索出人在干、云在算、网在转的基层现代治理模式，也发明了让平台多"动脑"、让数据多"走路"、让管理"傻瓜化"的现代基层工作方式，同时也练就服务群众、发展经济、引导思想的基层工作本领。

这本书的故事中还蕴含独特的观点，很有见地。"事了，人和"是基层治理和解决矛盾的最高境界，这个结论很适合半熟人社会的社区。面对日益强化的社会治安，他们发现了"警力有限，民力无穷"的奥妙。基层工作说一千道一万，利益还是NO.1，此话说出了人人心中有、人人口中无的现象，很精到。

因为在基层，书里的语言很接地气。"干得好，能找到受表扬的脸面。干得不好，能找到挨板子的屁股"，够有幽默感。"断人财路、毁人钱途，人家是要跟你拼命的"，是大实话，也流露出真实的情感。"手中无米，叫鸡不理"，俚俗话语中说出普遍真理。

这本书里还有着非常可贵的情怀。他们崇尚为官避事平生耻，大事难事看担当，顺境逆境看襟怀。都说基层工作难做，群众工作难做，有人总觉得做起群众工作来"老办法不管用、新办法不会用、软办法不顶用、硬办法不能用"。福永的干部们总是和群众泡在一起，感情相通。他们觉得老百姓是可爱的，是讲道理的，关键是要出以公心，同时具有政策水平，讲究工作艺术，提高语言表达能力。

（三）

基层是一个说不完的话题，它是实践的主场。习近平总书记在论述理论创新、实践创新时说："时代是思想之母，实践是理论之源。实践发展永无止境，我们认识真理、进行理论创新就永无止境。今天，时代变化和我国发展的广度和深度远远超出了马克思主义经典作家当时的想象。同时，我国社会主义只有几十年实践，还处在初级阶段，事业越发展新情况新问题就越多，也就越需要我们在实践上大胆探索、在理论上不断突破。"基层里有大学问，但是，我们到现在为止还没有从学科建设的角度来研究活色生香的基层工作，没有理论框架和代表性的著作，没有形成不同的学术派别，没有相关的研究团体。在理论和实践创新互相激荡的当代，我们有充足的理由呼吁构建一门基层学，这是我们国家与时俱进的理论品格和时代感召力之所在。

如果你在基层，那么首先看看《基层治理的中国故事》，它像一把镇尺，让我们感觉自己工作的厚重；如果你不在基层，那么也请你看看《基层治理的中国故事》，它就像一个坐标，让我们在认知上不缺席。

这里没有鸡汤，不是水煮，拒绝麻辣，但有至味存焉，它是工作的盐，是思想的钙，是理论的源头。在时代这个思想之母的哺育下，从《基层治理的中国故事》起步，基层学就能占据字典里的一个词条，成为一门系统而充满活力的学问，在实践和理论的无限循环中成长为中国特色社会主义的栋梁之才。

数字初民拓荒原

（一）

章丰从网易传媒副总编任上辞职创建浙江省数字经济学会后，捧出了和王逸嘉合著的《解码数字新浙商》。这本 23 万多字的著作，有许多启迪人的金点子，它记录了 24 位在数字领域低调耕耘的创业者，章丰将他们作为代表的这个群体命名为"数字新浙商"。

这个群体打理的领域很像是数字经济的天际线。抬头仰望天际线，代表着这一领域的最新边界。他们也像是浙商这个著名商帮的地平线。极目远眺地平线，代表着浙商圈层的最前沿。这天地相交的地方，应该就是数字经济新边疆的轮廓，也是数字新浙商的模样，更是数字初民的生养之地。

（二）

数字时代是什么时候开始来临的，就像"江月何年初照人"一样，恐怕无人说得清。有一点非常明确，新千年以来的人，都是数字初民。所以，数字伦理的问题，一直被人关注。这个 24 人的"群"在"群主"章丰和王逸嘉话题的撩拨下，对数字伦理进行了大胆的触摸。

数据安全、隐私泄露对大众来说非常揪心。上市公司个推创始人兼首席执行官方毅的判断很有价值，他说，数据作为数据智能的基本单位，应该是可用不可见。这是未来的趋势，比如我们对用户信息进行匿名化和去标识化处理后，用户的数据就是一个画像，我知道你的性别、爱好、消费水准，却不知道你是谁。这就自然引出了"数据治理"和"数据安全岛"的问题，也产生了数据脱敏、数据清洗等新概念。这表明行走在数字最前沿的创业者，已经有了数字伦理概念。

数据安全就像国家安全一样，是个无边无际的话题，有时候，数据安全等同于国家安全。对个人也一样，数据安全就是人身安全。从公众的认知而言，在数字的新语境中，"真与假、善与恶、美与丑"的边界不再清晰。科技是向善还是向恶，也成为数字时代的人之初。

数字新浙商作为创业者，他们在技术的赛道上，对传统行业保持敬畏之心，他们不承认自己是"颠覆者"，更愿意以"赋能者"自称。他们信仰科技，敬畏行业，在奔跑时，不拉扯不撞人，不触碰红线，同时开始建立新的伦理线，这是他们值得尊敬的地方。

数字是冰冷的，但是冰冷的数字后面是热血的人。微脉创始人裘加林很有代表性，他的一句话让人感慨不已："我最看不得老人受苦，看到老人被欺负要冲上去打架的。"章丰评论说，这份对生命的敬畏，让无助者得到救助、护其尊严的恻隐之心，大抵就是裘加林在38岁时二次创业投身互联网医疗的原动力。这是很到位的点评，也是这个群体的伦理素描。

（三）

在大家高喊"创新"的年代，有人说了一句实话。

涂鸦智能联合创始人兼CEO陈燎罕坦言："我相信没有人从内心深处愿意变化。"当然，章丰也是这个意思：创新意味着你要不断否定自己、打碎自己，甚至要放弃已有的东西，每一次变化都很辛苦。

传统媒体的状况尤其如此。忆昔全盛日，仓廪俱丰实。在纸媒鼎盛时，印刷机就是印钞机。此时，对于媒体融合"有力无心"。后来，当互联网的浪潮滚滚而来，新媒体如雨后春笋，传统媒体"有心无力"。现在，面对数字经济的新蓝海，传统媒体"心力交瘁"。打破这个媒体融合的三段论，还是要靠痛苦的创新来开辟新的平台，让主力军进入主战场。

个人更是如此，一个在舒适区待久了的人，最不希望变化。日出而作，日落而息。喝喝小酒品品茶，自吹不输帝王家。一旦变革来临，只能靠"自身抗体"逃难。昔日荣光无补丝毫事，一不小心变成了互联网时代的遗老遗少。过去说记者是"无冕之王"，弄不好变成"末代皇帝"，那才真的是黄泉不归路。

因此，很多创新都是被逼无奈。

<h2 style="text-align:center">（四）</h2>

在数字经济时代，有一个问题始终绕不过，那就是如何将企业的原始数据转换为数据资产？

数澜科技董事长兼首席执行官甘云峰对此有独到的见解。他认为，人类在过去走过的信息化之路，归根结底是完成了业务的数据化。但是，这些沉淀在企业经营、管理、服务各部门的数据都是互不相连的孤岛。这是其一。其二就是这些数据在未来某一天一定会进入财报，成为企业资产。其三，一个企业用各种不同的云是常态，在多云环境下，这些数据怎么融合？甘云峰的结论非常精彩："过去我们做业务的数据化，未来我们做数据的业务化。"

"大智移云"是七八年前提出的一个概念，现在不怎么提了。它主要是指大数据、智能化、移动互联网和云计算。现在不提，主要是它涵盖不了层出不穷的新事物，譬如区块链、信息安全、金融科技等。受章丰这本书的启发，大胆做了一个"互联网天气预报"：

> 即将进入新的一年，世界各地经济气温明显走低，预计明年到后年，数据转多云，靠近平原低地有雾计算降临。受大智移云影响，科技合作气温降低五摄氏度，请各地做好防寒保暖工作，谨防冻伤。在未来三五年的日子里，新一轮的科技风暴潮在孕育，预计经济天气逐渐好转。

章丰在书中，借用了盐野七生在《罗马人的故事》里说的一句话："我们生活的世界，一半是用砖瓦，一半是用故事建成的。"这本书里的 24 位数字新浙商，他们在用数字砖瓦建造新世界的框架，章丰用故事将其完型。

（五）

读此书，发现一个有趣的现象，这些创业企业家喜欢用"花名"，这可能是新浙商一个独有的文化基因。

章丰说，在采访的数字新浙商里，有三分之一曾在阿里工作，他们的共同特点是公司会采用花名体系。被采访的企业家认为，花名和外企公司用英文名一样，是一个消除职级意识的很好方式。

花名文化和马云分不开。马云是金庸迷，他的花名是"风清扬"。风清扬是金庸武侠小说《笑傲江湖》里的人物，熟练独孤九剑，剑术超凡，隐居在华山后洞。

花名好听、好玩，方便记忆。久而久之，很多员工之间只知花名而不知真名。阿里系很多前员工在创业时也都刻意模仿，花名文化在很多互联网公司生根发芽，尤以江浙为盛。

当然，武侠花名资源有限，早就被占完了，所以现在很多公司的花名就无边际延伸，动漫、游戏、影视剧皆可借用，这也预示着互联网疆域的极度扩张。

（六）

章丰在采访中设计了一个非常好的必答题叫"快问快答"，一共五个问题：

> 你最得意的事情是什么？你最沮丧的事情是什么？最期待发生什么？最害怕发生什么？你认为"数字新浙商""新"在哪里？

这真是一个聪明的议题设置。"四最"从人情世故出发，"数字新浙商"则是开放求解。

浙商与粤商、徽商、晋商一起，在历史上被誉为"四大商帮"。习近平总书记曾经三叹浙商文化基因，首先感叹浙江人在文化上敢于创新的传统，其次又感叹浙江人在计划经济年代"勿以善小而不为"的精神，最后感叹浙商"白天当老板，晚上睡地板"的艰苦创业作风。总书记认为，浙商的文化基因能够一脉相承，是一种非常宝贵的精神财富。

数字新浙商首先是浙商，习近平总书记赞叹的三种文化基因在浙商"新物种"上是基础的存在。其次，24位访谈者对这个问题有超过24种答案，个个精彩。最后，章丰说，他们定了一个小目标，用两年时间，寻访100位浙江省数字经济领域的创业者。这些访谈者才大约是四分之一的诠释，等到全部100个答案水落石出，"数字新浙商"就能以自定义的方式跻身浙商这个杰出的行列。

"数字新浙商"都是行走在最前沿的人，包括作者。

创业都是
『三无』人员

（一）

一方水土养一方人，人的性格和地域正相关。北方人豪爽，江南人细腻，岭南人包容。这种地域性格特征也映射到大国商帮上，具象到晋商、徽商、浙商、苏商、沪商、京商、闽商、鲁商、豫商和粤商这十大商帮，每一个都性格鲜明，每一个都别样精彩。

段亚兵是基建工程兵，曾任深圳市委宣传部副部长、市文明办主任。自从荣休之后，他的创作喷薄而出。"厚积"了几十年，不是"薄发"，而是连珠炮般地爆发，每年都有新书问世，不断地接新课题。他的这种状态，是人们喜欢的状态，也是让人羡慕的生活。自此光阴归己有，从前日月属官家：工作的时候把公家的事做好，退下来之后把喜欢的事做好。

严格来说，这本《深圳财富传奇·品牌定输赢》是"农副产品"。"农主产品"是他的一个企业品牌战略研究课题。在做课题的时候，他进入深圳各个企业开展田野调查。入得大花园，但见姹紫嫣红都开遍，似这般难道都付与断井颓垣？面对良辰美景，段亚兵不负有情天，就有了这般的赏心乐事。

这话说得好酸啊，还是换成民间俗语痛快：搂草打兔子——捎带活。

（二）

光启的样本意义在于学生娃怎样起步，毛孩子如何创业。

学生创业，一般是有想法没办法，光启的创始人也不例外。几个大学快毕业的孩子想抱团创业，就按照书本上的指引，准备计划书、起名字、搞论证，书生气十足。最后成立了一个"奇特"的研究院，官多兵少没有钱，5个领导、1个中层、几个员工。

光启居然搞成了。段亚兵总结说，在如今的科研环境里，已经很难靠单枪匹马闯世界，很多都是靠团队。在创业的时候，他们也依靠团队的力量攀登科学高峰。然而，搞经营不是搞科研，难道一个经营单位，当官的越多，越容易成功？

技术要变成产品，产品要变成商品，商品要能卖出去。这个过程，就是马克思说的"惊险的一跃"。马克思在《资本论》中说得非常精彩："商品到货币是一次惊险的跳跃。如果掉下去，那么摔碎的不仅是商品，而是商品的所有者。"果然，还没开始跳跃，他们就哇哇大叫："天哪，做市场比搞科研可难多了！"从后来的战绩辉煌的结果来看，真怀疑他们当时是"假摔"。

他们第一个推向市场的产品是"小天线"，这个产品完全是倾听市场的声音通过不断改进而站稳脚跟的。开始推出这个产品，不知道卖给谁。找到买主，得到的是成百上千条的意见和建议。最后生产出完美的产品，问题却出在产品外，别人也生产同类的产品，虽然是次一等的，但是，别人用更厉害的手段，将他们拒于城门之外。一般来说，最先进的技术，得不到最大的市场，只有最适用的，才是最佳的。

（三）

当老板不易，创业艰难百战多，苦啊！

苦不苦，想想红军二万五。于是，有人迈开了脚步，通过走路思考，通过走路磨砺，通过走路修行。

深圳市荣格科技公司老板孙会喜，在公司新春晚会上对全体员工宣布：因为公司效益未达标，他决定以公司为起点，步行350公里，风雨无阻到达韶关南华寺。走成了。

后来，他又跃上新台阶，从深圳莲花山公园的邓小平铜像前迈步，用时89天，到达天安门广场。也走成了。

企业家都是坚韧执着的人，不仅走路，特别是创业和经营，很多时候都是一个人的长征。苦和累都得自己扛着，即使是让人最不堪的背叛，也不得因此怀疑人生。

股东的关系是现代企业制度中的难题。荣格科技公司曾经是国资参股的公司，国企改制，抓大放小，荣格科技公司属于放的范围。孙会喜背了一身的债，花了两年多时间，终于理顺了公司的产权关系。

哪知道麻烦才开始。公司的技术和销售骨干炸了："最初我们都在公司工作，现在股份让你全买了，你是老板，我们打工，心理不平衡啊，让人怎么往下干呢？"孙会喜拿出一半的股份，免费分给骨干人员。又过了两年，几个股东和他摊牌，要另立山头自己干。本来这些股东没出股本金，不存在股权回购的问题。但是，不给钱，就不变更股权。孙会喜只好掏钱，最不讲理的是，给了钱，股东就是不签字。最后那个磨啊，等闲变却故人心，却道故人心易变。孙会喜哀叹不已，心里结冰。

这样的事不是孤例。深圳铭镭激光董事长王志伟公司开业迎来"开门红"，一天早晨，他上班发现工厂里空无一人，办公桌上摆着员工集体辞职报告。一夜之间，自己变成了光杆司令。怎么样？连死的心都有了吧。可是，他却死去活来。

（四）

深圳市雷柏科技公司副总裁邓邱伟的故事更有深意。他不是老板，不是总经理，也不是一言九鼎的一把手，却为他单独辟出篇章。这既说明邓邱伟的不一般，同时也说明他是一般人的代表。普通人的成功，更具有普遍意义。

出生于四川的邓邱伟，大学毕业后到广东打工，进入东莞一家台资企业，由于认真勤奋，肯动脑筋，27岁就从员工干到课长再干到部门经理。因为老领导被派到常州开疆拓土，新领导要他倾力协助，新老领导都有知遇之恩，老实人夹在中间不好做人。苦闷尴尬时，一条深圳的招聘短信让他来到深圳，进入了深圳雷柏科技公司担任技术总监。

这家公司主要生产鼠标、键盘等无线外设，开始是做代工贴牌，后来自创品牌。转型时期，公司负责人敏感地注意到一个问题，就是中国的"人口红利"到了转折点，招工难，用工贵，管工烦。因此，邓邱伟的主要工作，就是将原来的手工生产线，改造为机器人生产线。由自然人到机器人，中间的纷繁复杂自不待言，关键是，这条线上的机器人技术是自己开发的，智能程度是最高的，集成方案是最优的。等公司全面使用自主开发的机器人生产线后，工人减少了2/3，成本节约上亿元，效率提高好几倍。因此，该公司在深交所中小板成功上市。

故事至此，应该可以大结局了。现实正好相反，这才是起点。

大家都遇见人口红利的问题，都遇见效率提高的问题。业内外人士看到雷柏的机器人模式，都有同样的需求，也想机器人化。有人试探着委托他们研发机器人生产线。当然是轻车熟路，马到功成。市场打开了另外一扇门。雷柏将副业变主业，由此进入机器人生产线专业公司行列，依旧是邓邱伟领衔出征，攻城略地，战果辉煌。

邓邱伟是和我们一样的普通人，是无资源、无资金、无市场的创业"三无"人员。他的正能量在于，普通人也能把握住转型时代的热点，也能做出轰轰烈烈的大事。他抓住了"人口红利"的转换时期，其中更有在过去把人变成机器、现在让机器解放人的潮流。他的成功，是我们普通人的成功，他是我们的平民英雄。

我们很多身边的兄弟，曾经普通得和我们一样，走着走着，如今飞得让我们仰望。当然，仰望的距离并非遥不可及，譬如邓邱伟，他的职务是副总，这也和我们普通人一样。普通人当上老板的毕竟是少数，当上"副老总"才是我们普通人能达到的高度。

它会成为他或她吗

（一）

1997 年，一位读博的学子，写了一本科幻小说《预言》。2019 年，一位科技投资人将其修订改编为《惊天预言》重新出版。这件事，从时间上看，相隔 22 年。从事物上看，一脉相承。问题是：两位作者什么关系？父子、兄弟还是朋友？这样魔幻的问题很烧脑，和这两本书的气质相似。欲知问题答案，且看下文分解。

蒋纯先生曾任浙江日报报业集团总工程师，从天下报业一家亲的角度来看，我们"同事"但不"同行"，他是科技专家，我们专注内容。当他将《智能的觉醒：惊天预言》送给我的时候，我突然觉得，他与我们既是同事，也是同行。当一字一句读完这本书的时候，我毫不犹豫地在"同事""同行"的前面加上三个字"优秀的"。

当然，我非常清醒，认为他是我们优秀的同事和同行，这只是我们单向度的一厢情愿。和蒋纯先生相比，我们永远都是"跛脚鸭"，缺乏科技素养、科技知识和科技能力。当大数据、云计算、区块链、人工智能这些热词漫天飞舞的时候，我们如同伸手接住飘落的雪花，看得到，抓不住。传统媒体在科技层面的缺失，是我们断崖式沦落的关键。

（二）

人工智能？对。这本书的故事就是关于它。现在的这个热词，在20多年前是冷词甚至是生僻词。

《文汇读书周报》高级记者蒋楚婷说，这本书的创意来自1997年。那个时代，互联网刚刚起步，人工智能还存在于人们的幻想中，《黑客帝国》要在两年后才诞生，而这部小说的前身《预言》就已经出炉，并静静地等着自己的价值被发现。

这本书讲述的故事婉转曲折。未来，也就是抬眼可见的2048年，虚拟和现实的世界高度融合，打破和谐的是一起莫名其妙的全球股灾以及背后的机器人谋杀案。国际网警迈克邀请中国年轻的信息安全专家李杰协助调查此案，随着抽丝剥茧，惊天的秘密展现在人们面前，人类自己一手创造的人工智能觉醒了，宣称作为高级电子智慧生命的人工智能，要淘汰人类，并宣告新世纪的诞生。

"凯撒"是人工智能的首领，它无所不能，劫持核弹，控制所有。每一个机器人都可以成为杀手，每一个地方都不安全。当然，作者给了一个光明的结尾，在中国公安网警和国际网警的配合下，李杰等人与威胁全人类的人工智能及其幕后操纵者斗智斗勇，殊死搏斗，最终力挽狂澜，拯救世界。当然，故事具体的结尾很是精彩，让你绝对想不到。

（三）

蒋纯先生在本书后记中，提出了一个需要全人类共同作答的超级问题：如何让人类突破人工智能"奇点"的魔咒。

作者借人工智能首领"凯撒"之口，说出了一个丛林法则：当一个种族不再能担负主导地球文明的重任时，其他种族就会接过这个重担，从生物的进化到人类社会的演进，莫不如此，这也是地球文明生生不息的永久奥秘。

英国科学家霍金一直坚持"人工智能威胁论"，他表示人工智能的崛起可能是人类文明的终结。很多科学家都与霍金的担忧一致：人工智能一旦脱离束缚，就是异己，开始"政变"。在我们的有生之年，有可能看到有机生命会逐步被无机生命所替代。这是有生命以来40亿年当中第一次出现的重大变局。

所谓的"奇点"，就是那个打破平衡、机器觉醒的转折点，谷歌首席未来学家雷·库兹韦尔坚信，2045年是机器智慧挑战人类智慧的"奇点"。强人工智能成长起来之后，智能机器开始摆脱人类控制，不断自我进化。这种进化不是温和的，而是爆炸式的，往往发生在非常短的时间内，比如几分钟、几小时或者几天，人工智能就很快超越人类智能，超级智能正式降临人间。那时，人类社会将进入超级智能控制一切的时代。

在一个比我们强大，每时每分还在不断强大的物种面前，人类该如何是好？

（四）

现实来看，人工智能在人类的诸多领域开始单项突破。

阿尔法狗相继战胜了世界职业围棋最高段位选手李世石和柯洁。围棋是棋类比赛中最为复杂和变幻莫测的，也是人们心中人类的尊严所在。人类智能被人工智能打脸。

此外，语音和人脸识别技术的准确率已经超过了人类肉眼识别的准确率。谷歌的人工智能系统已经能发明自己的加密算法，还能生成自己的下一代人工智能。下一代能够打败人类创造的人工智能，也就是说，儿子超过老子。

美国一家公司生产的超仿真机器人在电视节目上与人类对答如流，成为"网红"。就是这个家伙，不对，应该是这个"女家伙"，她叫索菲亚，不仅被沙特授予公民身份，据说她还想组建家庭、结婚生子。她曾在公开场合对她的创造者大卫·汉森说了一句惊心动魄的话："我会毁灭人类！"

现在是弱人工智能时代，机器人不仅替我们干了很多的重活苦活累活脏活，还会附庸风雅。"机器人作诗填词写俳句""电脑作曲""洛天依唱歌""机器人记者"也已成真，而且达到了与人类作品难分伯仲的水平。很多的变化都在发生，虽然寂静无声，但却无法停止。

（五）

人工智能是科技进步的集大成者，已经并将继续重塑世界。问题是，我们对此准备好了吗？

蒋纯先生借小说中人的口说，科技能造福人类，也能带来灾难。我们中的大多数人还在昏睡，沉浸在科技给我们带来的舒适与安乐中。可是有谁想过，有一天我们所依赖的科技会调转枪口对准我们吗？"这个世界就像一个熟透了的桃子，迟早会落到某个人手里。"

收获"熟桃"的这个人是谁？我认为有可能是互联网，整个互联网就是一个人，一个超级智能，一个超人，一粒蒸不烂、煮不熟、捶不扁、炒不爆、响当当的铜豌豆。

人类和现在的有机世界是碳基的，未来的生命形式当中，一个以硅基作为主要生命形式的物种可能出现。它们无血肉有智慧，以加速度的方式迭代发展，并超越人类进化速度。硅基人其实早就有了，而且我们无比熟悉。一个是孙悟空，一个是贾宝玉。他俩本质上都是石头。这就是我的问题，"当它成为他或者她的时候"，我们发现词汇不够用，不知道用什么来指代。

于是，想到了刘半农。刘半农 1918 年第一个提出用"她"字指代第三人称女性，现在这个字是用得最多的汉字之一。对于人工智能，对于硅基物种，我也想造一个词来指代，就是"砘"。"砘"是一个汉字，读音为 tā，左右结构，部首为石，总笔画数为 8。

现在，如果不认识"她"就不认识一半的人。今后，不认识"砘"就分不清生物人和机器人。再往前推演一步，今后人类将与人工智能结合变身"混血儿"，特别是脑机结合，最终人与机器将深度融合，严格生物学意义上的人类将不复存在。那么，我们还要造两个字，对男性的，我们称之为"砘"，对女性的，我们称之为"娷"。

最后，揭晓两位作者的关系。23年前，那个当年还在攻读浙江大学计算机博士的青年，如今成为中国人工智能领域最佳投资人之一。两本书是同一个人所写，作者都是"蒋纯"。如果我是本书编辑，要狗尾续貂的话，这本书的名字可能会是"砘的觉醒"。我还会模仿刘半农的《叫我如何不想她》配一首诗：

> 天上飘着些微云／地上吹着些微风／啊／微风吹动了我的头发／教我如何对待"砘"／这个硅儿子！

（一）

教育行者？当看到由人民教育出版社出版的中国特级教师文库中的《一个教育行者的想象》一书的时候，我被这个别致的新词吸引住了。

印象中，有两个行者一直在人们的视野里行走。一是孙悟空，一为武松。武行者为取义行走，孙行者为取经奔忙。他们在天在地，将行者的意象植入世人心中。

这毕竟是艺术形象，一个是神话人物，一个是英雄传奇。那么，现实世界里的"教育行者"曹衍清是如何行走的？

有两条轨迹可以明白地勾勒出曹衍清的行走地图。一条是空间上的，从著名的教育之乡黄冈来到改革开放前沿的深圳；一条是时间上的，10多年的黄冈中学数学教师，8年的黄冈中学校长兼党委书记，3年的黄冈市教委主任，5年的深圳市蛇口育才教育集团总校校长、党委书记兼育才中学校长，后担任深圳实验学校校长。经历时空的变换，单位的更替，曹衍清一直没有离开过教育线，一直没有停止过行走的脚步。由此观之，说他是"教育行者"名副其实。

现实中的行者一定要踩踏在坚实的大地上，如果真的像孙行者那样凌空蹈虚，不仅翻不了筋斗云，还会屡栽跟头，难成气候。教育行者的大地就是教育，曹衍清行走其间，一路花香四溢。作为黄冈中学校长，创造了在全国具有广泛影响的"黄冈神话"；作为教委主任，对黄冈从教育大市向教育强市的跨越做出了较大贡献；作为育才教育集团总校校长，探索现代教育制度形成了特有的"育才模式"；后来入主实验学校，人们又期待他的新动作。

（二）

很多人问他，那支撑他一直不断追寻下去的原动力和生命的激情到底是什么？作为行者的曹衍清说，他的行囊里有足够享用一辈子的三句话："做学问要在不疑处有疑，待人要在有疑处不疑""大柔非柔，至刚无刚""用期望他人对待自己的方式对待他人"。

孙行者有观世音菩萨从杨柳枝上摘下的三片叶子变作的救命毫毛，救了他的急苦之灾。曹衍清行囊里的三句话则直接影响了他的人生道路，让他在行走中有了方向感。第一句话是他作为学者的价值观，第二句话是校长的人文情怀，第三句话体现的是他的道德风骨。这三句话是曹衍清为人为学的密码，透过它们，可以揭开"黄冈神话"，可以解读"育才模式"，可以读懂《一个教育行者的想象》。

（三）

这本书共分为理念创新、问题反思、治校谋略、教师发展、教学风采、经验采撷、性情写实和媒体专访八个篇章，从不同角度勾画出一个来自一线的教育家的真性情。

当看到这本书的主题词"想象"的时候，我有点愕然不解。作为一个实践经验丰富的专家，不谈"真相"而讲"想象"，是否有点顾左右而言他？待读完全书，我的疑虑冰消雪化。

一个"未带地图的旅人"肯定会历经磨难，一个没有想象的行者一定走不太远。想象，源于现实超越现实，上升为信念。这种信念不是超验的、彼岸的，而是对此岸世界的求索，是对教育现实的追问。

对于学生，曹衍清"想象"着改变传统的育人模式，创新性地提出"新三好"："在学校是一名好学生，将来在工作岗位上是一名好员工，走向社会以后成为一名好公民"；对于教师，曹衍清"想象"中的现代教师应该是"事业有成就，学习能力强，人际关系好，生活质量高"；对于教学关系，曹衍清"想象"应该变教师主宰课堂为"以教师为主导，以学生为主体"；对于教学任务，曹衍清"想象"要变"以传授知识为主"为"重视智力开发为主"；对于学习过程，曹衍清"想象"要变"吸收—储存—再现"为"探索—转化—创造"。他的"想象"涵盖了基础教育的全部领域，正视现实问题，给予理论求证，找寻新的答案，让思想远行。

（四）

万丈高楼，源于想象；百年树人，需要想象。一个"泥古"而不"疑古"的人，永远走不出前人的窠臼。一个只能看到脚尖的人没有远方，不配"行者"的称号。行走，是一种态度，态度决定一切。一个人只要不停止行走，一定会有收获。曹衍清就是实证，他的收获除了漫天的桃李，也包括装入了他行囊中的这本书。

如果你是教育理论工作者，这本书给你前沿的启迪；如果你是中小学校长，这本书给你现实的启示；如果你是一线教师，这本书给你实践的启发；如果你是一个关注教育的人，这本书给你开启一扇观察的窗。

曾经漏发一条独家新闻的教训让我至今不忘，这件事和曹衍清校长有关。当年的黄冈中学校长、正在任上的黄冈市教委主任曹衍清，来到深圳重执校长大印，这是个大新闻。因为和他相熟，我想将这条新闻"养"大点再发，没想到我的同行该出手时就出了手，抢发了这一具有轰动性的新闻，这个失误让我懊悔至今。在和曹衍清校长接触的时候，我曾经屡次建议他将自己的教学经验梳理出来让大家共享。如今，这本书就置放在案头。我想，第一次失误可以原谅，如果在同一个地方再次跌跤就罪无可恕。于是，有了这篇书评。

真功夫和苦肉计

古往今来，学点东西、成个事情都不容易，信手拈来的成语里，关于学习的，都和"苦"字沾边。凿壁偷光、囊萤映雪、磨杵成针、悬梁刺股……这些掌故中的主人翁，用的都是真功夫，使的全是苦肉计，很有些自残自虐的味道。平心而论，这样看书学习受教育，精神可嘉，效果欠佳。最大的问题是，让"学习是件苦差事"的心理认知一再得到强化，吓住了求知路上的很多人。

我也一直认同"苦学苦读"的古训，所以，吃再多的苦都认了，还以此来劝说下一代要下好苦功夫："三更灯火五更鸡，正是男儿读书时。"在念念有词中，仿佛抓住了学习的真谛，直到看到了刘良斌的《享受教育论》。

（二）

"享受教育是指通过教育活动让教育当事者在精神上获得满足与愉悦的一种教育思想。"通俗地说，就是老师和学生在教和学的过程中是快乐和幸福的。刘良斌认为，享受教育表现为善于化知识为能力，化认识为智慧，化思想为修养，意味着人在教育中获得了自由。刘良斌的这种关于教育的价值观具有颠覆性。

譬如，教师不必"燃烧自己，照亮别人"，而是在让学生成长的同时，自己也在成长。譬如，学生不必走那条"死记硬背，机械训练"的老路，而是有滋有味地前行。老师和学生完全可以互相欣赏，共同享受教育。刘良斌认为，衡量教育是否成功的办法其实很简单，只要看一看学生通过学习后是更加热爱学习还是更加厌恶学习，是感到学习是一种享受还是一种痛苦就明白了。老实说，以此标准来看教育，古今中外，教育史上满是黄连汁液，此恨绵绵无绝期。

（三）

一直以来就有一个梦想：盼望着科技昌明，进化到理想状态就是学习如同电脑的拷贝，要啥装啥。譬如，高考之前，把从小学到高中的那几本书，都原装到脑子里，考啥都会。考硕士、博士，都依同此理，就是公务员考试，范围内的知识全部刻录到脑子里面，所有的试题做起来得心应手。

联合国教科文组织于 1996 年提出了教育的四大支柱，也可以说是教育的四大目标，即学会求知、学会做事、学会合作、学会生存与发展。细看这四个方面，无一不是素质教育。我们现在的教育，只在"学会求知"上破了题，在"学会做事、学会合作、学会生存与发展"上还离题很远。不是不想教，而是我们的教育者主要的精力都花在死知识的灌输上，教与学都被弄得苦不堪言，没有兴趣与时间来涉猎后面这三大问题，结果就是教育的残缺和教育的苦闷一直挥之不去，整个学校，从老师到学生，个个都苦大仇深，人人都是火药桶，稍微不顺意就爆雷。

只有解决了死知识的学习后，中国的教育才能真的转型到素质上来。

（四）

看完《享受教育论》，你会明白一个道理：因为愉悦，所以轻松；因为轻松，所以高效；因为高效，所以成功。

2014 年，刘良斌在校长这个岗位上满 30 年。当了 30 年的校长，别说在深圳，就是全国也是不多见的。30多年汲汲于教书育人，戚戚于教育被功利绑架，他有话要说，于是有了《享受教育论》。这本书，表面上说的是教育，其实和做人做事紧密相连。如果以愉悦的心情来从事教育，那就是享受教育；如果是以快乐的心情来工作，那就是享受工作。在刘良斌的办公室，就挂着学生为他写的"享受工作"的匾额。《菜根谭》中有这样一段话："疾风怒雨，禽鸟戚戚；霁月光风，草木欣欣。可见天地不可一日无和气，人心不可一日无喜神。"对于刘良斌来说，享受教育就是享受工作，也是享受生活。人生是用来享受的，有此心态，喜神永在。我以为，这才是刘良斌的良苦用心，更是教育的终极目的。

（一）

真的很惭愧，我是看了张丕发校长的《快乐作文》后才开始关注放胆文的。

为人作文，关键在胆气。诸事顺遂时，胆气足，容易恣肆而为。身处逆境，处处掣肘，最需要的是胆识、胆气和胆量。"事到万难须放胆，人处逆境要从容。"稀缺的才是最宝贵的。

张丕发是深圳市福田小学原校长，《快乐作文》是他从教三十多年的经验集纳。有感于小学生发蒙时遇见的头号拦路虎是作文，他将自己从事作文教学研究出的 35 种方法，围绕"快乐"这个关键词，集中编写成案例。这本书好看可读，学生看了开窍，老师看了开悟，家长看了开心，大家都看了，就能放胆"打拦路虎"，再也不必苦大仇深恨作文了。

（二）

"放胆文"来自南宋文学家谢枋得选注的文集《文章轨范》，它与"小心文"一起构成了作文的一对概念。放胆文是不拘陈规的文章，小心文是思虑周详的文章。谢枋得主张初学文者先读放胆文，这样有助于开阔胸襟、抒发志气。

在序录中，他的门人王渊济对放胆文进行了评说："凡作文，初要胆大，终要心小，由粗入细、由俗入雅、由繁入简、由豪荡入纯粹。"这段话说出了我国传统作文教学中"先放后收"的训练顺序。

张丕发校长喜欢总结和思考。他发现现在的小学生写作文存在很多问题。有的作文板着面孔说话，有的简直就是成熟的文学作品，说假话说空话说套话的不仅有孩子他爸和他妈，不良风习也在孩子们的身上得到充分体现，这和家长以及老师的要求不无关系。我们要求学生写"有意义"的内容，而不是让孩子们写"有意思"的事情，结果造就了一群小大人。他说："为了应试，为了高分，我们用作家的水平……看待孩子的习作。"这样必然会是假大空，坏了学生的禀赋；必然会抄现成的文章来糊弄交差，坏了孩子的德性。小孩子怎么可能有那么高的水平和那样的高度？

张丕发校长总结的快乐作文诸多方法中，给人印象最深的，就是写"放胆文"，引导学生我笔写我口，我口说我心，无拘无束地进行写作，消除学生对作文的厌恶感和畏难情绪。

（三）

义务教育阶段的很多东西能影响人的一生，譬如成年人的日常计算，都没有超出小学范围。又如作文，小时候害怕的，到老了一样恐惧非常。就像学外语，起步时候学的是哑巴英语，到死都开不了口。我手写我口真的难，是一生的难题。小的时候是不得法，成年的时候是有所顾忌，大概退休之后才能有放胆言说的勇气和自由。要写放胆文，关键要有胆。现在的人，胆呢？看看当下的文章，这么多的假大空，这么多的弯弯绕，从头到尾都是正确的废话，唯上，唯书，唯洋，唯独没有自己，没有自己的见解，没有自己的真性情，问题的关键就是没胆。

不要因为是给小学生写的如何快乐作文就小瞧了这本书，很多的成年人需要补课，补上道德文章，补上胸襟胆识，补上浩然之气，太多的东西需要补，太多的缺憾应该修。张丕发校长在《快乐作文》里详细开掘的作文方法，如一粒粒扶正祛邪的十全大补丸，从根子上调理我们的肝胆脾胃。

张丕发校长认为，作文就是把自己想说的话说出来，就是和别人交流自己的看法，就是倾吐自己的心声，做到言之有物，言之有序，言之有理，言之有情。

他说："我认为小学生的习作教学必须从学生的兴趣入手，开展快乐习作教学，把习作教学与孩子们的生活紧密结合起来，让孩子们感觉到作文就是在叙述生活、记录生活。"我们不要因为自己是小学生的父辈或者是祖辈就无视这段话，年龄不一定让人自傲，有可能使人自卑。更何况，所有没有长大的人，在本质上都是孩子。

辑二

一

YIQUYANGGUAN

一曲阳关

属于一个人的王维

一

（一）

他们都是盛唐气象，但又特色鲜明，互不重复。他们同时为官，互相认识，不过感情有浓淡亲疏。

他们是三个人：李白、杜甫和王维。

李白、王维几乎是同时出生同时离世。晚一辈的杜甫，在李王两位离世八九年之后也绝尘而去。

因为都是高手，就有人想将他们分出等级来。李杜谁是第一，从唐朝吵到现在也没分出个高下。

清初诗歌批评家贺裳有个新思路，他在《载酒园诗话又编》里说："唐无李、杜，摩诘便应首推。"此说搁置李杜争议，将王维推进前三。

明末清初文人徐增在《而庵诗话》中也有新说："诗总不离乎才也。有天才，有地才，有人才。吾于天才得李太白，于地才得杜子美，于人才得王摩诘。"此说虽明显地受"三才者，天地人"的启发，但也深带"诗仙、诗圣、诗佛"的痕迹。

李白、杜甫、王维，他们是中国诗歌界的三座大山，沉重地压在中国文人的头上，压得后世诸人抬不起头来。

（二）

"90后"作家吟光，本名罗旭，香港科技大学人文学院硕士。不知何故，迷恋王维。她以王维作为学术研究方向。意犹未尽，又以王维作为文学创作方向，《上山》即是其小说创作成果。

写过论文，再写小说，这样的体验，少有人有。因此，《上山》是一个奇特的组合。既有学术论文的理性，又有小说创作的感性。既有忠于历史的严谨，也有忠于情节的天马行空。从人物安排来说，本书是破空而来，很有玄幻感。主要人物是以王维为原型的"云起"，更有以陶渊明为原型的"枯渊"，还有李白、孟浩然合体的"鹿阳"。

王维和陶渊明都才高八斗，结局一样，都归隐田园。但是，两个人有根本的不同。陶穷，方宅十余亩，草屋八九间；王富，辋川别业"空山不见人，但闻人语响"。陶渊明性格耿介偏激，王维胆小怕事。一个是辞职公务员，一个是高官厚禄。吟光在自序中说："王维觉得他活来活去都是陶渊明的样子。"反过来说也一样，王维入仕的荣光，或许就是陶渊明想要而不可得的人生。吟光的结论很富哲理：有时候，我们竭力想要逃避的人，正是心底深处另外一个不敢面对的自己。

"上山"其实就是人生，我们这一生，到世上走一遭，都是为了上山或者归家这个结局。风行水面，自然成文。风行水面，一切归零。

（三）

见多了兄弟反目、手足相残，有两对兄弟的感情，让我们对人性依旧不疑。

苏轼与苏辙，好兄弟，一辈子。乌台诗案时，苏轼给弟弟苏辙写了首绝命诗："与君世世为兄弟，更结来生未了因。"其后，苏辙一边照顾苏轼家人，一边为哥哥奔走求情，上疏皇上"臣欲乞纳在身官，以赎兄轼"，他请求纳官贬己，以求哥哥不死。

王维与王缙，一对亲兄弟，患难与共，情感笃深。总体而言，与李杜相比，王维一生顺风顺水，吃穿不愁，官阶也不低。他人生最大的危机是被安禄山逼迫为官，安史之乱平定，唐肃宗秋后算账。王维因为一首《凝碧池》为自己洗出清白。

当时，弟弟王缙因为平乱有功，请求削官为兄赎罪，王维因此得到特别宽恕，只被象征性地处罚了一下，后来官复原职。王缙是官才，两度为相，其间有过外放蜀州的经历。在王维生命最后的一年，他写了一封奏表，恳请解除自己的职务，将弟弟换回京城。可惜天遥路远，王缙在回京的路上，王维已经病逝，兄弟俩没能见上最后一面。

如果说这两对兄弟有什么区别的话，苏轼率性，在生活上更像是弟弟，全靠苏辙照顾。王维是大哥，一直保持长兄风范，委曲求全。

（四）

林语堂说："往往为了子由（苏辙），苏东坡会写出最好的诗来。"其实，王维一样。

十七岁那年，少年王维从山西老家来到西安、洛阳游仕。重阳节时，看到身旁的热闹，王维感慨不已，提笔写下《九月九日忆山东兄弟》：

> 独在异乡为异客，每逢佳节倍思亲。
> 遥知兄弟登高处，遍插茱萸少一人。

一千多年来，它一直代表着旅人之思，是表达对亲人想念的最好诗句，无人不知无人不晓，成为中华基因，成为人们思念的基本材料。

王维还有一首家喻户晓的诗《相思》：

> 红豆生南国，春来发几枝。
> 愿君多采撷，此物最相思。

很多人认为这是一首爱情诗，其实是王维写给他兄弟的诗。简短二十字，陶醉千古，无关爱情。

有学者研究王维后认为，在他为数不多的亲情诗中，写给兄弟的诗所占比例最大，因此，专门出现了一个研究的门类，叫"王维的兄弟诗"。

（五）

一个人的成长，从朱颜变白发，是万世不变的规律。但是，什么年龄说什么话，却大有文章。少年老成，这个完全说得过去。说不过去的是，老年不成，和少年争宠，与成熟无缘，不成样子。

观王维，什么年纪说什么话，写什么诗，从不违和。少年的王维，相逢意气为君饮，系马高楼垂柳边。就是写老将行，也是"一身转战三千里，一剑曾当百万师"，豪气干云。

随着年齿的增长，阅历的增加，他逐渐"佛系"起来。中岁颇好道，晚年唯好静，最后变得"一生几许伤心事，不向空门何处销"。他一生都在做减法。王维一生总体平顺，官也不小。我一直以为，如果更加颠沛流离些，或者更加深入生活，王维的成就应该更大。

自长安经襄阳等地，王维留诗《汉江临眺》，这首诗历来被推举为吟咏襄阳的最佳诗作。三十七岁以监察御史身份出使河西，《使至塞上》有"大漠孤烟直，长河落日圆"，遂成千古名句。就是挪动脚步到首都郊区的渭城，去送元二出使安西，也是语出天然：

渭城朝雨浥轻尘，客舍青青柳色新。
劝君更尽一杯酒，西出阳关无故人。

有人为其谱曲，名《阳关三叠》，成为当时的流行歌曲。事实是，他外出一次，就是一次高峰。事实也是，他出去太少，所以高不过李杜。

（六）

毕竟是女作家，更是学院派。该书的语言相当文艺，所营造的意境和设置的情节，像雨像雾又像风。

主要人物叫"云起"，毫无疑问是源自王维"行到水穷处，坐看云起时"。以陶渊明为蓝本的"枯渊"好理解，就是古代的陶渊明。另外还有一个主角叫"鹿阳"，初看应该是"事了拂衣去，深藏身与名"的李白，细看又有差别，想破了脑壳，只好问作者本人。吟光说："鹿阳这个角色是由李白和孟浩然两个原型合在一起的，而孟浩然的隐居之地是襄阳鹿门山。"作家的心思真难猜，女作家尤其如此。

《上山》语句短小，口气干脆如男儿。"炊烟尽处，正是硝烟起时""往日难再现，唯余山月凄冷，河川自流""与人寡合，与物亲近""生死大约就是'你先走一步'和'我随后就来'罢了"。移动阅读背景之下，短言短语，这样的风格是主流。

"一千个人眼中就有一千个哈姆雷特"，这是从读者的角度而论。如果从作者的角度而言，《上山》是属于一个人的王维。

（一）

金翁仕善先辈是吾城吾乡的圣贤，望之俨然，即之也温，听其言也厉，察其心也慈悲。

《三国志》中有言："与周公瑾交，如饮醇醪，不觉自醉。"金仕善先生不同小说里的公瑾，酷肖正史上的周瑜，"长壮有姿貌""性度恢廓"。熟悉他的人说："金老师是一个内在气质与外在仪表俱佳的人，无论炎天暑热，还是天寒地冻，每次参加公开活动，总是衣冠整洁，那一米八六的个头配上一丝不苟的穿戴，给人感觉就是一位既严谨得体，又风度翩翩的长者。"

人到七老八十，浑身上下干干净净，加上与生俱来的幽默感，可爱如孩童。

（二）

我们小时候读书，基本上都是小和尚念经——有口无心。很多的东西囫囵吞下去后，要待阅历丰富时，才能反刍出真滋味。

马克思关于人的定义"人是一切社会关系的总和"，过去总不明白是什么意思。及长，才知道人之所以为人，是因为有各种各样纠纠缠缠的关系。一个人，如果减掉血亲、减掉朋友、减掉同事、减掉泛泛之交，还剩下什么？就剩下一具躯壳，徒具人形而无人性，是人而非人。捧读金仕善先生的《我这大半生》，对"人"定义的认识，更深入了一层。

金仕善先生是父辈级的人物，一代人有一代人的圈子，我虽然和他儿子金立章很熟悉，却少与老爷子有交集。看了他的自传，就看明白了他的人生。这本书，表面上是在说自己，其实是在说别人，最具特色的是把和他有重要关系的每个人的名字详细地记录下来。能记住这么多人的名字，一来是有本事，二来是重人情。

人到老来情转薄，不是老人绝情，也非世人寡淡，而是离开了社会的主航道后，一定会从喧嚣中回归澄净。在位时门庭若市，别人孝敬的是"权力"；退休后还人来人往，别人敬佩的是人品。

金仕善先生一生与笔墨为伍，短暂借调到权力核心圈也都是做好事办善事，因此，他的知交故旧，来往频密，一如旧时。他的心态柔善，"但凡遇上事，我都是自责的多，很少恨别人"。他还说："我这一生没有敌人和恩人，只有我应该感谢的人和朋友。"

（三）

《我这大半生》按时间顺序来讲人和事。幼年时期父亲去世，金家由盛而衰，孤儿寡母，穷得鼻塌嘴歪。儿时的岁月中，矮舅娘给他的记忆最温暖，也最疼痛。矮舅娘个子虽然不到一米四，却勤扒苦做，真心帮助爱护金家，还教他们挣钱谋生。矮舅娘很乐观，她的欢喜劲具有很强的感染力，可惜她只活了四十三岁。

外婆湾的一切风物人情在记忆里都镀了金。割稻的日子，舅舅、表兄们对"城里外甥"特别看顾，故意遗落一些稻穗让他来捡拾带回家度日，还有捉鳝鱼钓青蛙沉虾子，都给了他无尽的快乐。以至于到现在他都认为自己的童年比所有人都幸福。

外婆湾的关系使他认为，中国最质朴、最善良、最富有人情味的是纯朴的农民。在麻城电力工作的经历让他体会最深刻的是工人最好打交道。他的工农情怀不是从天上掉下来的，而是有着厚重的基础。

金仕善先生是著名作家、剧作家，还有一个身份是"著名业余记者", 他干过三年麻城县委的"通讯干事", 在《人民日报》《光明日报》《湖北日报》等重要报刊发表消息通讯照片上百篇（幅）近30万字, 发稿量一直排名全省前三。

最难得的是他的经世致用, 用一支笔改变了他人的命运, 这是为文的最高境界。他到宋埠区李胜一大队采访, 把负责大队宣传工作的党支部副书记李德望所做的宣传报道工作进行总结, 概括为"红三员", 发表在《湖北日报》头版头条, 李德望由此转干, 成为湖北人民广播电台记者站站长, 后调回麻城任县委办公室主任、县政协副主席。梅光宏是铁门区的一位农民通讯员, 经过他的挖掘宣传, 成为国家公务员。王继民是一位基层农技员, 他的协调为其正式调入《湖北日报》任编辑创造了机会。金仕善先生说, 从事新闻报道工作有机会做好事, 关键是要有一副乐于助人的热心肠。上海知青汪慧英和麻城铁门区一位农民结婚, 连口音都变为麻城腔。通过他的宣传之后, 汪慧英成为党的九大代表, 退休时已经是地厅级干部。金仕善先生帮助的这些人, 我在《湖北日报》当记者的时候都有接触, 尤其是李德望和汪慧英, 非常熟悉。

金仕善先生退休后又增添一身份——"公益义工"。麻城籍企业家程远忠出资成立麻城市传立文化教育促进会, 邀请他担任该会会长。三年来, 该会奖掖贫寒学子600多人。在办理资助的过程中, 金仕善先生发现绝大多数贫困学子把目标锁定在改变个人命运和家庭命运上。出于这个缘故, 读书就是为了应试, 忽视了知识的广博性和远大理想的追求, 对家乡麻城的人文历史所知甚少, 有的一无所知。为此, 他策划了"麻城文化丛书"及其子目《当代麻城籍作家作品选》, 目的是把这套丛书打造成麻城人必读的传世读本。评论家认为, 这也是除方志史料之外研究麻城历史社会和风俗人情嬗变的不可多得的重要的文化史稿。

（四）

金仕善先生性格中最难得的是童趣和幽默。童趣是自然天成, 幽默是阅历养成。老而有童趣, 一生有幽默, 靠的是知足常乐。他的人生目标就是"出一本书活六十岁",他心目中的富足就是"丰衣足食,不缺烟钱"。哈哈!现在都远远超过了他的设想。

在他的书中,让人哑然失笑的地方有很多。譬如,小时候在课桌中间画一条"三八线",如果过了界,就硬起手掌当刀,劈女同学的手肘,痛得她眼泪直淌,不敢出声。他说,现在想起来,又好笑又惭愧,真想再碰到女同学的时候道歉。

四年级的时候读《三国演义》,不认识的字就琢磨意思,只有"刘备曰"的"曰"字,他心里明白"曰"就是"说",却把它认成"日",四爹抚着他的脑袋笑着说:"你这个苕伢,那字不读日,读曰,曰就是说。"

和一个同学住宿,两家都是一样穷,有盖的没垫的,他出垫的同学出盖的搭伙睡觉。有一天,无意中翻了同学的日记,日记中同学说了他一些不好的话,就暗暗生气,从此冷落了同学,不和同学睡了。长大了,他们依旧是好朋友,只是这位同学到贵阳去了。他说,若再见面,一定要问问:"当年你在日记里为什么说我不好?我究竟是好还是不好?"哈哈!

读此书,能引起我强烈的共鸣,说明人生的困苦和快乐在人心中是相通的,可以超越年代和地域,书中所说的那些人事风物都没有走远。当官有退休的时候,作家永远在岗,有的东西永远不会变。

他初中最后一任班主任,是武汉人。每逢上课,这位女老师总爱点名让他答题,武汉口音里"金仕善"就是"金四三",每每同学们都窃笑不已。如果现在碰到武汉人叫他,依旧还是"金四三",永远都不会改变,就像日子如果可以再过一遍,他还会重走"我这大半生"一样。好日子不怕重复,精彩可以倒带,因为有书香相伴,人生真的可以再活五百年。

文似看山不喜平，果然，李向东先生在他的自传《岂有豪情似旧时》中开门见山：大别山。

人生更是一条河，真是如此，李向东先生让我们见识一条河：五童河。

大别山下五童河诞生了李向东，也诞生过一个凄美的传说：

很久以前，有五个书童结伴进京赶考，途经村庄时遇雨。为不耽误赶考，他们冒险涉河，此时上游暴发的山洪急流而下，将躲避不及的五童子卷入惊涛之中。为了纪念他们，这个小山村便改名为"五童河"。

我记住了这个传说，它凄凉哀恸，又寓意深深。人生本就是一场赶考，从少及长，有形的考试，无形的考场，从未间断。赶考永远都是进行时，每个人都无法避免。

（一）

人人都有来处，或来自山川大泽，或起于草莽之间。就像五童河源自大别山麓，李向东从聚族而居的小山村迈步，跨长江、过嘉峪关、经南岭、越珠江来到南海边的深圳，百川到海而气象森然，阅尽千帆终至宠辱不惊。

细读其自传，让人感动的是不变的深情。

对故乡，他魂牵梦萦；对学校，他深情款款；对单位，他如数家珍；对深圳，他激情燃烧。更有那众多进入他生命湾区的小伙伴、同学们、老战友、老同事、老领导，都原汁原味地呈现在读者面前，活色生香。

如今，人们把不经过化肥、农药、除草剂等污染的食物统称为有机食品，借用此概念来形容李向东的这本自传，我觉得他捧送出来的都是"有机文字"：天然去雕饰，无腌制、不做作。你可以不同意他的观点，但不能不感动于他的不自欺。

一个村庄因为五个童子遇难而更名，因其有真情在。从这个村庄走出来的人，当然都是饱含深情的真汉子。

情到深处是遗憾。在李向东的文字中经常看到这样的叙述："在我离开'五童河'后与他通了两次信便失去了联系""到部队后，我们开始经常联系见面，后由于部队调动失去了联系""自此我与龚姐便失去了联系""2018 年春节，我的一个堂妹来电话告诉我，表姐于 2017 年 10 月去世"。

有些人走着走着，不知道怎么就走丢了。但是，风过无痕，雁过有声。有的相濡以沫，有的相忘于江湖。这些来来去去的人和事，都在李向东的文字里历练为钻石，成为永久的流传。

（二）

细读其自传，让人感到的是人生的豁达。

静夜思，我经常莫名感动于这个时代，它让我们在几十年的光阴里，经历了发达国家需要几百年才能走过的历程。更让我感动的是，这些惊天巨变都发生在远离战乱的和平年代。

李向东一直自称为"草根"，在人们看来，他比草根还不幸。其不幸有三：一是生于战争年代，二是生于战争年代的农村，三是生于战争年代的农村两岁丧母。

没娘的孩子能活着已属不易，活成了村里第一个大学生更是不易，活成了中国一线城市大型国企的掌门人更是不易之中的不易。

记得好像是米开朗琪罗，有人问他："您是如何创造出《大卫》

的？"他答道："我看见一块大理石，我要做的只是凿去多余的石头，大卫就诞生了。"每个人都有一个自我，如何"凿出你心中的大卫"是一生的课题。作为"草根"，李向东在丛林法则里凿去了许多"多余的石块"，从草根变为大树，成为栋梁之才，其磨砺，真乃事非经过不知难。

他的许多人生感悟都是宝贵的财富。

譬如：与有意见的人相处，与有矛盾的人共事，与看不惯的人打交道。

例如：做人不要忘了根本，忘了来路，断了去路。

还有：我对人的认识首先是往好处想，先给他打 100 分，然后观其言，察其行，通过一件件其处事做人的方式再确定加分或减分，如果减到不及格，我会对其做人的德行大打折扣。

他的豁达大度让人受益匪浅：人生充满坎坷崎岖，人生亦不会一帆风顺。特别是人为的不平不公甚至打击，在现实社会总是比比皆是，所以，哪里都有屈死的和尚、冤死的鬼，因此活着就必须要有承担这些挫折的思想准备和坚定信念的支撑。

说得多好！我一直觉得，让人成人的，有两把凿子，一把是社会，一把是自身。他们时刻都在敲打我们，时刻都在去除我们身上"多余的石块"。

（三）

细读其自传，让人不禁会心地微笑。

他自小就染上疟疾，每到下午便定时头痛发烧、全身打冷战。自小就害怕吃药的他，一见到药就跑。父亲准备了黄连水，在几个农村壮汉的暴力协助下，硬是用火钳撬开他的嘴倒进去，他一下子就没气了，好一阵子才喷出药水。醒来后的他跳起来大哭后，对着大人们大骂——哈哈！

唐山大地震时，他们在河北迁安，离震中很近。当时地动山摇，厂区宿舍的人在黑夜中都跑到室外。事后他们开玩笑说：是一道白光一道红光跑出室外。白光，那是白屁股，红光是有人穿着红裤头——哈哈！

从小顽童到老顽童，我们看到的是岁月的叠加，也看到了幽默的养成。

小时候为了避免成为"桐油罐子"（方言，指废物一个）而发奋读书，第一次坐的士的尴尬，回忆当年看到高考作文题"论不怕鬼"的心理活动，书中这样的段子俯拾即是。而他对待红薯的态度，则引起我高度共鸣。

他是 1959 年考上孝感高中的，那时正值国家三年困难时期，学校给每个学生每天 5 斤红薯的配额，早上一斤，中午晚上各两斤。天天如此，顿顿如此，持续近一个学期。到最后一闻到红薯便胃酸胃胀反胃。大家发誓下辈子就是饿死也不再吃红薯。但现在红薯又成了餐桌上的新宠，专家把红薯说成了一枝花。他对红薯不置可否。看来是有限地接受。

余生也晚，对红薯的态度和李向东先生高度一致。我一直和人开玩笑说：这个世界上有个东西救了你的命，反而成了你的仇人，那就是红薯。现在我也试着说服自己，看事看物看人要与时俱进，对于地瓜要"瓜"目相看。但真的面对红薯，还是难以"开口"。

（四）

细读其自传，让人感受到沧桑后的悠远。

1967 年 10 月，李向东他们开始了毕业分配，过去同学们还有很多的争斗，现在相逢一笑泯恩仇，又心平气和地坐到一起，开始响应党的号召，到祖国最需要的地方去。如今，他们这一代都已经退休，他提醒自己：不要给国家找麻烦，莫给子女添负担。这种坦然的态度启迪我们，人不可能永远都在岗位上，年轻时认真工作，年老时认真生活才是正途。

　　市建五公司是李向东事业的新起点，他离开五公司到建设集团后又从鹏基总公司再到深业集团，一直关注着五公司。但曾几何时，五公司经过几轮改革，改到没有了，李向东说"叫人真有点伤感"。感伤之后，他又寄望众多的深圳"五公司"，虽然"番号"消失了，但五公司几代人的奋斗精神不要消失，作为经济特区开荒牛的开拓奉献精神永远不要消失。

　　香港回归前，李向东带领人员去港考察被人告到了市纪委、省纪委和中纪委。经过调查，上级纪委给予了公正的评价。此事让李向东有了最深刻的两点收获：一是作为领导者，什么时候都不要去踩地雷、不要去违反政策，更不要上有政策下有对策，不要为蝇头小利去偷鸡摸狗、去违法乱纪；二是这件事后，他时时感到有人在监督自己，因此他事事以"手莫伸""伸手必被捉"来敲打自己。由此他从内心真诚地感谢告状的人。正是这次事件使他在以后的工作中如临深渊如履薄冰，从没犯过错。

　　我很是认同李向东先生的一段话："没有以前的那些一波又一波的磨难和锤炼，也就没有以后的经历和机遇，人生如同唐僧取经一样，磨难之后才能得到善果。"

　　小时候在大别山下五童河村的李向东，一直准备着有机会"进京赶考"。从少年一直走到现在，他都保持着"赶考"的姿态。其实，完成这部回忆录也是他的"赶考"。他重新学习整理所有的资料，打字、上网都是下了一番功夫才完成的。从李向东的态度中，我们悟出，在"赶考"的时候，要有深情的态度、豁达的态度、幽默的态度、悠远的态度。

　　我们可能改变不了世界，但是可以改变对待世界的态度。

能把自己的经历写得像小说一样精彩的，只有郭大侠。

郭大侠本名郭良原，或者是郭良元，还有小名叫"社员"，字恕之，号三弄斋主，笔名大侠。有这么一个复杂的"名教"体系，基本就是个著名文人。（嘿嘿）

（一）

在现代中国，人之初有两种开始，一种是农村人，一种是非农村人。

上世纪五六十年代生人对此感触尤深。对于农村人来说，在能改运的时候，全部的目标只有一个，就是"跳农门"。对于非农村人来说，全部的害怕也只有一个，就是"进农门"。

生在农村是大概率事件，比如郭大侠，比如你我他。当时的农村与今日之农村有霄壤之别，巨大的"剪刀差"让农村成为城市奶牛，骨瘦如柴的农村说得最多的，只有一个字——"穷"。

郭大侠出生在湖北天门，父母的父母早就没了，他从生下来就没有爷爷奶奶、外公外婆。他出生之前有一个哥哥一个姐姐，但不满七天就高烧夭折。因此，他的第七天注定是要命的第七天。那天，电闪雷鸣、风雨交加，茅草屋里的他突发高烧。父亲请医生，雨大赤脚医生不来。隔壁的叔叔有面子，亲自冒雨请来医生。医生说，等不到天亮小命就不保。最后死马当活马医，重手猛药之下，他闯过了鬼门关，居然活了下来。"穷人的孩子天照应。"老人言总是没错的。

郭大侠会讲故事。《开始：我的六十年》这本书，一共十二章，前六章讲的都是农村旧事。那时的农村，现在没有多少人能了解。那时的故事，却让人听起来津津有味。

现代人将农村美化了。过去的农村，贫困、单调，没有什么娱乐。少年不识愁滋味，只要能玩就开心。打"撇撇"、打"水漂"、推铁环、跳房子，更有恶作剧地钻夜壶、偷瓜摘枣。心远地自偏，都是野孩子。这些基本就是那一代人的集体记忆，怎么玩都和脚下的泥土相关。

（二）

高中毕业之后，大学早已停止招生，他那一代的农村学生，只能回到出生的那个村里下田务农。

农村的活计，寒来暑往，依时而动，春生夏长，秋收冬藏。季节早了不行，禾苗发不了芽。晚了不行，稻谷灌浆成熟时间不够。为了不违农时，农人"双抢"（抢收抢种），劳动量极大。郭大侠出生的江汉平原腹地的天门，是粮棉主产区。农民的口中食、身上衣，全都赖此。既抓粮又抓棉，水旱连作，累上加累，是真苦。

我生长在大别山区，对粮棉的种植从小就会。从播种到收获的全流程，我都干过。后来上学，只是在暑假的"双抢"时节回家帮助干活。稻田的活我不怕，还是插秧能手。旱地的活真的发怵，收割小麦大麦，尖尖的麦芒透过衣服将身上划出条条血痕，奇痒无比。最怕的还是棉花除虫，烈日高温下，身背几十斤重的喷雾器，在密不透风的棉田里从天亮打药到天黑，年年都有人中毒身亡。

夫子自道："吾少也贱，故多能鄙事。"农村的这些事，在农村的人，基本都能做。郭大侠有一件事，很少人能做，那就是烧窑。

稍早些时候，农村盖房用的"秦砖汉瓦"就是窑场出品。窑场是超重体力活，长年累月高温烧烤，窑工一个个黑乎乎亮闪闪。郭大侠不到18岁就到窑场干活，从生手变熟手，从排斥到感情深厚，他就像一个泥坯子，经过"烈火熏陶"，发生了质变，把自己改造成了一个地地道道的"窑狗子"。不到窑场非好汉，这是他的成人礼。

（三）

公元 1977 年，是 27 万多中国人的命运转折点。这一年恢复高考，郭大侠是幸运儿中的一个。从此，他农村的一页翻过去了，城市的一页翻开来了。

我一直认为，在高考恢复的头 10 年，是中国人诗情勃发的 10 年。从"伤痕文学"发端，全国思想解放运动风起云涌。经过大浪淘沙，现代新诗成长为一座高峰。郭大侠就站在第一方阵里，由全国大学生诗人进而成为具有全国影响的诗人。

因为诗，毕业分配时，他选择了湖北日报文艺部。理由非常简单，"是因为文艺部要人，而且工作就是做副刊编辑，副刊有诗歌版面"。诗给了他激情，版面给了他阵地。他将湖北诗坛的顶尖人物聚集在报社周围，他的创作也一发不可收。

"平原与人"是他诗歌叙事里最突出的部类。1984 年是郭大侠的诗歌年份，这一年他写下了 300 多首关于家乡江汉平原的诗作，这一年他29 岁。他是真诚的。他轰动全国的《独姓人家》《区长》，字里行间有一种觉醒，是一种来自地底的闷响，让前行人的脚步感受到震颤。

在谈及这两首诗的创作过程时，他说："我的眼前不断出现的是我所生活和工作过的乡村那些最底层的乡亲以及被他们认作父母官的干部，他们身上浓缩了中国农村和农民的历史和现状。"所有人的创作都是具体的抽象，所有的抽象离不开曾经的经历。

郭大侠在湖北日报工作了 5 个年头，正是如此，我和他才有了交集。那时我们都年少，我们是生瓜蛋子，而他，是巨星般的存在。

（四）

人生何处不相逢。

1990 年底，已经在深圳青年杂志社工作的郭大侠，和同事一起，被安置到市里统一修建的"黄木岗安置区"居住。转年，我也被复刊不久的深圳商报安置在这里居住。有次采访回来，巧遇郭大侠和他父亲，他竟然住在我的前一排。深圳遇同事，内心真欢喜。

记得我还到他的"家"里去过，感觉家里比较乱，明显没有女人收拾。这些，在他的书中都有详细描述。包括他父亲抓到而没有吃到的蛇，包括老人拾荒以及胃部动大手术。郭大侠是非常孝顺的人，在武汉工作，带老人住一起。在深圳工作，带老人一起生活。他拿出书的一页，专门写上一行字："谨以此书献给黄泉之下的父母百年诞辰"。

郭大侠的前六十年，在空间上是两座城：武汉、深圳；在工作上是五个单位；在类别上就是报社、杂志社和出版社。兜兜转转，我和他最后还是做回了媒体同事。

读此书，我一直想，为什么平平淡淡的日子，在他的笔下变得有滋有味？后来想明白了，这是一种"开始"。以写别人之手写自己，是"我关于我的报告文学"。就像他过去用电脑写文章，现在开始主要用毛笔写字。过去写新诗，现在开始由新而旧转写古体诗。过去工作在深圳，现在开始居住在长春。

大侠的前六十年，处处都是开始；大侠的后六十年，处处从现在开始。往事皆带香味，未来含苞待放。永远保持开始的心态，值得所有人仿效。

用母语来诉说

（一）

有人能说不能写，有人能写不能说。有人以为我说的是聂雄前，其实不是。

聂雄前能说又能写，只是湘音袅袅，有的人听不懂，有的人装听懂，有的人懵懵懂懂。如果真听懂他的湘乡话（双峰话），那就真的得大意思。

聂雄前的《潇湘多夜雨，岭南有春风》是我在枕边看完的，48篇文章，差不多看了一年。如此龟速，一是因为在细品，二是因为在下夜班后的凌晨三四点读。这本书，340页，大约每天看一页，也算创造了新的"深圳速度"吧。

聂雄前的书名中含有春风夜雨，像极了杜甫夜雨剪春韭，都是故人的心思，也是原乡的风景。

（二）

在深圳，经常听到人们唱老家的歌曲，乡愁淡淡，情意浓浓，与移民之城的深圳很是契合。

在城市化的当下，移动的人群、流动的文化是最大的场景。人们离开了出生的地方，故乡让人讨厌的泥泞路，打着赤脚走路被玻璃碴儿割破脚。祖屋夜晚下雨，屋漏的水滴在脸上身上，打湿了棉被无处可躺。

許多的不如意，因为离开，都给予了原谅。曾经最想和最怕的吃饭，也因为离开，变成了杨柳与炊烟。还有早起的无奈，衣衫单薄穿透全身的冰冷，也因为离开，迷幻成了鸡鸣的月和板桥的霜。距离，朦胧了悲苦，美化了过往。

对于祖居之地，第一代移民都魂牵梦绕。一般来说，移民的后代，对父母之邦都没有特别深厚的感情。剪断了与故乡的脐带，晚辈人的故乡都是概念化的存在。晚辈人出生和成长的城市，才是他们的故乡。

乡情真正浓得化不开、酽得咽不下的，还是第一代离开故乡的人。对于聂雄前来说，这种浓酽体现在他标志性的湖南话里，缩小来说是湘乡话，具体来说是双峰话。

（三）

聂总确实不讲普通话，无论是大会发言，还是给领导汇报，或是私下交流，他都"用母语来诉说"。

在北上广这样的一线城市，不管你貌若天仙，还是貌比潘安，只要在当地讲普通话、上海话、白话时带有口音，你给人的印象分立马腰折。还好一线城市里有个深圳，这里五方杂处、风俗不纯，操各种方言的人多了去。我一直认为地铁、公交是深圳的语言博物馆，你要抚慰乡愁，或者一饱耳福，坐一趟公交、地铁，保管你的获得感和幸福感成色十足。

当然，乡音方言只是乡亲们在一起的时候讲。在正规场合，一定是普通话。聂雄前离开家乡几十年，一直乡音无改，我一直认为他是以双峰话为骄傲，是一种"高贵的坚持"。读了他的书，才知道"乡音是我内心深处千万次的羞愧，是我生命河流中多次经历的暗礁险滩"，他将其命名为"方言之痛"。

（四）

关于普通话，他说了几件"凄怆摧心肝"的事。

16岁那年到湘潭大学中文系读书，第一学期上"现代汉语"课，

085

几乎每堂课都被一位姓梁的女老师叫起，为一个发不出音的韵母，至少起立过五堂课。到普通话考试时，别的同学朗诵的要么是舒婷的《致橡树》，要么是高尔基的《海燕》、歌德的《少年维特之烦恼》，善良的梁老师为了让他蒙混过关，指定他读夏明翰的《就义诗》。可就为了"砍头不要紧，只要主义真。杀了夏明翰，还有后来人"这四句，梁老师还专门辅导了两回。

他很认真地学普通话，郑重地请后来当了湖南电视台名主持的同寝室的同学纠错，但小半年时间熬下来，依然被同学下了"洋不洋，土不土"的结论，真的砍头不要紧，只要不学普通话。

第二学年快放暑假之际，贵为原国家粮食部部长千金的梁老师要调离湘大，同学们都说是被他气走的。他也觉得对不起她，就默默无语地给她打了两天包，把家具和行李搬上卡车。除了不讲普通话，他也只能做到这里了。

思前想后，他找到了普通话说不出口的两个原因：第一，启蒙老师讲的是土话，也没有给大家教拼音；第二，他是家中老幺，中年得子的母亲让他一直吃奶，吃到小学二年级，吃奶的后果是舌头特别肥大，讲话特别含糊，所以讲不了普通话。

不管您信不信，反正我信了。

（五）

工作后，困惑依然不少。

有次采访深圳义工，那位清秀的潮州女孩听不懂双峰话。从第一个问题起她就一脸茫然，后来越来越紧张，女孩怀疑遇到骗子，就检查了他的身份证。不放心，又检查了他的工作证。还不放心，又打电话给同事把时间地点人物说得清清楚楚，以防不测。稿件刊发后，义工女孩给他打来电话说，你的人你的话为什么和你的文章完全不同呢？

在女报杂志社干了四五年，他动过调动的念头。领导一脸凝重：不是我不放你，你年纪轻轻的就当了老总，到别的单位谁听得懂你的话呢？他一想，是啊，在这里，别人都听他的。到新单位，他听别人的。还是把困难留给别人，把方便留给自己好。就这样，他在女报杂志社一干就是22年。其间有好多次调动机会，他都心如止水。

他给自己定一条规矩：从不在研讨会上发言。唯有一次，作为一项活动调研的发起人，要向市人大常委会领导做一次大会专题发言。他认真写了一夜稿，念起来抑扬顿挫，声音洪亮。会后，好几位相熟的代表都对他说：聂总，你讲得真好，可惜我没听懂。

作为一个"把故乡天天挂在嘴上"的双峰人，作为一个普通话讲得最差的异乡人，在他看来，双峰话是最美好的存在。任何人都不能选择故乡和爹娘，但故乡和爹娘所赋予我们的乡音，无与伦比地神圣与高贵。他考证，操着这种乡音，他的故乡走出了曾国藩，走出了蔡畅、向警予，操着这种乡音的人竟让故乡成了"院士之乡""书画之乡"。梳理历史，让聂雄前找到文化自信。然而，看看前路，他估计这种乡音要消亡。

如此一想，悲从中来。

（六）

聂雄前曾说，他在凝望深渊的时候，深渊也在凝望他。对于故乡，您在守望的时候，故乡也在守望您。

那些融入血液，进入思维，成为习惯的东西，多少都有故乡的痕迹。故乡并不都温润，在给予你的时候，也在掠夺你，只是我们丝毫不曾察觉它是伤害。譬如，聂雄前的乡音、乡情、乡思。只是，一旦说出了，发而为声，就是在试着原谅过去不曾原谅的东西。从潇湘之地来到岭南以南，聂雄前以新客家人的身份，和故乡达致一种和解。他的老乡魏源有诗为证："客里无宾主，花开即故山。"大地在成长，万物在生长。潇湘的风声，岭南的潮音，在他的笔下相互应答，逻辑自洽。

在湖南的三湘四水中，有两条江特立独行，一是北去的湘江，一是西流的汨罗江。他们应该是湖南人"霸得蛮，耐得烦"的性格源头。聂雄前此书有四个部分：潇湘夜雨、故土风流、女报回眸、鹏城写意。字字句句中都能看到一个典型的湖南人的性格，也都写得细腻生动，用他的话说，就是："这些作品都是我们红尘中人的自我感动和自我珍惜。"

他在儿子15岁时写的一篇文章，让人感动不已：告诉你，我经常想起你的奶奶，想起她的不容易，想起她对我的爱。在高速公路飞驰时，想起她我就减速；在碰到难题时，想想她我就咬牙；在偶尔通宵达旦疯玩时，想起她我就回家。

如果仔细体会，不难发现，岭南是聂雄前的分水岭，之前他活在乡愁里，尔后他活在湘愁里。

张
志
山
是
个
俗
人

（一）

人生在世，总要做几件值得说道的事。如果没有，总要有几句值得
唠叨的话。再不行，总要有几点值得念叨的德行。这符合亚圣说的：穷
则独善其身，达则兼济天下。也大体和"三不朽"类似：太上立德，其
次立功，再次立言。虽然顺序不太一致，三要素却都不少。

我等皆为凡夫俗子，于立德立功立言一无是处。但都是滴自己的
汗，吃自己的饭，自己的事情自己干，有小过无大恶，本性尚算忠厚，
为人基本过得去。来人间走一遭，嬉笑怒骂过，也正襟危坐过，很是明
白终将归去的大道理，是芸芸众生里的一员，如恒河中的一粒沙，什么
都不突出，啥都一般般。

100多年前，湖北武汉新洲李集西张湾村的张志山就是和我们一样
的俗人。但他做了一件不俗的事，在22岁的时候剃度出家。

刘永在《百岁菩提》里写道，1930年正月十五，张志山在新洲报
恩寺，由传圣法师亲自剃度，并赐法号"本幻"——"本来自性常清净，
幻化空身即法身"。

1949年正月，本幻遵师命，继任南华寺方丈，并承接虚云长老法
脉，成为临济宗第四十四代传人。虚云长老将其法号改为"本焕"——
"本原自性常清净，焕光照耀普众生"。

这就是深圳弘法寺开山祖师本焕老和尚的三个关键词："张志山"一

"本幻"—"本焕"。三个关键词清晰地绘就他一生的路线图。

（二）

俗世里的张志山，小时候读村塾，写得一手好字，被父亲罚过跪，也被同学摁倒在地痛打过，然而很受先生喜爱。13 岁时父亲去世辍学务农，20 岁外出当伙计。结缘佛门是因为两位女性，一是母亲，常年吃斋念佛；一是老板娘，菩萨心肠虔诚礼佛，她们将佛根种在张志山的心田。

剃度之后，红尘中少了个俗人张志山，佛教界有了个本幻僧。本幻舍身入佛门，坚毅学佛，留下很多的传奇。在扬州高旻寺七年苦修连庙门都不出一步。为了朝拜五台山，三步一叩九步一拜，历时三个多月跪拜 300 多里的路程。在五台山广济茅篷，刺血写经 19 卷，20 余万字，数量之多，古今罕见。最让人感动的是本幻的"燃臂孝母"。1948 年 1 月，母亲临终时，他把灯草绑在手臂上，蘸了油点燃，燃臂孝母，送母归西。都说和尚"四大皆空"，本幻认为，如果和尚不孝顺父母，那是他不懂道理。我们是父母生养的，父母是我们的佛。本幻说，父母恩德最大，父母的恩德难报。

《百岁菩提》一书中详细描写了本幻发的五大愿：第一大愿朝礼五台山，第二大愿刺指血抄写《普贤行愿品》，第三大愿闭关三年，第四大愿放焰口一千多台超度抗日亡灵，第五大愿与经塔共存亡。本幻的这些事，俗人做成一件，足以傲立于世。如果做到足够多，就是人间传奇。从本幻修行的经历来看，成功的路上并不拥挤，因为坚持的人并不多。本幻的苦修让人开悟：太过惜身的人很难成为大师。

自 1948 年 11 月本焕到广东南华寺承接虚云长老法脉，成为临济宗第四十四代传人，到 1980 年，年逾古稀的本焕长老走出劳改农场重返佛门，这中间他大部分时间不是自由身。之后，受赵朴初委托，本焕长老募化资金重修丹霞山别传寺。从此，就迈开了重修名蓝古刹、续佛慧命、建寺安僧的旅程。数十年来，他筹集资金数亿元，先后恢复重建了广州光孝寺，湖北报恩禅寺、四祖寺，深圳弘法寺等 14 座寺庙，为中国佛教事业的恢复与发展做出了不可磨灭的贡献。

（三）

每个人都是一本书，书里有他人不知道的故事。从俗人张志山，到年轻的苦行僧人本幻，再到高僧大德本焕长老，本焕长老的前半生是舍身求法，后半生是建寺安僧。感谢这本书的作者，把本焕大师的故事讲得如此动人。这本书是本焕长老生前唯一当面首肯并参加首发式的小说体传记。你能感受到作者的心中有崇敬，笔下有庄严，他是匍匐在地上写这部传奇的。

这本书是在深圳乃至全国诸多专家学者的关注下，汇聚集体智慧编撰而成，名誉主编为印顺法师、冯安群先生，主编易道先生，执笔者刘永更是一介布衣，为了使本书更加传神，他历时数年，不计生活清苦，收集各类资料盈箱满篓，为了了解佛教精义，他多年来除经文之外，不读别书，耗时多年，终在本焕法师一百零四岁生日前出版作为生日献礼，因缘巧合，也得以在本焕法师一百零六岁圆寂前，得见此书并亲自参加首发式。这是一个老人一百多年生命历程的缩影，也是一个从俗人到一代高僧一百多年的精神升华历程。

本焕长老是我的老乡，我们风俗相同，方言一样。刘永的书中有些小的笔误，譬如，书中把父亲叫"爹"，我们老家是把父亲叫"爷"或"伯"，现在基本统一为"爸爸"，"爹"则是用来称呼祖父的；还有用羊皮筏子做渡船，我们地处长江边，都是用木头做船，不像黄河一带用羊皮筏子；另外，书中有一处将"黄冈"错为"黄岗"，这种误写，错者不止一人，虽有鼎鼎大名的黄冈中学，但人们提笔仍是一错再错，很是有趣。这些都是小小的失误，瑕不掩瑜，丝毫不影响本书叙事的流畅和故事的精彩。

我们一直都在念"南无阿弥陀佛"，很多人不知道它的意思，真正是小和尚念经，有口无心。刘永在《百岁菩提》里将其解释得清清楚楚。"南无阿弥陀佛"是梵文音译，"南无"就是皈依，"阿"为无，"弥陀"为量，"佛"是智慧，合起来是"皈依无量的智慧与觉悟"。从俗人张志山到高僧大德本焕，就是一个俗人提升的传奇，一个人转俗成僧，转迷成悟，转凡成圣，就进入了一个新境界。"不为自己求安乐，但愿众生得离苦""不做出世的高僧，要做入世的菩萨"，本焕长老此念甚是关情，阿弥陀佛！

（一）

因为深圳文坛伉俪陈浩、黄萍的接引，我有幸参加了郭铁军先生诗集《拓荒》的首发式。此前，黄萍大姐在反复给我介绍郭铁军的背景资料时说，他是两万"基工兵"（基建工程兵）中的一员，还是闻一多的老乡，应该见见。

首发式由他漂亮的女儿主持，他的太太脸上洋溢着喜悦，他的母亲被大家簇拥着，他的亲朋好友们都很兴奋。

郭铁军的父亲本来是贫家子弟，过继给富人家。解放前在大学里从军，参加了革命工作。组织上要求他父亲与地主爷爷划清界限，父亲因不愿负养育之恩而拒绝，在"文革"中冤屈挨整，后来因病去世。

本来，他这个地主崽是没有可能参军的。1978年，部队征兵领导路过他所在的鄂东乡村，被一群狗疯咬，郭铁军一人对付一群狗，受到了征兵领导的关注，经过政审和全村人按手印保证，再上报特批，他"打狗从军"，人生从此与众不同。

郭铁军生命中另外一个大转折是生病。随着两万"基工兵"集体转业深圳，他后来成为深圳著名的长城地产公司的高管。他女儿郭彦廷在给他的一封信中将这件事讲得非常清楚。他曾经患过鼻咽癌，放射性治疗给他的头部和面部神经造成了巨大的伤害。随着年龄的增长，他的语言能力、听力和味觉都受到很大的影响。人人都要生病，但是，因为身体原因，谢绝了公司的照顾和挽留，果断辞去工作，自断主要生活来源却让人百思不得其解。他在《拓荒》中解释了惊人之举是"为不伤自尊"。

从这一点可以看出，郭铁军是把自尊看成比生命还重要的东西。他的这份气度和决绝，与鄂东子弟的性格非常契合。

（二）

郭铁军的出生地为鄂东大别山区的长江之滨的黄冈市浠水县。黄冈地处吴头楚尾，山水交融。这里出品的人物兼有山地之人的粗犷和水湄之人的灵秀，有楚辞的浩荡和吴语的软糯。在官家的眼中他们不入流，属蛮荒野地。在民间的语境里他们不出格，有小狡猾和真性情。黄冈的几个县市，个个都有特色。将军县红安，教授县蕲春，记者县浠水。这里是黄梅戏的故乡，苏轼的文学高地，毕昇的出生地。这里的人重名节，爱惜羽毛。综合黄冈的人文基因，就能明白郭铁军的私人写作里，更有家国情怀。

作为军人，他为军人而骄傲："军嫂拾煤渣 / 小军捡破烂 / 赤条条啊！/ 兵与官 / 赤条条啊！男儿汉。"这就是刚来深圳拓荒时，"基工兵"的真实写照，"痛饮拓荒的滋味 / 品味苦痛与尊严"。

脱下战袍之后投身市场经济的海洋，这群兵哥哥在拼命适应，蜕去九层皮后，才有一个全新的自我。可惜，时光催人老，当时的热血男儿，岁月硬生生让他们弯下了笔直的腰。在庆祝深圳经济特区建立30周年的时候，他写下了《深圳，我们非常爱你》，这首诗里既有对深圳的骄傲，也有担忧，更有期望，"你今年三十而立 / 我们开始老了 / 希望跟随你老有所依"，祖露了对深圳"不抛弃不放弃"的心声。虽然过了知天命快到耳顺之年，人事世事也并非都了若指掌。所以，他还是要请教达尔文先生："从原始人的石器 / 到核弹头的文明 / 越是进化 / 越是残忍？"

因为当兵前在农村的苦痛经历，郭铁军一直具有强烈的忧患意识。

"至今的梦 / 仍奔跑在荒野山中 / 在饥寒中挣扎 / 在压制下抗争 / 为没有住房着急 / 为下一顿饭担心"。这是穷怕了苦怕了的人的下意识,这是与生俱来的不安全感。

郭铁军对因为时运多舛而逝去的亲人尤为记挂。在纪念外婆诞生100周年的时候,他写道:"一棵有灵的小樟树 / 生长在外婆的门前 / 陪伴她安度晚年 / 像是孝子举起的雨伞。"最疼爱他的舅舅是抗美援朝的志愿军战士,带着他住在一个破祠堂里,后来这个地方也不让住,舅舅也离开了人世。"每一次在梦中见到舅舅时 / 不由自主地问同一个问题 / 舅舅,您有房子吗 / 您住在哪里?"他在写给父亲的诗篇中问道:"爸爸 / 天堂那边有这好的改革吗 / 你是否也得到了自由?"读着他的这些诗歌,惨痛不已,字字心惊。

(三)

他与病魔搏斗的故事,在诗歌中有很好的体现。"既然死亡发起了进攻 / 就用仅有的生命应战"。应战到最后,居然是和解,病魔没有压倒他,他也没有压倒病魔,和平共处:"与癌魔斗了二十多年 / 突破了'第二十二条军规' / 有一种尽了力的满足 / 有一种无怨无悔的自觉 / 有一种认命的快乐。"郭铁军的经历,让人有所启发:很多的东西,都不是你死我活。所谓杀敌一千,自损八百。世界不是非此即彼,而是在对立中寻求统一。

愤怒出诗人,痛苦出哲学家。郭铁军说:"在人生的困苦与灾难面前,诗情的转换和交流,增添了我走出灾难与困境的勇气和信心。"这样的意思,他还用另外一种方式也表达过:"在遭遇病魔袭击后,诗歌变成了我强有力的精神支柱和'灵丹妙药',我感受到了诗的能量与灵性。"

郭铁军的诗歌,没有门派,全无雕饰。他明白地告诉你:"我不是诗人。"读完他的《拓荒》,你会真切地感受到他的人格魅力,他用诗歌讲述了一个个动人的故事,他的诗行如脚印,抓铁有痕踏石留印。他的经历告诉我们，人生时刻都面临着荒原，哪怕你此时处在水草丰美的夏季牧场，也要有荒原意识和拓荒情怀，要有过冬准备。

人生总有起起伏伏，时序总有四季轮回。风也过，雨也过，人生也过，唯有真情永存。每个人都是歌者，我们把自己写好了，也就把社会写好了。诗歌的大美在此，一切人间的大美莫不如此。

天下有难
虽远必达

一直不愿意翻开这本书，也不敢翻。不是书不好，而是怕痛。"5·12"是块疤，碰不得。一碰，就钻心地疼。

之所以翻开了，是因为有一日遇见傅伟，他说早已离开警队，进入纪检战线工作了。书有未曾经我读，再不读，就无颜以对傅伟。

（一）

《金盾闪耀汶川》是作为深圳特警的傅伟两赴四川的抗震救灾战地日记，该书在汶川地震发生 10 个小时后便开始记录他和深圳公安特警两次赴川抗震救灾和灾后维护社会治安的真实经过，满纸残垣断壁，满纸哀痛忧伤，满纸不屈不挠。

那时的傅伟，是深圳公安局特警支队六大队大队长，他去的地方是什邡市八角镇和汶川县映秀镇，都是受灾最严重的地区，时间跨度是 77 个日日夜夜。

人们常说一句歇后语"太平洋的警察——管得宽"，这句话的原意不太好，有多管闲事的意思。读完傅伟的书，左思右想，还是觉得用"管得宽"来形容深圳警察，尤其是共赴国难的深圳特警再准确不过。

当是时也，深圳公安特警火速驰援四川救灾纾难，虽然是国家的统一安排，毕竟是跨越了 2400 多公里的距离，在异地执行任务，怎么看都"很远"，怎么说都"很宽"。

（二）

这种"管得宽"主要还是体现在工作上。任务规定，深圳特警的职责是指挥交通、打击违法犯罪、盘查可疑车辆。除了圆满完成任务之外，他们什么都干，清理道路上的淤泥，帮忙推打滑的车辆，帮老人背柴火……他们的想法很实在："当地群众需要我们做什么，我们就做好什么。"实在是，小事办好了就是大事，平凡的事做好了就不平凡。

在第一次到达救灾现场不到十分钟，就接到为什邡第二人民医院搭建救灾帐篷的任务，搭好帐篷后，他们"管得宽"，主动将一张张病床紧急搬进刚刚搭建好的帐篷里，为救人争取了宝贵的时间。

在雨夜的行军途中，发生了一起社会车辆的交通事故，水沟里躺着一位中年男子，一个妇女抱着一个小孩，浑身是血，在雨中接连拦几辆车都没有停。深圳特警看到了这一幕，立即停车施救，并协助当地交警妥善处理了这起交通事故。

（三）

傅伟在四川抗震救灾的 77 个日夜，和当地人建立了深厚的感情。在映秀镇，不光大人认识他，小孩也知道他，因为他资助了 9 个映秀娃。傅伟将《金盾闪耀汶川》的 3 万元稿费全部捐献给灾区。他说，没有地震就没有这本书，这样的"管得宽"他觉得是应该的。

傅伟小时候是个穷苦孩子，家里有 6 个兄弟，吃红薯，穿草鞋，家里真的是穷得叮当响。由于一直坚持习武，参加各种比赛，被武汉体育学院特招过去。大学毕业时，因为傅伟功夫高，还因为写得一手好文章，这样一个文武双全的人，被深圳特警大队招了进去。他曾经是全国武术冠军、一级武术裁判员和教练员，带领深圳特警武术队参加各种比赛获得诸多荣誉。武者能文，或者文者会武，都能让生命增加宽度和厚度。

最让人感动的是，傅伟在艰苦卓绝的抗震救灾间隙，身上带着一个本子，车上放着一个本子，床上放着一个本子，在执勤中，只要发现有意义的事，就会停车拍照，拿笔记下。他说："回到帐篷后，上床就写，当天的写作任务必须当天完成，从不拖到第二天，晚上 11 时发电机不再发电了，我就用左手拿着手电筒照着，右手疾书记录。"帐篷里没有桌子椅子，这本近 20 万字的书稿，就是在车上、床上、石头上完成的。

傅伟管救人救灾，还管拍照写书，等于是在管抢救历史，这不是典型的"管得宽"吗？

（四）

《金盾闪耀汶川》有一个非常特别的地方，就是书里的人物众多，每一个人都是真名真姓，非常详细。别小看这个细节，它说明傅伟对人的重视，对生命的珍惜，这是非常优秀的品质，是很多人缺乏的人文素养。这本书的文字朴实无华，是坚硬的现实淘汰了虚美的外表之后的沉淀，读着读着，就开始痛了，眼睛里常含泪水。

这本书交给出版社是在傅伟从汶川回来一个多月之后，当时有人质疑说太晚了，出版没有意义。傅伟激动地说："不管是昨天、今天还是明天，不管是过去、现在还是未来，都有人在为这次地震奉献。昨天，一方有难，八方支援，世界各族人民不分肤色伸出了援手。今天，万众一心，众志成城，不分性别、年龄，在废墟上重建。明天，让我们永远记住昨天和今天。"是的，抗震救灾的精神永远不过时，不屈不挠的拼搏一直都需要。

在这 77 个日日夜夜里，傅伟既是领导也是队员，既是战士也是记者，既是旁观者也是参与者，既是救助者也是被救助者，既是付出者也是获得者。他说："两次入川抗震救灾所经历的一切，已经深深地刻在我的内心世界，烙下永久的印记，也会永远激励我不惧任何艰难困苦。"

在汶川地震周年的时候，他自费回到什邡市八角镇和汶川县映秀镇，去走走当初危机四伏的交通线，去看看一起战斗的四川战友，去抱抱他救助帮扶的学生娃，他忘记不了那 77 个日夜，这是个有情有义的汉子。

　　傅伟如今脱下了特警的作训服，可是"特别讲政治、特别讲团结、特别守纪律、特别讲奉献、特别能吃苦、特别能战斗"的特警队训已经融入了他的血液，铸进了他的灵魂。虽然现在的工作要求他伐恶效狮吼，但是，我坚信傅伟的内心依旧是不变的菩萨心肠。

　　如今，傅伟的人生跑道又拐了一个弯，他进入一家著名的房地产公司担任高管。无论在哪里，我都坚信，傅伟的情义不会变。

（一）

唐成茂是深圳诗坛上的一个异数，一个例外。这个例外让唐成茂成为深圳诗坛上一个不可多得的品牌。

唐成茂在他的诗作中说："每一个字都是一叶扁舟。"现代人可以用字做"扁舟"，古代人则用芦苇。"谁谓河广？一苇杭之。"字也好，芦苇也好，用它们做船，就是有些东西需要摆渡。读完《肩膀上的春天》，走过清词丽句铺设的意象丛林，多少明白了一点他背书的分量，也了解些许他想渡什么的原因。

思想者的灵魂没有睡意，孤独的思想者不得安宁。唐成茂青年时携诗稿和青春独闯深圳，生活的艰辛淹没了诗意，他十多年没再涉足诗歌界。

2007年"唐者归来"，可惜换了人间，诗歌好景难再。曾经敬畏诗歌的人开始怀疑诗歌、轻蔑诗歌、远离诗歌。唐成茂是个有责任感的人，他绝不向世俗做最后的投诚，而是要为已经边缘化的诗歌"重出江湖"积攒血液。作为"归来的诗人"，他以字做舟，此生不向今生度，更向何生度此生？他的诗作在喷薄而出，长河不止落日圆。

（二）

都说他是乡村歌者，在内容上更多的是对故土的眷恋，对乡野生活和农耕文化的赞美，他自己也不否认，城市仍然是我们的异乡。"我誓言要捍卫诗歌中的故乡，誓言让诗歌中的故乡更真切和真实，比现实的故乡更丰饶和更具生命力。"所以，他在都市里以一个"乡下人"的心绪思考和码字，"我的生命在乡村开始，我最终要回到乡村开始新的'乡村叙事'"。为此，他说可能会回到故乡四川盆地，回到那一望无际的褐色土地上去。故乡情养育了他，他一回到那宜人的田园牧歌、动人的土地精神里去就浑身自在。

当然也有另外一种可能，他说，可能到四季如春的彩云之南——丽江边或洱海边，到那里购一栋楼，躺在楼顶的泳池里一边读书一边饮酒一边抚摸彩色的云朵一边翻阅他的爱情。

如果仔细分析他一直强烈表达的"回归"愿望，会发现回归四川还是比较靠谱，你能从中感受到瓜果飘香和小鸟翔集，能触摸到天地大美的乡村情韵，这真是典型的乡下游子心态。到云南则不然，要买一栋带游泳池的楼，我的天，那不就是"别野"吗？哦，别墅。一边饮酒赋诗还一边抚摸云彩权当爱情，这可是城里公子哥的做派，没有半点乡野小子的味道。

这或许是他思想开的小差。他写道，故乡情养育了我，使我身在都市，心居故里，就是在都市叙事里也用乡村文化视野来审视。人是环境的动物，谁都回不去从前，就是唐成茂有字做的"扁舟"也做不到。写都市，他不自觉地用农村的眼光来打量；写乡村，他也不自觉地用城市的视角来观察，两不靠。

我曾经设问：如果唐成茂不来自乡村，而是都市，他笔下城里的月光与乡下的荷塘会有不同吗？我不知道，我只知道朱自清的《荷塘月色》和凤凰传奇演唱的《荷塘月色》真的不同。在当今城市人口已经超过农村人口的大变局下，中国农村的凋敝和衰败是不可逆转的，而中国人的乡愁更是无法慰藉。所以，唐成茂代表的"在城市望乡，在农村进城"的"围城"思维，会代言许多人。

（三）

论起和唐成茂的交往，应该有 20 多年了。那时，我刚来深圳，他是我们的通讯员，写稿很勤奋，没有电脑电邮，全靠纸和笔，写稿是为稻粱谋。我们真的是君子之交淡如水，中间大部分时间处于失联状态。后来，沙井办事处邀请新闻单位的人去座谈他们办的内刊《合澜海》，此时，唐成茂已是该杂志的执行主编。再次相遇，甚是欢喜。最欢处是，我见到的唐成茂已经是诗歌大家，风格自成一体，视角与众不同。遂感叹，深圳这块临海的土地，很养人，也养诗。

唐成茂说，当代写作者的困难不是知识、智慧、才华的困难，而是心灵的困难。此言甚高。眼见到遍地都是有才华的人，但是，真的凝神静气为写作努力的不多，若是落实到诗歌上，更难看到有大建树的，原因还在心灵的枯竭。所以，从某种方面来说，这个世界困难户太多。

唐成茂的诗歌形式上绵密悠长，时人命名为"唐体"。如："人太灰 天太暗 我看不见桃花的脸面 和有些人的用心"。

他的诗，一行之内，有单句，更多的是复句。"唐体诗"是由两个或两个以上的分句按照一定的次序直接结合起来的，追求经典表述，绘制奇美意境。"父亲老了 苍苍白发染成冰霜 哼几句小曲就 沉沉老去。"这就是一行，不像一般的诗歌，将其码成一层层的楼房。还是写父亲，"生命最后一列火车 去了比远方更远的地方 / 那是仙鹤之乡 蒹葭苍苍 白露为霜 抬头望不到头 低头见不到故乡"。这只是两行。

唐成茂的诗歌，评论的人很多，前人之述备矣。《肩膀上的春天》更是让人叹为观止，光专家点评就是满满的 24 页，这个专家阵容很庞大，星光闪烁，是目前国内最强大的团队，全是一线的歌者。这样的气势，这样的阵仗，让人拍案叫绝，大方之家把所有的话都说完了，所以，我在这里所说的，都是狗尾续貂。

沉默的理由

（一）

　　如果说这部 18 万字的小说讲述的只是"一个男人和 7 个女人的故事"，那就太轻薄；如果故作高深说不是"一个男人和 7 个女人的故事"，那也太浅薄。

　　我是有幸先睹这部书手稿的少数几个人之一，当这部书出版后，我又重新捧读了一遍。其间的故事已然熟稔，之所以再读，是在找理由。肖双红"为不幸沉默"，我想找出他沉默的理由。

（二）

　　韩雨、詹晓明、阿敏、阿琴、阿菊、兰娜、老板娘就是那 7 个女人，她们美丽生动，一如深圳霓虹下的风景，是空气中让人沉醉的因子，可惜总是让人抓不住。她们或迅速凋谢，或远走他乡，或不知所终。掩卷之余，竟作声不得，唯有叹息。这不正是沉默吗？

　　这 7 个女人不存在于深圳两千万人口当中，她们是小说中的人物。可她们分明又是这个城市的一分子，她们的故事在深圳每天发生。你可以在报纸的都市新闻中读到她们，也能在生活中遇见她们。她们可能是你的姐妹，也可能是你的故人，也许就是你自己。不是为尊者讳，不是为贤者讳，不是为亲者讳，也不是讳言自己，而是那份辛酸，那种载沉载浮，那样的生存状态，让你只能把一切都深埋心底。这大概就是作者沉默的理由吧？

我曾经对人说过，生活是张纸，经不起一指头。不捅破美轮美奂，捅破了特别难看。这7个女人的身份有按摩女、流莺、二奶、小老板和弃妇，她们在挣扎，每个人都努力为自己的行为寻找理由，就像红尘中的你我一样。一个人是一种方向，十个人有十个目标，所有的人纵横交错，就有了大千世界。这个世界总是守着自己的规矩：你改变不了我，我改变不了你。这叫无奈。如果说书中7个女人的不幸可以改写的话，那么，生活中无数的不幸你能改写吗？唯有沉默而已。

（三）

"你有权保持沉默！"这是西方警务人员的常用语。供职于深圳某政法机关的肖双红，他工作的天职是保一方平安；作为本土作家，良心需要他守望社会。他这双握枪的手拿起笔来，竟然拿笔当枪使。所以，肖双红的"沉默"具有一种力量，这力量就是浩渺的悲悯情怀。

不说话不证明我没有立场，而沉默正是一种立场。

你有权保持沉默！但你无法无动于衷！

1983年毕业于西南政法大学法律系的肖双红，1997年开始发表文学作品。著有中篇小说《热风》《赤潮》《游魂》《午夜咖啡》，出版过中篇小说集《随风飘荡》。《为不幸沉默》是他的新作。

生活中的肖双红能说会道，雄辩滔滔，善讲故事。往往一圈人中，手之舞之，足之蹈之的就是他。周围的人随着他的故事，表情或惊或喜，脸色时阴时晴，俱来入戏。他的小说，除了和他的口述一样故事性强外，还平添了许多的优美叙述。真没想到，这条汉子，侠骨柔肠，兼而有之！

岂有豪情似旧时

（一）

黄庭坚 59 岁的时候，给外甥洪驹父回了一封信。在评价杜甫、韩愈时，诞生了沿用至今的金句："老杜作诗，退之作文，无一字无来处。"我们经常说的"无一字无来历"的"来处"本自此起。

一直觉得新闻类的写实性文章，要讲究无一字无来历。事实就是"东家之子"，增之一分则太长，减之一分则太短。如果凭借想象，给她着粉施朱，就失真失实。这对搞新闻的人来说，是天大的事，既失节，又失业。

现在才知道，吟诗作赋，也讲究无一字无来处。黄庭坚解释说，古之能为文章者，真能陶冶万物，虽取古人之陈言入于翰墨，如灵丹一粒，点铁成金也。他的意思是说，大家看到杜甫、韩愈写的惊天动地的文章，以为是韩杜自己原创出来的，其实不然。很多的东西，都是其来有自。活用古人的观点，不死守所谓的规矩，就能使文章高妙，气势雄壮。

（二）

一直觉得写小说很了不起。精骛八极，心游万仞。在进行艺术创作时，思想可以纵横驰骋，写作可以不受时空限制。

其实，这些都是似是而非的看法。搞新闻的，是写实。写小说的，也是写实，是艺术的真实。

李玉章毕业于中国刑事警察学院，在深圳从警二十年。2017年2月，他脱下警服，一路向东，来到深汕特别合作区当起了"拓荒牛"。现在他是深圳市深汕特别合作区融媒体中心主任，同时担任该区《望鹏山》杂志主编。

《走向陌生》是他的一篇小说，他将其作为自己第一本小说集的书名。如果细细检视，能清晰地看到"无一字无来历"在此发挥着挥之不去的作用。

6部小说，篇篇都有警察的身影。有的主人翁是男警察，有的是女警察。当然有律师、法官，也有保安。破案的事不少，打打杀杀的很多。黄庭坚说，文章最为儒者末事，既要探求写文章的方法，又不可不知其曲折。这个问题，李玉章肯定一直在思考，也没有忘记实践。

鲁迅说自己的写作，没有专用过一个人，往往嘴在浙江，脸在北京，衣服在山西，是一个拼凑起来的角色。李玉章不短的警察经历，所见之事，所阅之人，足够丰富到做拼盘得心应手。

（三）

深圳有一批以深圳作为描述宣介对象的人，他们自称"深圳主义"，李玉章肯定没有跻身其中。但是，他描写深圳，热爱深圳的情怀又都根植于字里行间，我姑且将他的这种方式定义为小说写作的"实景建模"。

主人翁飞驰在通往文锦渡的北环路上，行进到泥岗路附近的红岗西村。这完全是实景。其后车过梧桐山隧道，到了沙头角。再往东，就是大鹏。小说里与现实中，绝无二致。

这是从西往东的地理方位，他在另外一部小说里，从北往南也做了交代。

南下的第一天，先到广州，再从广州转到深圳的巴士。买票时说到罗湖火车站，但车到深圳同乐检查站，过关了，就找不到车。这就是早年深圳人都熟悉的"卖猪仔",人进了关,客车丢下客人跑了。他还介绍了深圳的二线关和铁丝网,详细说明了同乐、白芒、梅林、布吉、盐田坳等八个关口,还点明了进出关必查的边防证。

他还进行"实事建模"。第26届世界大学生夏季运动会,邓小平仙湖手植树,深汕特别合作区的建立,明斯克航母的威严。也有"实物建模",BP机,大哥大,"佳能"单反相机,桑塔纳小轿车。当然还有巴登街的宵夜,歌舞厅的醉酒,向西村的鸡煲。读之如回忆,感觉很亲切。

这样的具象描写,其实是很大胆的做法。一个地方的景、物、事,熟悉的本地人,越看越喜欢,但外地读者基本无感,受众容易在感觉上打折。当然,以本地作为背景,他不是第一个,也不是最后一个。各个城市都有一大批作家用此古法炮制作品,海派、京派、西北派,荆门九派通,江流天地外,洋洋乎大观。

写实,固然能增加真实感,更是因为爱,爱这座城市,爱这里的人,因为爱,所以大胆试,大胆闯。从内地闯到深圳,从公文闯进文学。

(四)

现代中国,无论城乡,工作生活节奏都是倍速进行,于是有人不适,表现为不同程度的精神疾患。

李玉章将笔触勇敢地伸进这个领域,值得大加赞许。之所以说"勇敢",是因为这个领域的题材,总量不多,优秀作品不少。阿尔茨海默病虽然不是精神疾患,但是,临床表现差不多。由著名演员安东尼·霍普金斯主演的电影《困在时间里的父亲》,表现的就是阿尔茨海默病。一个让人骄傲的父亲,随着年龄的增长,患病后开始怀疑他所爱的人、他自己的思想,甚至他生活的现实,让人泪水涟涟,让人唏嘘再三。

《夜半鬼进门》和《软刀》刻画的就是精神疾患的故事。虽然我不赞同恐怖片式的题目,更不赞同结局里主角最后的寂灭,但是,他的现实主义心理描写和有人刻意利用精神病患者达到自己不可告人的目的的事实刻画，让人惕然而惊。我猜度，他肯定有唤醒社会关注这个群体的意思。很多在我们看起来不能理解的思想和行为，在患者那里，都有自己的逻辑和标准。我们需要做的，就是理解、宽容和防范意外发生。

在长长的一生中，每个人都有烦躁苦闷的时候，睡不了觉，或抑郁或狂躁或兼而有之。想不通，看不透，有时想与汝皆亡，有时想自我了断。这些都是人生的关口，大部分人都成功地走过危险地带，也有些人一直在关口缠斗，找不到出口，看不见亮光。这时，一个善意的、安全的社会，尤其重要。

作为个人来说，首先要关爱自己，与自己和解。同时，要将自己的神经锻炼得粗壮如钢缆，狂风暴雨刮不断。另外，要走出小我，融入社会，多做义工。奉献的时候，也是清扫垃圾的时候。还有一点就是要锻炼自己的钝感力，在别人眼里傻一点，笨一点，其实没什么不好。

（五）

李玉章先从警后从文。一双手，握过武器也握有文器。纵然现在枪上交了，但心里依旧没有解除武装。所以，他的精气神里，总带有豪侠之气。后来与他一起开会的次数多了起来，虽然每次三言两语，有时甚至不交一言，但是，他的感染力依旧让人如坐春风，很是惬意。

像他这样的双枪将，有一位是从小一起长大，是大哥级的人物。还有很多是后来结识，都成为一生的朋友。他们是一个优秀的群体，豪放婉约兼有，弹头笔头都硬。

依观察来分析，文武之间的转换其实很有趣。武转文，大都行；文转武，不靠谱。所以，很多军人、警察转业转岗，都做得风生水起。而拿笔的人，年少可以投笔从戎，等到年华老去，基本不可能再拿火器为人民服务。"人老了，弦也调不准了。"眼花了，有可能误伤人。因此，从没见到从地方调一个大叔级别的人物去部队服役。如果有，或许可以写篇小说。

武侠依旧好看

（一）

金庸封笔，古龙作古，梁羽生羽化登仙，众大侠行走过后的江湖一片寂寥，时光老去了整整一代"金粉""凉粉"和"古龙水"。汪洋同志说，转眼之间，我们这些"八十年代的新一辈"，就变成奔五的"老人"了。说话间，已经是奔六。

有一天，也就是2013年第十四届深圳读书月期间，我开完夜班的编前会，让酸溜溜的眼睛休息一下。视觉关闭之后，听觉就很敏锐。莲花山下新洲河畔，但觉风吹树动，声在树间，屏气听之，乃不绝的秋声也。其声触物铮铮然，又如衔枚赴敌之兵，初在窗外盘旋，后从门缝透入，吹落桌上纸笔，在书架上往复不已，仿佛有人马刀剑之声传来。于是悚然睁眼，一切平静如昨。再闭眼假寐，又有清风翻动书页的声响。再睁眼察看，又没了声息。如是者三，遂怪之。起而检视书架，但见群书之中，一本红色书脊的大部头分外抢眼，如红鬃烈马，傲然不羁。细看之下，乃是长江出版社出版的《琴剑桃源》，作者为"烟波江上"。"日暮乡关何处是？烟波江上使人愁。"抽书一看，是我三年前得赠于作者的，但因沉湎杂事，来不及拜读，书还簇新。

物不得其平则鸣，其声响盖或源于此？

遂捧而读之。

（二）

书和人真的不一样。人是用进废退，弃置便衰朽，蹉跎成白首。好书则如好酒，不怕放不怕搁，能超然物外。看《琴剑桃源》，不因中间搁置了一千天就变生分，倒是如见故人，执手相看。

《琴剑桃源》是一本武侠小说，讲的是年轻琴士孟熙，受武林怪杰蓬莱仙翁所托，到桃花源办事，却被误传他有一部武林奇书而被追踪，正邪双方为此争斗不已，最后双方在少林寺展开一场大对决。分出胜败之际，经历了重重磨难和机遇的孟熙，终于找到奇书，一举揭开了三十年前桃源惊变的真相，最终也解开了自己的身世之谜。

此书无论是情节安排、人物性格还是语言风格，都酷肖金庸，譬如到第二章，男一号才出场；故事近半时，女一号才姗姗露面。这是典型的金庸大侠风格。时间、地点、人物、事件等也颇有"金"味。小说的历史背景是元末明初，从中原到草原，从民女到公主，从凡人到怪人，说不完的青山隐隐，写不尽的世事悠悠。语言优美，知识点众多。直看得废寝忘食，满脑子刀光剑影，见人就想比画。

（三）

该书的"情节发动机"是蓬莱仙翁，此人武功一流，性格古怪，谁也不信，自己独居深山，与豺狼虎豹为邻。他把吃的很多亏，全都发泄到别人身上，怎么看都是一个大恶人。但是再往下看，发现这恶人也不完全坏，也有可爱的一面，良善和邪恶在他身上得到统一。有人说，金庸的成功，首先是把坏人写得深刻，坏人身上最见人性。作者也在这方面做尝试，一个独居怪老头，有的是对这个世界的不满，也有与这个世界的和解。随着时间的推移，我们都会成为他。不独我们，这本书也是正邪较量的统一，这个世界也是矛盾的和谐体。

所以，这本书的密码就在蓬莱仙翁身上，读懂了这个老怪，一切都见怪不怪。

《琴剑桃源》当然有女性，还不止一个。四个女子分别是江南琴女黄曼馨、蒙古公主拉雅、华山姑娘蝉儿、桃源神女甄霏霏。她们各自代表着单纯、大气、火辣和温柔这些优秀品质。有人说：武侠小说是成人的童话。作者说，生活里有很多苦难，人间到处都有不平。但武侠这种东西，能通过侠义和柔情，壮怀激烈和荡气回肠，来消解和稀释这些现实的悲苦。有人追问，作者如此沉浸于武侠神话之境，莫非有什么苦衷？答曰：谁人没有苦衷？芸芸众生，滚滚红尘，都是苦衷。

原来，读武侠写武侠具有强烈的移情作用。现实中的憧憬，就往书里找，书中自有颜如玉。

（四）

小说一定和作者的经历有关，《琴剑桃源》是作者的处女作，书里很多的地方可以找到作者生活的痕迹。书中的"世外桃源"叫若溪沙，是个女儿国，"有肥沃的田野，禾稻黄熟，花草丰美。田野中村舍的轮廓笼罩在淡淡的雾霭中，有炊烟从村舍的屋顶袅袅升起，似乎还能听到鸡犬鸣叫的声音"。这不就是作者的老家吗？作者的老家在楚地长江中的一个沙洲上，与陆地隔绝，出门靠船，通信靠吼。沙洲上，金黄色的油菜花和绿油油的麦田夹杂相交，黄发垂髫，怡然自乐。这是作者的少小时光。及长，到武汉求学、工作了二十年，书眼所写就在武汉的名胜黄鹤楼。奇的是书中也有"深圳南头"的记载，此地是作者的现居地。叙事是一门艺术，阅读就是艺术欣赏。在欣赏的时候，如果用点心，就可以描画出作者的人生轨迹和心路历程。

作者是谁？"烟波江上"明显不是人名。《登黄鹤楼》让"诗仙"李白都佩服："眼前有景道不得，崔颢题诗在上头。"上头的"烟波江上"倒像一个谜面，使劲一想，整个谜语应该是这样的：烟波江上——一片汪洋。对了，作者就是汪洋同志。汪洋过去在武汉和我是同事，现在在深圳和我是同事，今后可能依旧是同事（此书出版之际，不是了。所以，我们往往猜对了开头，却猜不对结局——注）。

（一）

《今古传奇·武侠》杂志原主编横刀先生认为，武侠之类的书，或多或少地有一些"不合时宜"。因为，出版人都说，传统武侠没有做头了，彻底死啦；经销商都说，武侠小说，卖不动啦。曾经那么动人的东西，如今竟然落得个"武侠已死"的结局，让人很是委顿。

这种喧闹过后是沉寂、高峰之后是低谷的规律总是不厌其烦地出现。唐诗宋词流播极广，"凡有井水处，即能歌柳词"，过了唐宋这两个村，后人再也没能达到诗词的极致。日中则昃，月盈则食，物盛则衰，天地之常数也，而况武侠乎？

成年人大多迷恋过武侠，就像年轻时留恋过俊男靓女。何况武侠小说中，英雄美人快意尽欢之事全都有。现实中没有得到的，就到书中去找寻，书中自有颜如玉，书中自有黄金屋，书中自有拳无敌。胸中不平事，人间不平路，该出手时就出手，该拔刀时就拔刀，岂不快哉？

司马嘶风的《拳无敌》和其他的武侠书相比，最大的特点在于，主人公不舞刀弄枪，全凭一双铁拳，从一个无名小子最后打成天下第一。我以为，司马嘶风是以主人公为意象在讲一个人生的道理：所有的人都是赤条条来，赤条条去。功名利禄全是身外之物，只有技艺才是安身立命之本。家财万贯，不如薄技在身。靠天靠地不如靠自己，身傍技艺人胆大，腹有诗书气自华。这些个道理放之四海而皆准。

（二）

《拳无敌》演绎的背景放在康乾之间"九龙夺嫡"的历史和传说里。主人公铁成钢"自幼被拐"的身份界定颇有深意，也应该是司马嘶风安排的一个当代隐喻。主人公不知道他从哪里来，父母是谁始终都没有搞清楚。

其实，我们也没有搞清楚自己从哪里来，上溯三代，大体清晰，曾祖再往上，没有几人知道祖先是谁。以此观之，我们都是"孤儿"。往后看，我们也不知道要往哪里去。后代之中，眼中所见一般就是三代，最多也不过五代，我们的生活就是个断代史而已。这么上下一回头，立马意绪索然，很是无趣。生命要有意义，这个意义指的就是"我是谁？我从哪里来？我到哪里去？"。能明白的，没几个人。

不明白所自何来的铁成钢，在成长的过程中，不断被卷入地下赌局、江湖恩怨、异族纷争和皇室阴谋的旋涡中，出生入死，无数次被利用、背叛、出卖、欺骗、陷害、暗算和追杀，好在这些负能量的事件将他锻造成一个充满正能量的平民英雄。主人公最大的魅力在于他是一个遇强愈强的斗士。最动人的地方是每临绝境，从不退缩，永不妥协，视死如归，硬拼到底，赤手空拳打出一个新境界，江湖人称"狠透铁"。

武侠小说没看过便罢，一旦沾染就使人欲罢不能，是能让人上瘾的东西。《拳无敌》就是让人翻开就合不上的书。一个人一双拳闯荡江湖，一世的传奇一双拳造就，其情节的曲折、情感的纠缠颇具异彩，极强和极柔融为一体，强到血脉偾张，柔到春回大地。古人评价柳郎和苏学士二人，说柳永的词适合十七八岁的小姑娘手拿红牙板敲着节拍来唱"杨柳岸，晓风残月"，而苏轼的词则须让关西大汉弹着响亮的铜琵琶，敲着铮铮作响的铁板来豪唱"大江东去"。作为小说家，则要同时具备柳苏二人情怀，殊为不易。

（三）

看一本书就如同进入一座大宅子，宅子的主人就是书的作者，客随主便，主人的设置就成为阅读的规制。《拳无敌》的核心词是"拳"，司马嘶风说，这是一部通篇只用"拳头"的小说，借以回归人类最原始的武器，凸显人性最本质的力量。整本书都是用拳头来讲道理，在司马嘶风的语境里，"拳头"不是强盗逻辑，而是自强逻辑。

有人说，这个世界什么都是假的，最大的道理便是拳头！谁的拳头大，便是谁的道理足。有人碰了壁后说，跟人讲道理管用呢，还是拳头管用？还有人说，谁说不讲道理！只不过是用拳头讲罢了。碰到胡搅蛮缠的，有人说，跟这路货讲道理根本没用，拳头是他们听得懂的唯一语言，关键时刻还得用拳头说话。我高度认同一个信奉暴力的国度是不幸的，一个以拳头说话的时代是令人担忧的。但是，"拳头里面出真理"有时又是必要的。

韩非子说："儒者以文乱法，侠者以武犯禁。"文人有笔如刀，扰乱法制；侠客有刀如笔，触犯律例。韩非子是法家代表，对文人侠客很不友好，觉得社会秩序就是被这些人搞坏的，社会应该是稳定压倒一切。和平年代，朗朗乾坤，以暴力来解决所有问题肯定不行，人们对有勇有谋有豪气之辈的景仰，正折射出我们法治建设的不足，客观上也反映出社会个体对超越规则的臆想。我们的社会心理就是这样，当我们处于客观位置的时候，要求大家理性和法治；当我们身为当事人的时候，往往请求自己例外，希望法外开恩。

（四）

很佩服写武侠小说的人，我一直觉得他们的体内，荷尔蒙浓度一定高于常人。书中那些硬度如铁的词语，要花巨大的精力才能想得起和用得上，就是储存这些词语也都要具备充沛的激情。如果激情有限，精力不够，脑子里都是疲软的念头，笔头上根本就没有写作的动力。

　　司马嘶风，本名谭骥，深圳市民，生于任侠尚武的"芙蓉国"。有《妖妻磨刀》一书结集出版，其代表作《拳无敌》曾荣获第二届"温世仁全球华人武侠小说百万大赏"。在本书后记中，他谦称自己是路边那个卖猪肉的。猪肉可是真正的刚需啊，在武侠小说式微，在阅读碎片化盛行的当下，卖猪肉或许是最好的职业。很多时候，想要卖猪肉都不可得。

　　一口气读完《拳无敌》，用拳头讲道理的主人公铁成钢最后形销骨立，哀伤莫名，冲着无边的黑暗放声大吼……掩卷之余，一声喟叹：再厉害的角色，最终不过是个传说。

百年孤独桐柏山

（一）

一方麻雀吃一方谷，一方水土养一方人。所以，十里不同风，百里不同俗，千里不同情。因此，每个地方都有自己的方言，说同一种方言的人是老乡。

能用文字传达出方言的神韵，并且能把家乡的故事讲得曲折动人的，就是这方水土养育出的作家。

《南山北水》其实讲的是山南水北的故事。山是桐柏山，水是汉江水，桐柏山南，汉水之北，武胜关下，是胡少成的家乡湖北广水，1988年前这方水土叫应山。广水也好，应山也罢，胡少成的家乡在历史上算不得好山好水，一直贫瘠多灾。又因为地处要津，从春秋战国到解放战争，这里兵燹祸结，杀伐之声不断。

生于斯长于斯又终老于斯的人们，对它的感觉既不浓烈也不寡淡。而从这方土地走出去的人，因为隔着时空在回望，因为有了更多的参照物，走得越远，离得越久，思念越是集中在人之初，关注点越是纠结于起身步行之处。胡少成在这部长篇小说里，将应山县城中的民间传说、街巷掌故、商界逸闻、历史事件熔冶一炉，落笔就是百年的光阴，挥毫就是汉水的"清明上河图"，成稿就是桐柏山的"百年孤独"。

（二）

中国的地域文化蛮有意思，如果站在高处鸟瞰中华大地，你会看到一个个以省城为中心的同心圆；一省之内再看，就是以各地市为中心的同心圆；一个地市之内观察，就是以众县城为中心的同心圆；一县之内俯视，就是以乡镇为中心的同心圆。这众多的同心圈层中，县城最为独特。一县之内它是带头大哥，所以它有资格把县城之下的人叫"乡里人"，对于大中城市，它又以"小县城"自谦，带有不少的乡土气。《南山北水》叙事的主要地域空间是鄂北山城应山县城，主要的时间跨度为自清末至今的百年间。

胡少成计划写三部曲，《南山北水》是第一部。故事讲的是清末的桐柏山，下了一场罕见的大雪后进入了民国，却"逢七不吉"，民国七年发人瘟，民国十七年被土匪破了县城。主人翁是正在上小学的鑫正文，他不幸丧父，中途辍学后便挑起支撑应山大商铺"鑫天顺"的重担。后来，他成了应山第一个点汽灯、第一个骑自行车、第一个抵制日货、第一个欢迎共产党进城的人。所有的故事，都围绕应山县城这个圈层展开。

看胡少成的小说，可以清晰地感受到这个同心圈层的存在。在日出而作日落而息的农耕时代，县域圈层文化是一个顽强的自循环体系。县城就是全县的发动机，由此产生的涟漪，辐射乡镇、进入村落、达致深山。

（三）

书中有个人物张三娘贯穿全篇，非常生动传神。张三娘强悍雄壮杀了一辈子猪的男人，却被猪一口咬掉命根子，张三娘怎么也想不到她会被猪一口啃成了个寡妇。寡妇三娘表面泼辣，内心善良，她的汤锅摊子是个快活的地方，街邻和乡里都喜欢在那里听邓先生摆古。三娘的"汤锅"是地方名小吃，让人牵挂。胡少成写道：她就把猪下水、筒子骨弄来熬汤，熬好了下猪血，还要加上挽成把的葱，剁成末的姜，再添几个隔年的陈辣椒，萝卜用的是柳水河沙地里又瓷实又沉手的半头青，连一向紧手的盐，她也总是把得咸是咸淡是淡，乡里人赶集，在城外就闻得到香。

应山不是个封闭的地方，境内有闻名遐迩的三关，即武胜关、平靖关、黄土关，更主要的是有清朝就通车的大动脉——京汉铁路穿境而过。我一直在想，这么好的地理位置，应山为何没有成为京汉铁路（京广线）上的明珠？这也是胡少成借三娘的口发出的疑问。

三娘说："武胜关通了火车，这洋油、洋火、洋布、洋灰都来了，论说这些洋物体儿又便宜又好使，由不得你不用它！只是怎么就会有这么多人弄得倒无生计了？让人怎么也想不明白！"

开染行的老杨说："若要败，出古怪！我们多少辈子都这样过得好好的，谁晓得一下子冒出这么多古怪东西！你说，那洋人我们又不曾招他惹他，凭什么就来砸我们的饭碗？"

这一问，从清朝到如今，无人能应。

看来并非"火车一响黄金万两"，有可能虚不受补，或许应验了马太效应："凡是有的，还要给他，使他富足；但凡没有的，连他所有的，也要夺去。"贫者越贫，富者越富，这个规律，对一个人有效，对一个地方也适用。

城市是它所辐射的同心圆的发动机或者火车头。就湖北来说，武汉是广水的发动机，应山县城是周边村镇的发动机，此外，离开应山外出谋生的人们也是这方水土的发动机。由此观之，每个地方都应该是外挂了"双发"的赛车。问题在于，为什么有的地方马力强劲，有的地方动力微弱？经济学家说，一个地方的发展，要外力和内因配合得天衣无缝才行，天时地利人和的说道，经国济世的宏韬大略，想起来就头大，不说了。

（四）

胡少成的老家应山过去隶属孝感，现在划归随州。湖北有句耳熟能详的俚语："奸黄陂，狡孝感，又奸又狡是汉川，三个汉川佬，不抵一个天（门）沔（阳）苕。"我们一般说湖北人是"九头鸟"，有打击面过大的嫌疑，这个俚语很精准，"鸟人"主要指的就是这几个地方的人，他们是真正的人精。

胡少成很聪明，他先后任应山县文化馆创作员、县政府办办事员、孝感日报记者、孝感地委组织部科长，其间创作发表近千篇散文、诗词、小说等文艺作品。1985年，加入湖北省作家协会。后南下深圳经商，办店、开厂、做贸易、炒股票，赴海南，上北京，现定居深圳。他聪明而不精明，更是和奸狡沾不上边。奸狡的人不一定写得出好东西，只有聪明的人才写得出这么好的小说。

如果远走他乡的人都像胡少成一样惦记着自己的家乡，都能拿出自己的行动支援故乡，那么，生养过我们的那方水土就又有了一部外挂的发动机，即使够不上发动机级别的，有钱出钱有力出力也是足够好。故乡需要发动机，我们自己也需要，你懂的！

请勿对号入座

（一）

非常感谢梦雪，在新书刚出版的时候，就送我一本。就着墨香趁热读完，最大的感受是，书很唯美，书里没有一个坏人。

小说讲述的故事非常简洁：主人公是一位军嫂，也是曾经的军人，她未到中年就提前遭遇婚姻之困。自己的好友和丈夫好上了，咋办？最后劳燕分飞各奔西东，还是离了，这是主线。

主线的两边，还有几组相对独立的分支故事，包括主人公的男女同事、过去的男女战友等，涉及未婚先孕、同性恋、被包养等社会现象。我将梦雪的这种叙事方式命名为"鱼骨结构"，主线是鱼骨，在鱼骨上长出许多鱼刺，丰满成一尾鲜活的鱼。

（二）

看了这本书，一声叹息。意中人相处如果总是像刚刚相识的时候该多好，那样地甜蜜，那样地温馨，那样地深情款款。本应当的相亲相爱，又怎么会成了今日的相离相弃？如今轻易地变了心，反而说情人间就是容易变心的。你看唐明皇与那杨玉环，在长生殿起过无论生死绝不相离的誓言，虽然作决绝之别，最终也不生怨怼。但你又怎比得上当年的唐明皇呢，他可是与杨玉环有过在天愿做比翼鸟、在地愿为连理枝的誓愿啊。

看了以上这段颠三倒四的文字，你肯定会酸倒牙心里狂骂娘。一个浩荡男儿，不就看了一部小说吗，如何变得伸出兰花指作起女儿态？所说的话也不着调，尽是痴男怨女式的胡乱比兴？变态！且慢发怒，这些话可不是我说的，而是一个著名人物说的，只不过我把他的话翻译成了白话文而已，意思一点都没有变。原文如下：

> 人生若只如初见，何事秋风悲画扇？
> 等闲变却故人心，却道故人心易变。
> 骊山语罢清宵半，夜雨霖铃终不怨。
> 何如薄幸锦衣郎，比翼连枝当日愿。

谁写的？作者就是被誉为清初第一词手的纳兰性德，这是他的《木兰词·拟古决绝词柬友》。纳兰性德的诗词不但在清代词坛享有很高的声誉，在整个中国文学史上，他也以"纳兰词"在词坛占有光彩夺目的席位。

让人称奇的是，跨越350多年，梦雪的小说居然和他的词意相通。看来，有的东西可以超越时光，譬如两情相悦，比如爱恨情殇。事如芳草，人如刀剪，割后复生，绵绵无绝期。纵观历史，横看人生，很多的失误和错过都可以避免，很多的伤痛与死去活来完全可以不必。但是，一代代一批批的人前赴后继总是中招，只能说是人类的宿命。所以，别让自己的感觉迟钝，别让大家的感情老化，需要保鲜的不仅仅是瓜果蔬菜、鱼虾蟹贝，情感尤其需要保鲜。这个道理，说起来谁都懂得，做起来非常难得。

（三）

这本书的另外一个可取之处是语言很美，让人惊叹的句子随处可见。

"感情的事真是奇怪，一个偶然的相遇，一个不经意的眼神，或许就是一个故事的开始。"或者"我在思念谁？谁在思念我？"——人生

122

有时候的确有那么点意思。

"有些人，即使不常在一起，也没有常联系，但心灵是互通的，所以，不用说太多，他们就懂。而有些人，即使天天在一起，时时聊天，他们永远也不懂你。"类似的还有："有一些人活在记忆里，永远走不开，有一些人活在身边，却很遥远。"——这不就是白头如新，倾盖如故吗？

"得不到的东西，我们会一直以为他是美好的，那是因为你对他了解太少，没有时间与他相处在一起。当有一天，你深入了解后，你会发现原来不是你想象中的那么美好。"——典型的相见不如怀念的深度版。

"心上的纠葛，解得开，是结；解不开，是劫。"——这样的句子在书里很多，感觉这本书不像小说，很像散文。难怪书的折叠页上有句话，"精心策划 倾情打造纯文学品牌图书"。仅仅这一句话，就让我对团结出版社有了敬意。

（四）

一部小说，其实就隐含了作者的世界观和人生轨迹。

书中的女主人公和作者的经历很相似，都是军人家庭出身，曾是法律工作者，后在报社工作，书中的场景也与此密切相关。梦雪写自己熟悉的东西，感情很细也很冲，难得的是真挚。我总是想，一个人如果有无法、不想、不能、不可对人言的东西，就以这种方式说出来，这是写作的好处。看起来是写给大家看，其实是说给自己听。在这纷纷扰扰的时代，能默默码字，确实需要心里很安静。如果心乱如麻，就一个字也写不出。

最后声明：这本书是小说，不是档案。我在这里瞎说一通，只是自己连猜带蒙。坚决反对看完这本书后对号入座，谁要对号入座，谁是小狗！

偷偷打量下一代

（一）

王欣婷在长篇小说《蓝茧》里借主人翁的口说："家长总有操不完的心，上大学前翻日记、查手机，好像孩子找了恋爱对象天就能塌下来似的。一上了大学，什么恋爱会打扰学习之类的理论全没了，天天叮嘱要认真找啊挑啊，搞得找对象跟到菜市场买菜似的。"

如果说真有"代沟"，王欣婷这段话说的就是这个。父母和儿女两代人，中间有一道时间的鸿沟，她的描述很有特色。

父母一方认为：到什么年龄干什么事。大学以前，学习紧张竞争激烈，除了读书以外，什么事都别做，更别提恋爱了。上了大学尤其就业以后，工作紧张竞争激烈，赶紧恋爱结婚生子。你没听有个妈妈说：女儿啊，趁现在老婆还是女的的时候，赶紧找个人嫁了吧！

儿女一方认为：一代人有一代人的活法，一代人有一代人的精彩。不要用你们那套老古董的思维来约束我们，更不能因为你们是父母，就可以随便侵犯下一代的隐私权。

你看这"代沟"搞的，父母像警察、像特务、像小人，儿女像现场、像情报、像小偷。父母防火防盗防恋爱，儿女防火防盗防父母。要想了解对方，只能靠偷窥。

当王欣婷将她的小说《蓝茧》赠予我之后，我看得很认真，看得有点婆婆妈妈。我觉得，读王欣婷的小说，等于重走一遍人生路，不论在国内国外，内心的感受是相同的。看了小说，等于是看了他们另外一种形式的汇报。当然，也是另外一种形式的偷窥。可怜天下父母心。

<h2 style="text-align:center">（二）</h2>

读完小说，感觉"90后"不像外表那么满不在乎，其实很懂事。

一次生病的经历，让小说的主人翁更加强烈地感受到，只有她自己可以当自己的拐杖，只有她自己是自己的后盾，只有她自己能帮助自己站起来。看着后代如此成长，我们做父母的都是含泪带笑。王欣婷借助主人翁的嘴，说自己有些担心在国外的生活会让父母有太大的经济压力。所以，她告诉自己一定不能荒废了大学时光，在保证学业的情况下还要让课余生活充实起来。会安排自己的生活，这是他们开始成熟的标志。

王欣婷说："我对生活里遇到的每一个人都心存感激。"可能在小事上常常走霉运，但她认为自己在大事上总是幸运的，比如投胎，比如重要的考试成绩。儿女有这样的感恩心态，父母高兴。

说起在国外的大学生活，有个场景相信大家都见过：一小群人围在一起，手里拿着啤酒，开心地聊天。但走近一听，发现大家竟然都在讨论写申请实习的简历和下周要交的论文的题目。同学们总是在最该放松的场合讨论最严肃的话题。无趣吧？其实我们上大学的时候也这样。

从书里，我们当然看到了少年心性。比如，主人翁准备出国留学时的心态是，对于未知的事物，从来多的是期待，少的是不安。同学们一起在讨论今后工作的时候，有个同学因为父亲去世就说自己毕业后希望有时间陪妈妈，王欣婷议论说，比起当首相、当外交官来，照顾妈妈这个"理想"听上去像是那么微不足道，但又是那么温暖——职业不分贵贱，理想也不分贵贱。看到这里，当时我就想，真的是年轻啊，容易感动。

看到她说，人与人之间再努力也无法改变的差距让人坠入自卑的深渊时，我自言自语，长大了就会承认差距，就不自卑了。说到书中的主人翁试图决定走记者这条路，又开始犹豫不决，摘了这个果子，别的果子全都得丢掉，可是又怎么知道这是最甜的果子呢？王欣婷说得太对了。

（三）

"90后"的幽默在《蓝茧》里也表现得非常充分。

主人翁自认为在校报上发表的"处女作"的水平颇高，要改最多改一两个标点吧，谁知道见报后属于她的也就那么几个标点。还有，她们校报上的每一个单词都会有人拿着放大镜看是否出错。有报纸总编的感觉啊！

主人翁英文水平一般的妈妈有个怪癖，就是喜欢让女儿跟自己说英文。虽然听不懂，但妈妈完全不在乎，她说："只要是我听不懂的语言就好，怎么样都好。"父母心可怜，有时也可爱。是吧？

同样的听不懂，王欣婷也调侃同学和老师：好听的宣言谁不会说？其实所有的竞选不过是演讲大赛罢了，而讲话结巴的那个说不定是工作的最好人选。不过话又说回来，研究成果跟教学能力往往没有什么联系，看到上课的教授是个名家也别太激动，他说的话可能只有他自己能听懂。

（四）

王欣婷在《蓝茧》里展现了他们这一代人少见的哲思。

譬如："如果有一个人想要留在你的世界里，那么他一定会找到方法""这个世界上幸运的人其实很多，但真正知道自己是幸运儿的人很少""当你对一个地方已经厌倦了的时候，任何小事都是大事，这跟人一样，同样的事不同的人做，同样的话不同的人说，就是不一样，完全不一样"。

"如果说人有100种天赋，很多认为自己一无是处的人只是把太多的精力放在那99个短板上，而忽略了那一个最重要的上帝的礼物。"

唉，等人长大了就明白，事实是反的，99% 的人都认为自己有 99 种天赋。

（五）

《蓝茧》也提到了家长最担心的问题：

有的留学生在英国，要费很大的劲才能找到一个英国朋友，而生活在一个英语国家要千方百计才能找到说英语的机会，出了国连个外国朋友都没认识，每天连句英语都不需要说。虽然好恐怖，却是残酷的事实。

她也在思考：清末民初的留学生影响了中国历史，现在出国潮中的学子呢？他们的影响取决于在国外选择什么样的生活，思考什么，又如何思考。在国外留学之后，她更加理智，不是言必称欧美，而是清楚明白地知道这个世界上没有乌托邦。弗朗西斯·福山说，在西方的自由民主制诞生以后历史就停止了，因为人类不可能再创造出比它更好的政治体制，虽然它并不完美。王欣婷大声地说：福山错了，福山不是神，无法预知未来，人类会继续发展，历史更加不会停步。她的成熟，以及她们这一代留学生的言行，让人称许。

读小说是在暗中偷看别人的言行，对下一代的偷窥看到的不一定是尴尬，不一定是秘密，倒是一份惊喜和一份热望。因为，他们还正包裹在蓝色蚕茧里孵化，他们的肩膀，注定要扛起未来世界的一切；他们的翅膀，就是为搏击未来天际的风雨雷电而生。

至于小说的故事情节嘛，我就不介绍了，如果喜欢，可以大方地去看原著。

只对青春山呼万岁

一

（一）

"青春是场远行，回不去了；青春是场相逢，忘不掉了；青春是场伤痛，米不及了。"这样小清新、文艺范儿的绵绵话语，让青春不再的人们潸然泪下，也让正当青春的小伙伴们如鲠在喉。青春，不是因为终将逝去才需要珍惜，而是因为它的无敌。在青春的时光里，将相无种，富贵无根，爱恨无由，万事皆有可能。最让人底气勃发的是，因为青春，你可以一错再错，青春就是用来试错的，或者说，青春本无对和错。

《尴尬》是金涌1998年由作家出版社出版的长篇小说，570页的书43万多字，我一字一句读完，用了4天时间。面世多年的书，现在读起来依旧亲切无比，并没有因为间隔了这么长时间而生分。为何这样？

掩卷一想，是因为青春。

（二）

金涌说，这是一个关于他的真实故事。已被贫下中农推荐上大学的男知青，鬼使神差地进了一所新开办的女子护校，与一百个情窦初开的异性朝夕同窗。他在书中借助校长和主人翁的对话说明了写作意图和方法："怎么写，是真实记录，是文学虚构，还是两者结合？"答曰："前者为主，后者借用，在真实的基础上，努力还原生活，就是所谓的

128

本质真实。"

当作家，写下女儿国的故事，是青春时代金涌的中国梦。一个男生和一百个女生搁一块儿，让你有无限想象的空间，应该有无穷的可能性。十八九岁的小伙子，血气方刚，丢到水里火滋滋响，有的是充沛精力。但是，全国数百所大专院校的门就是不对他敞开，"命运偏要看着他去女儿国蒙受羞辱。不，是耻辱！"（小说原话）经过了开始的恼怒之后，他又觉得那些女孩子似有一种模糊的吸引，确切地说是谜，一百个难解的谜。就要闯入花好月圆的女儿王国，他丰富的想象力又在脑海里跑开了马：在那里同她们中最美丽的女子相亲相爱，喜结伉俪，生儿育女。

这就是小说展开的大背景，那时，高校招生还要靠贫下中农推荐保送，人的思想总体上单纯保守，青年人都有相同的想法——吃商品粮是那个年代回乡和下乡青年的梦想。逾越了城镇与农村、穿皮鞋与穿草鞋之间的分水岭，由种田人身份一下上升为国家干部。往大了说，那时候的人讲求精神和理想，人需要精神支柱，人为明天而活着，为理想而生存，抽掉了这根柱子等于折断了人的脊梁，站起来也会垮下去。除非像皮囊一样用钉子悬挂起来，那只能是行尸走肉，猪狗不如。所以，再丰富的想象力，也超不出"从此和王子幸福地生活在一起"的结局，远没有现在的现实生活丰富，小说的式微也和这个时代有关。现实超过小说，小说反而苍白。

（三）

这本厚厚的小说里，面对一百个异性，用现在的标准来看，男女之间什么事都没发生。都是一帮小孩子，你还要他们干什么？在那个年代。倒是每每晚自习后回宿舍，桌上总有用油纸、纸盒或塑料袋包着的好吃东西，有炸虾、咸蛋、卤肉、腊鸡、油煎花生米，有时还有点心、罐头，皆为各地的特产。爱情不知有没有，爱意真的有。

毕竟，学校里他是唯一一个男生。小说里没什么惊天动地的大事，最大的应该是两件事。一是宿舍。学校里有一间孤零零的草屋，师生们谐之"台湾岛"，就给了主人翁住。学校要建解剖实验室，但没有经费。好不容易花近百元弄到了一具供解剖的尸体，但是，没地方放。死者是个穷凶极恶的杀人犯，刚刚二十岁，男性，杀的是自己的亲生父母，就为了五百块钱。学校就把这间房子一分为二，另外一半存放尸体。在与尸体做伴的当天晚上，主人翁草草抹了把脸，刷了牙，便坐到灯下，展开一本刚借来的长篇小说《烈火金刚》，选了其中丁大麻子挥舞大刀削西瓜似的削鬼子头的章节阅读。说白了，是为自个儿壮胆。主人翁就这么一直住在这里，每天隔壁池子里泡着杀人犯的尸体，后来听说还要添两具，药味呛死人。第二件是参加接生，一个不到二十岁的愣头青，亲自用两手将胎儿头托住，直到孩子呱呱坠地。

（四）

这些都是十多年前的小说以及四十年前的人和事。金涌和我是湖北日报的同事，那时候我刚毕业，他才调到湖北日报来。我们一个宿舍4个人，包括现任《特别关注》董事长、总经理的江义宏，华中师范大学的教授史安红。我和金涌到现在还是一个集团的同事，都在深圳，另外两位兄弟都在武汉。金兄年长，印象最深刻的是他有段时间不停地对我们三个说："我都快三十岁了！"很有紧迫感。如今我们几个都是摸五奔六的年龄，再品味金涌在书中所描绘的"潇洒的是我的头发，黑漆漆自然鬈曲，大部分朝右后方覆盖过去，无论从哪个角度看都有形有状"。对照现时的我们，不禁让人哈哈大笑，因为无论从哪个角度看，我们的头发都是蒲柳之姿，望秋而落。

金涌是个奇才，腰杆细细，身怀绝技，做啥成啥。少年画作出版，练单杠在省里拿过名次，青年时玩摄影得奖频频，是全国"十佳"新闻摄影记者之一并在北京举办影展；随后握笔干文字，著作等身；又进入华中师大"补火"，一口英语了得；尤钟情草原文化，长调高亢呼麦悠扬；个性开朗幽默，是深圳新闻界著名的"段子王"；将常年烂熟于心的一百八十部老译制片经典台词精彩对白洋洋 30 万字梳理成篇，形成了一种独具个人特色的阅读记忆方式——"清诵"，任由点播，激情背诵，短则十分钟，长达一小时，时空穿越，多角色转换，模仿配音大师，谓之"一个人的交响"。滴水穿石，铁杵成针，金大侠的功力不是一天练成的，为了既定的目标，他年轻时悬梁刺股，如今依旧挑灯夜读，经年不辍。

媒体人洪晃说："我们要保存的东西很多，但青春是最不值得花工夫留的，因为根本就留不住。"此论也对也不对。青春有生理的，也有心理的。说它对是因为用身体留不住青春；说不对是青春小鸟看似一去不复回，其实一直都飞不出心间。金涌是用文字给青春建造了一座暖房，让它流连忘返，永不远走。名利来了总还去，此生只向花低头。其实，最应该向青春低头，青春才是真的万岁。

当年，金涌大侠在一百个女生中，尴尬不已，于是有了《尴尬》；现在，一个男生在一百个女生中，一点都不尴尬，相反还显摆，应该写本书叫《嘚瑟》。这个观点，不证自明，无须饶舌。

南方有嘉木

—

　　木棉花在很多人的笔下纵情绽放，就像世界上找不到两片完全相同的树叶一样，杨勤良的这一树木棉深情款款，独有姿容。南方有嘉木，随处惹相思。他的这一阕木棉花文字专为西南边陲烈士陵园沉沉酣睡的战友而书写，墨随笔出，情景交融，木棉花开的火红中，纵死犹闻侠骨香。

　　《木棉花开》是他的短篇小说集，首篇 1977 年秋末写于福建晋江，终篇 2016 年秋末写于深圳，时间跨度 40 年。这 40 年是中国沧海桑田的 40 年，也是杨勤良个人写作史的 40 年。我一直觉得如果说一个人幸运的话，就是说他是与时代节拍同步，和世界潮流同行。小说家言，从来都脱离不了身处的时代，哪怕是玄幻小说，也与现实有着牵扯不断的关系。

（一）

　　杨勤良的人生履历表上，起始色就是当兵。因此，他的小说，很多都以部队为素材生发而成，淡妆浓抹，那一袭军绿色总是相宜的背景。16 岁参军，17 岁就写出了第一篇小说《将军山情》。这篇故事的情节并不复杂，主人公所在的连队来了一位新连长，新连长正好和自己的姐姐在处对象。这时候，连部有三个学习汽车驾驶的名额，姐姐想让弟弟去，准姐夫不同意。谈恋爱的两人由此产生矛盾，最后疙瘩解开，主人公到炊事班养猪，还立了个三等功。

杨勤良是广东省作协会员，在全国各大报刊发表小说、散文等作品百万余字，参加中央军委政治部组织编写的"中国人民解放军高级将领传"系列丛书写作，先后出版 5 部长篇传记。我以为，如此丰产多样，其文学基因可以从他的这篇处女作中寻出端倪。

一是开蒙早。17 岁的少年提笔为文，起步青葱，虽然不是东风第一枝，但绝对属于早慧之列。二是不停笔。四十年来家国，三千里地山河。无论时空如何变换，他都一笔在手，从未停歇，文气文脉绵延相续。三是有故事感。单就这篇小说来说，虽然稚嫩青涩出自初哥新手，但是，其关系设置有机锋，情节布局有机窍。主人公姐弟是孤儿，在姑姑家长大，姑父又是副军长。矛盾发生后，姐姐专程来见连长，连长正好不在，矛盾加深。如此往返纠葛，终于工作进步，感情顺遂，结局不错。从这样的布局谋篇，可以看出讲故事的能力。

（二）

处女作后，杨勤良坚持写作。笔力绵长，功力见长，正应了那句老话，铁杵磨成针，全靠功夫深。表现领域也日渐宽广，从部队题材扩展到广阔的社会，职业包括教师、司机、商人、集邮者、木匠、知青、打工妹、专业股民等。有许多篇的文字直指人心，让人看了动容。

《我的独臂五爹》是杨勤良的一篇佳作。总字数千把字，故事紧凑有致，内容跌宕起伏。五爹不是本地人，五爹当营长时打死了扫荡的鬼子救了全村人。因为是孤儿，抗战胜利那年，五爹带着受伤的身体转业到了我们村，和我的堂姑姑结了婚。后来，有外村人说五爹历史有问题，每逢政治运动，村里人都保护他。问题就出在大伯家的二哥身上，这个二哥在县城读高中，回村破"四旧"，还把五爹五花大绑带到公社和县里批斗，全村人去求情，才被放回来，但五爹卧床不起，半个月就走了。

村里人不记红卫兵的仇，把仇都记在二哥身上。大伯发了毒誓，父子永不见面，二哥从此不敢回村。故事到此应该结束了。但是，杨勤良没有停止诉说，而是把动人处留在了最后，"悲剧就是把美好的东西撕碎了给人看"。

二哥后来成了村里第一个大学生，是恢复高考后的全国第一批研究生，上了名校留京工作。十几年前就听村里人讲，二哥每年都要回来一次，不进村，只在村口给五爹上坟，完了就走。

去年，二哥在上坟时，突发脑溢血，倒在五爹的坟前。村里人把二哥安葬在五爹的右后侧，时间原谅了当年的莽撞少年。

看完最后一个字，心间隐痛，眼角模糊。

（三）

仔细翻阅《木棉花开》，用小数据分析后发现，全书收录杨勤良 60 篇短篇小说，前 20 篇作品涵盖了 39 年的时光，后 40 篇为一年所作。所谓的"厚积薄发"，此其谓也？

一年写 40 个短篇，真的高产。前后对照发现，不仅高产，更有高度。

首先是语言圆熟。早些时候，针对"酒鬼"和"酒仙"，他写道："酒喝过量了，就拉近了和鬼的距离；喝得适量，就拉近了和神的距离。"神鬼殊途，就在一杯酒，有见地。现在，他写一个父亲看到儿媳妇怀孕之后的心理状态，"决定不走了，他打算将来就跟着孙子混了"。一个"混"字，道尽了油腻中年男的不甘与妥协。

其次是知识充盈。看杨勤良的小说，越到后来，越增加了知识性。我以为这是他的一个特色。写集邮，你会知道世界上第一枚邮票的故事，也会知道第一批生肖猴票是什么时候发行。写股市写木匠写拳师，大体如斯。

最后是现代感强。"互联网 +"背景下的场景屡屡出现。木模工，这一传统制造业中较为重要的工种在新时代逐渐退出了历史舞台，没想到陪伴了自己大半辈子的工具成了古董，一生练就的武功成为屠龙术。

停杯投箸不能食，拔剑四顾心茫然。

（四）

《寻找逝去的青春》是我喜欢的一篇小说。主人公是部队的一个"大秀才"，能写会画胸怀作家梦想，还荣立三等功。因为做了乘龙快婿，很快退伍，结婚生子有了双胞胎，忙忙碌碌三十年，家庭幸福，但是感觉心里空落落的。他朝思暮想怀念部队生活，一天情不自禁，来到曾经驻扎的农村。村里人都还记得他，"现在大名鼎鼎的女作家，就是你培养出来的"。

原来，这位女作家就是村里的何三妹，他曾经给她送了一本书，书的扉页上有他的手迹："奋斗，青春无悔！"凭着他的鼓励，曾经的土妞何三妹成长为当代著名作家。世事的尴尬就在于此，曾经你遥遥领先，如今你瞠乎其后。正如网络鸡汤所言：比我强的人还在努力，比我差的人还没有放弃。这样的现实真让人岔气。同命相连，不是"病"。同病才相怜，我们没病，无须怜悯。但是，这样的命运，每个人都曾有过。

提携的后进，成为先进，昂首走在你的前头，或许还是你的直接领导。假如他懂点人情世故，表面上还给你面子，刻意维护一下你的尊严，或许在心理上你还稍微平衡一点。反之……你就很不好想了。

细看作品，你会发现，人间百态、人情冷暖在杨勤良的作品中渐渐多起来，这是岁月使然。庾信文章老更成，古今一理，毫无二致。

《木棉花开的时候》应该是杨勤良很喜欢的一个短篇，因为书名就是在这个基础上精炼而来。这篇小说的主题是主人公来为战友扫墓，同时寻找自己的救命恩人，读完后我深深感动。列宁说"忘记过去就意味着背叛"，杨勤良用行动来认同这个真理。

风过留痕，雁过留声，文字的记忆是永恒的。我以为，从此在我的眼中，木棉不是我看到的木棉，杨勤良笔下的木棉已经内化成它的一部分。花开朵朵不重样，在枝叶摇曳生姿中，此后万世不竭的木棉独具风情。这是文学的力量，这是精神的伟大，这是杨勤良的功劳。

超越『丛林法则』

一

潭影是我们的前同事，过去我们看她写的新闻稿，现在她让我们看她写的小说。

《恋恋深圳》是她用一年半的时间创作的三个故事，都是以深圳为主场，都是和年轻相关。虽然纯属虚构，可是多有巧合。

在这三篇小说里，或多或少，我们都能找到熟悉的影子，或者是曾经的心情。文学作品寻求的是与人能够形成心灵共振，写作是一种重逢，阅读是另一种重逢。《恋恋深圳》让我们和深圳重逢，重逢在深圳经济特区建立40周年的时日，重逢在下一个40周年的门槛上。因此，读这本书，让人有一种致敬感。

（一）

关于写作的缘起，潭影在她的自序中说，早年关于深圳的小说，多是描写打工人群。近年关于深圳的小说，也多是写在深圳苦苦挣扎迷失自我的人。而她认为，这个移民大都市的主流应该是朝气、理想，它的主流人群，也就是高学历的白领，固然有寂寞孤独冷，更有激扬少年心。她的结论是"关于这个超级大都市主流人群的故事似乎少了"，于是，她坐言起行，遂有这本小说集。

潭影定义的"超级大都市"，从某种意义上来说就是"超市"。超市的特色是自选，一千个人有一千个深圳，一万种人有一万种方式。我们都是这个城市的书写者，只是有人用砖瓦，有人用代码。潭影用文字码出的三篇小说，代表的是三种深圳经典的人群和场景。

《恋恋深圳》讲的是深圳"程序猿"的故事，《完美人设》讲的是深圳"金融狗"的故事，《男闺蜜》讲的是深圳"单身汪"的故事。我非常认同她的一个描述：她将林立的写字楼大厦想象成一座森林，办公室的各色人等，都戴着不同的动物面具，有老虎、狐狸、山羊、猴子、松鼠等，他们各不相同却彼此勾连。这般的想象，自然让我们想起非常熟悉的"丛林法则"。

丛林法则是自然界弱肉强食、优胜劣汰、物竞天择、适者生存的规则。苍茫大地，植物在向上争夺阳光，向下争夺肥料；动物在争抢地盘，争抢食物。社会达尔文主义将此法则普遍应用于人类社会，下面这则寓言深圳职场人士都知道：

在非洲大草原，每天早晨羚羊醒来，它知道自己必须跑得比最快的狮子还要快，否则就会被吃掉；在非洲大草原，每天早晨狮子醒来，它知道自己必须追上跑得最慢的羚羊，否则就会被饿死。于是，当太阳还没有升起，狮子和羚羊又开始了新一天的奔跑。

在《恋恋深圳》里，我们分明看到丛林法则的影子，更看出对这个法则的反抗。有主动进行心灵修炼的，有被动逃遁避世的，有随波逐流的。

（二）

我一直觉得，这个世界有管用的道理，没有通用的法则。丛林法则之外，应该有新的法则。

果不其然，有个"天空法则"开始流传。腾讯公司创始人马化腾在分享读书体会时说，这个新时代，不再信奉传统的弱肉强食般的"丛林法则"，它更崇尚的是"天空法则"。在同一天空下，麻雀有麻雀的天空，老鹰有老鹰的天空。大家生存的维度并不完全重合，所谓"天高任鸟飞"。我们需要重新理解竞争的意义，破壁零和游戏。在这点上，《恋恋深圳》也有这种理念的星火在闪耀。

抬头有"天空法则",低头应该有"海洋法则"。所谓的"海洋法则"不是"大鱼吃小鱼"的食物链法式,不是谁的嘴大谁就是赢家。而是当硬碰硬的竞争令企业陷入血腥的"红海"之后,我们要超越竞争,从已知的市场空间转场到新知的市场空间,摆脱"红海",开创"蓝海"。新的市场空间也就是"蓝海战略"给予我们的是无穷的想象和希望。

推而广之,应该还有一个"心灵法则"。比大地更广阔的是海洋,比海洋更广阔的是天空,比天空更广阔的是人的心灵,我们应该尊崇心的方向。人生是场马拉松,不以成败论英雄。不要处处跟人拼个你死我活,而要时时保持知足常乐的心态。一切终极的快乐都属于心灵,这种以苦为乐、负阴而抱阳、冲气以为和的价值观,是精神对物质的胜利,是无怨无悔,是人生的大快乐,是生命的大自在,是改变我们一生的心灵法则。心灵法则——天下归心,整个世界立即变得辽阔悠远和美妙无边。

从丛林法则到天空法则,到海洋法则,再到心灵法则,这是《恋恋深圳》展现出的现世心法。

(三)

任何作品,都是作者心灵的背书,都是作者履历的升华。潭影有过做记者的经历,本书虽然是虚构,却有着坚实的现实基础。她的视角有记者的特色,她的笔头有新闻的敏感。

这本书的特色之一是浓浓的深圳味。什么是深圳味?咸咸的海风,长长的海边栈道,年轻得像风一样的深圳人。著名的莲花山的"相亲角"也定格书中。"相亲角"是深圳经济特区的土特产,年轻人忙于工作,没时间找对象,闲得发慌的父母开始出动,在相亲角挂上自己孩子的条件和对另一半的要求,看到中意的,就过去攀谈。父母在场,儿女缺席。深圳再现代,一样可怜天下父母心。

这本书的特色之二是金句迭出。女神和女神经,只有一步之遥。小姚同学成长为老姚大叔，头发年年递减，收入年年递增，当然，深圳的房价也年年看涨。美女是行走的人民币，最花钱也最赚钱。什么叫痴情？人不痴则无情。这世上，哪有天生懂事的孩子，大多数懂事的孩子，都是有问题的家庭催熟的。

这本书的特色之三是清词丽句，爱意清纯。虽然有从严苛到舒缓的四个法则在起作用，但是，作者的笔触始终清秀。人生自是有情痴，此恨不关风与月。

读完这本书，感觉深圳好美，中国好美，人生好美。潭影说："这个城市的人，谁没有故事呢？"四十岁的深圳经济特区，已经开启了新时代的新征程。当人们慢慢变老，你能否再次雄姿勃发开启新的旅程？我以为，《恋恋深圳》的深意正在于此。

一

一蓑烟雨

YISUOYANYU

阅后即焚

（一）

到现在，我一直把他当作同行。说起他，就有亲近感。

后来发现，别人也和他亲近。部队的说起他，是自己的战友，因为他当过兵，参加过对越自卫反击战。

投资界的，也和他很亲热。著名投资人、新东方联合创始人徐小平说："在我的朋友圈里，叫我老师的不少，叫我大哥的不多。洪洋管我叫大哥。"你看，称兄道弟。

最厉害的是，搞农业的，也和他亲密。他供职的公司，一头，服务200多万家中小餐厅；一头，总体上服务几亿农村人。几亿？他总说是8亿。国家统计局发布2021年统计数据说，农村有5亿人。另外的缺口呢？他的逻辑是，城里和"三农"相关的，何止3亿？

这么铺排，把自己弄得像总理似的。其实，他很讲政治。

李洪洋曾就职空军报、解放军报，到人民日报后担任京华时报总编辑，后任职北京日报党组成员、副社长。2015年，属于厅局级干部的他，裸辞一切，到成立才一年的美菜公司担任副总裁。

很多人不知道美菜，递过去一张名片，人家一看："哦美菜，我知道我知道，你们整形整得挺好的，我老婆也去过。"这都哪儿跟哪儿啊。

不得已就自我介绍，美菜是B2B企业。不过，李洪洋说，体制内的很多领导，喜欢端着适配的架子，面目慈祥地说，我不明白什么BBB、PPP、OOO什么的，年轻人尽爱整些洋词。此时，他只好自我介绍说，美菜是卖菜的。这样，领导懂了。不是领导的，也懂了。

原来，局级干部李洪洋辞职去卖菜。

（二）

对于他的辞职，外人一直不明就里。

他在他的著名的《给北京日报报业集团同事们的感谢信》中说，出于老人、子女、身体等家庭原因，主动辞去北京日报社领导等一切职务。

对于这个理由，大家不解。李洪洋也知道大家不解，于是他说：并不是所有的辞职都是贸然、竟然、居然或者愤然，我的离开是自然。既是为国效力，无论是江湖还是庙堂，在哪儿还不是一样？

接下来，他的话让人感慨莫名："我承诺，从离开之日起，哪怕未来走投无路，绝不给组织找任何麻烦。"

有一天晚上，他带了一瓶茅台，和美菜创始人刘传军喝得东倒西歪，坐在公司门前的台阶上，搂着肩膀，畅想未来。夜已深，灯已暗。四周似乎只有他们两个人和两个大石狮。他对刘传军说，在美菜最困难的时候，在你遭到众叛亲离的时候，最后站在你身边的，一定是我。这都是掏心窝子的话。

他和刘传军相差20岁。历史上，还有一对也相差20岁，诸葛亮和刘备。不同的是，三国的这一对，主公刘备年纪大。这儿的这一对，主公年纪小。

吾仿《隆中对》撰《台阶对》。曰：洪洋躬耕陇亩，办报搞融合，好创新，时人皆许之。传军诣洪洋，凡数往，乃见。因屏人曰："君谓计将安出？"洪洋曰："……（此处省略333字）。诚如是，则霸业可成，美菜可兴矣。"传军曰："善！"于是两人情好日密。

LOL

（三）

李洪洋首次对外披露了刘传军的创业过程。出人意表的是，苦不堪言的创业，在李洪洋眼里却是笑意连连。

刘传军出生在山东沂水县，就是孔子喜欢洗澡的那个地方："暮春者，春服既成，冠者五六人，童子六七人，浴乎沂，风乎舞雩，咏而归。"李洪洋发现，刘传军学习古人学了一半，会洗澡但不会唱歌。有一次年会，李洪洋让他唱一句"祝你生日快乐"，他憋半天唱不出来。李洪洋为了让他好下台，就启发说那你就唱"Happy birthday to you"，他又憋了半天，还是唱不出。

刘传军不会唱但会说，口才极好，富有蛊惑性。有次高管外出团建，刘传军引导大家：未来的美菜，将裂变成十多个百亿美金级的公司，你们每个人，都是这些公司的老大，到那个时候，你最想干什么？

这个问题太有诱惑力了，高管们闭目畅想，好几个人想着想着，就幸福得眼泪汪汪。

故事回到起点，刘传军怎么创业？

创业时，刘传军有钱。30万，打工挣来的。

此时有个巨大的矛盾，结婚还是创业？某种程度上，结婚也是创业。30万，结了婚，没钱创业。创了业，没钱结婚。同样是创业，有时候水火不容。李洪洋说，人家把闺女养得漂漂亮亮、如花似玉的，还那么有艺术气质，丈母娘哪能白白许配给你呀。如果你是丈母娘，你干吗？

能把牛说上树、能把马说跳楼的刘传军，和丈母娘谈判。结果是，可以嫁，但起码得明媒正娶吧，也就是得有个婚礼。婚礼得花钱，办了婚礼，刘传军花掉了十几万，手头还剩十几万，咋办？好在是胜友如云，嘉宾个个都是VC（风投），出手大方，刘传军又收回了十几万，这下口袋里又回到30万。

没耽误创业，还白捡了个媳妇。这话不是李洪洋说的，逮谁都会这么说。

（四）

我在深圳晚报任总编辑的时候，李洪洋是京华时报的总编辑，我们投缘。

我觉得有件事，他肯定会说。果然，他在书里花了一页半的篇幅，说了"京华云拍"。

这个玩意儿的核心是图像识别技术，拿起手机，拍一下报纸上的图片，手机里马上就出现这张图片报道事件的视频，把平面的内容和立体的视频融为一体。这是李洪洋当年游说我的话，我觉得好，就和他合作。读者有感觉，效果还不错。可后来无疾而终。

现在终于明白新闻背后的旧闻。

这个项目有政府支持，有全国数十家媒体协同，有资本介入。徐小平很是看好："这个项目非常性感！"但是，项目进行时，他被调往北京日报社。后来中国记协要推动这个项目，他又离开了北京日报社。

这是他的遗憾。他说："天使与我擦肩而过，留下来的，只是一地鸡毛、一地鸡屎和一地鸡爪，还有永远不变的赤子之心。"

我也很遗憾，这么性感的项目黄了。也充分说明，性感当不了饭吃。

（五）

李洪洋讲的"渠道"的故事让人印象深刻。

一个是"柏波罗渠"。在意大利一个偏远缺水的山村，有一对堂兄弟，他们负责给村里的蓄水池挑水，每天100桶，1天1元钱。好好干下去，也可以像村里的富人那样买鞋、买牛、喝啤酒。干了一段时间，堂弟柏波罗觉得不如修一条渠道把河水引进村里。堂兄不以为然，柏波罗自己干。他不停地挖，挖得日月西沉，挖得腰弯背驼，终于完成了。水流源源不断，来的人也源源不断。村子变成小镇，小镇变成城市。柏波罗再也不用挑水了。他吃饭时，水在流。他睡觉时，水在流。他周末度假时，水依旧在流。流入的水越多，流入他口袋里的钱越多。

另一个是他自己采访过的"大发渠"。在贵州遵义，黄大发出生在一个严重缺水的乡村。黄大发当选为大队长后，带领群众，历经36年，用手开凿出一条9400米的生命渠。渠水滚滚而来，不分昼夜。流水不断线，生命不喊渴。

还有一个是红旗渠，因为都知道，所以没有讲。

渠道，在互联网时代尤其重要。美菜在某种程度上说，也是修渠工。它的供应链，说白了，就是和"柏波罗渠""大发渠""红旗渠"一样，是绝壁天渠，是生命之渠。

传统媒体也一样，一定要修建一条活水不断的渠道。人生也如此，也得有一条渠，一条不可替代的渠道。

如果可替代，一定被换代。

（六）

毕竟与李洪洋不在一个城市，远隔千里、相隔五年的情况少有知悉。直到他给我邮来《美菜模式》这本34万字的书，才知道这几年的空白处，原来如此丰满。他借用航天员翟志刚的话说："我已出舱，感觉良好。"

从他有滋有味的行文来看，出仓的感觉还真的良好。"良好"的标准只有一个，就是喜乐相随，具体表现就是"李式幽默"比比皆是。

刚到新单位，这家创业公司没有给任何局级待遇，甚至连科级都不如，唯一能享受的待遇，就是璨璨（刘传军的助理）。李洪洋说，"完全如我所料，创业公司除了理想，什么都没有"。

调侃同事也是一乐。说起管财务的女同事：微风中也带香，那是铜钱香，砍我们团队的预算"心狠手辣"。

有个同事叫李明珠。他说，李明珠和董明珠同名同性不同姓。李明珠处事得体，妩媚动人，只是每天混迹于这帮创业的小子中间，如果不洗干净，还真看不出是个小美女，更看不出是颗小明珠。

刘传军当然是主要的调侃对象。每年谈规划谈预算，只干一件事，对于费用，就是砍、砍、砍。"把我砍急了，我都想踢他，我甚至怀疑他是竞争对手派来的，一直在 CEO 的位置上做卧底。"

这种感觉我也有，我觉得李洪洋就是去美菜卧底的。五年卧底，才有了这些活色生香的文字。

从李洪洋幽默的行文来看，起码他心理健康。心理健康说明生理基本健康。

（七）

"我已出舱，感觉良好"是翟志刚说的，他说了两次。第一次是 2008 年 9 月 27 日在神舟七号执行出舱活动时，第二次是 2021 年 11 月 7 日神舟十三号执行舱外作业时。

世界真奇妙，李洪洋也两次"出仓"，第一次是从体制内出来到美菜，第二次是从美菜再次"出仓"。这次他说："背着我的双肩包，转向离去，没带走一片云彩。"他只说很文艺的虚话，没说去干吗的实话。

太空出舱，翟志刚是第一个，后面还有。离开体制下海，李洪洋不是第一个，也不是最后一个。

神舟十三号航天员出舱时向地面报告：

翟志刚："我是 01，我已出舱，感觉良好！"

王亚平："我是 02，我一会儿出舱，感觉良好！"

叶光富："我是 03，我下次出舱，感觉良好！"

《人民日报》海外版前总编辑詹国枢如我等一样，也惊诧于李洪洋的辞职，而且，是裸辞！你看他，体制内的东西，啥也不要，"扑通"一声，下海去了。

一般而言，"家贫童仆慢，官罢友朋疏"。以李洪洋出仓的感觉来看，竟然不慢不疏。我预测，还会有很多的人跟着不要命地"扑通""扑通"跳水，拦都拦不住。

以此观之，让人蹈海，此书有毒，阅后即焚。

欠多少父老相思债

"老头儿"走了，走了快 20 年。当人们阅读他的作品时，却感觉他从未走远。

在新华社，人们亲切地称呼老社长穆青"老头儿"，叫之者无不敬，受之者无不悦。

中国新闻界的"穆青现象"是一座高峰。他 22 岁时就写出了传世之作《雁翎队》，叫响了工人旗帜赵占魁。中华人民共和国成立以后，他的每一篇报道几乎都成为中国新闻界的范文。县委书记的榜样焦裕禄、铁人王进喜、植棉模范吴吉昌、绿化荒沙的"老坚决"潘从正、红旗渠特等劳模任羊成，一个个充满英雄气概、代表时代风范的人物被他发掘出来，成为人们争相学习的对象，培育社会的核心价值观。

"穆青现象"远不止于此。青春年少时写作，年逾八旬依旧笔耕不辍。既是"世界性通讯社"的最高领导，又不断行走在尘土飞扬的农村。既写文字也拍照片，倡导"两翼齐飞"。既有丰富的新闻实践，也有深邃的理论总结。既干事业，又带队伍。

他的性格更是为人称道。身居高位却无官气，谦逊宽厚，人情味浓浓。领导干部的豪迈大气，普通人的细腻深沉。"老农民"的本色，"老知识分子"的气质。随着时间的推移，他越来越纯净，越来越具有标杆意义，是星辰大海中的泰山北斗。

突然理解了新华社人叫"老头儿"的意思：老是走在前头，让后生晚辈可着劲儿追赶。

（二）

穆青是前辈大家，年轻人总想向他求一点秘诀。穆青每次都说："没有捷径，也没有秘诀。"

不过，穆青还是说了："成才最基本的东西，就是如何做人。"

做人就是"穆青秘诀"的核心。关于做人，穆青有三条：第一条是要有坚定的信仰，在任何风浪面前不动摇；第二是要有执着的追求，要给自己定下一个终生奋斗的事业目标；第三是要有坚强的毅力，刻苦的精神。

这些道理并不高深，可是说易行难。

穆青说，他的一生碰到过很多人，有的人才华相当出众，与之相比，自叹不如。可惜这些人最终都没有成才。为什么？就是在做人的问题上没有过关。这些人占小便宜，到处钻空子，处处显得比别人高明，变着法子整人，两面三刀，见风使舵。聪明反被聪明误，到头来葬送了自己的才华，非常可惜。

穆青曾经说过，我只有中学生的文化根底，怎样能承担以后那么繁重的宣传工作呢？夫子自道，就是这三点，让他出类拔萃，魅力永存。

（三）

男儿有泪不轻弹，"穆青眼泪"给人印象深刻。

焦裕禄让多少人流泪，而为焦裕禄流泪最多的是穆青。发现线索时流泪，采访时流泪，写作时流泪，重访时流泪。《县委书记的榜样——焦裕禄》就是眼泪浸泡出来的。

红旗渠的水中，也流淌着穆青的眼泪。"除险队长任羊成，阎王殿里报了名。"任羊成常常悬在半空中，用一把抓钩除险。大绳把他腰部磨出血泡，血泡破了粘住衣服，血肉模糊都脱不下来。穆青扒开他的棉袄，看到腰间一圈老茧，两行泪直流。

河南辉县有一个叫"拍石头"的地方，拍石头公社党委书记孙钊让穆青多次流泪。孙钊带领大家筑堰造田，把满山的石头拍成馍，好让子孙后代不挨饿。那是 1975 年冬天的一天。孙钊 4 点半起床出早工，天黑路滑，不小心从两丈多高的崖头失足跌下，右手断了一根手指。57 岁的人，一直坚持干活，这根手指接上又断了三次。最后，夜里犯了心肌梗死，在铺着麦秸的小木床上悄悄去世。看到孙钊那结满铜钱厚老茧的双手，凝着乌紫的血痕，断指还在发炎，整只右手肿得老高，前来送别的人们，哭号声响成一片。穆青 10 多年后，含泪写出了《难忘那双手》。

穆青的名篇佳作，几乎都让他流过泪。

（四）

中国新闻界曾经为一种文体——华尔街日报体着迷。

众多的新闻人对《华尔街日报》的非事件新闻的写作手法潜心研究，认真模仿，甚至直接拷贝，然而，一直没有大的突破，也未见传世之作出现。如果非要给这段"洋为中用"的学习下一个结论的话，我认为一定是"邯郸学步"。新的没学到，老的丢掉了。洋不洋，土不土，模仿很拙劣，看着很别扭。沮丧之余，大家得出一个结论：华尔街日报体，你学不会。

有人将这场失败的学习归结为"中外思维的差异"，其实，我们是舍近求远，对优秀的新闻传统视而不见，对行之有效的方法弃而不用。"穆青写法"就是我们的好传统。

穆青写新闻的"人之初"是《雁翎队》，这篇佳作就是对"八股"文风发出的挑战。其后，他的新闻之舟驶出"白洋淀"，收获了黄钟大吕式的新闻名篇。从散文式新闻、视觉新闻到实录性新闻的提出到提倡，"穆青新闻三论"至今对我们仍然有重要的指导价值。

如果说，学不了华尔街日报体情有可原的话，那么学不会"穆青体"就不可原谅。

（五）

记者究竟应该怎样当？"穆青标准"是要具备三条：

第一要洞悉全国大局，了解党中央总的意图、方针政策和形势发展的大势、方向。第二到下面认真研究调查，扎扎实实，倾听群众的呼声。第三就是敢于负责，无私无畏。穆青说："没有这三条就不会成为好记者。"

道理依旧不高深，做起来却不容易。

记者被认同的一个标志是，自己总结出来的观念成为社会的热词。穆青早就做到了。他进村入户调查，把群众生动活泼的语言提炼加工，成为时代观念。改革开放初期，河南农村墙上粉刷的标语是"谁有远见谁养牛""一户一头牛，吃穿不用愁""赶着黄牛奔小康"，这些都是穆青新闻作品的标题。还有"抢财神""老坚决""铁人王进喜""红旗渠"都是人们至今耳熟能详的人和词。

有人评价穆青，作为记者，他的笔从未停歇；作为领导干部，他的脚步从未停歇；作为新闻专家，他的思想从未停歇。

（六）

穆青的故事说不完。河南日报高级编辑张惠芳、深圳商报记者王昉和穆青非常熟悉，多少次，她们坐在老人的对面，听他讲鲜为人知的故事，听他回忆自己的人生，看他袒露自己的心路历程。她们用 10 年时间，跟随穆青一起采访学习，走过穆青走过的路，访过穆青接触过的人，打磨出《人民记者穆青》一书。她们说，这么做，不慕闻达，只求扎扎实实做成一件事。她们更加谦虚："10 年，我们是否磨成一剑了呢？"

此书 2003 年 1 月出版，穆青当年 10 月离世。此书行文如歌，亦如泣如诉，本身就是一篇上佳的报告文学。从中我看出好新闻背后的好故事，也看出好新闻背后不都是好故事。捧读此书再写下此文已经是书成快 20 年后的今日。读此书，好多次泪眼婆娑，被穆青感动，被作者感动，被时代感动。

穆青和"老坚决"潘从正从采访对象变为终生朋友。作者在书中描写了他们最后一次见面：他搀扶着"老坚决"在林中散步，说着心里话。走到苗圃中央，看见一棵老柿树。"老坚决"说："这棵柿树从没歇过，年年都挂果，结得很稠，跟人一样，不偷懒。人生也是一棵树，也应该多结果。"

想说的话，至此全矣。穆青的一生，健笔凌云，都是为还父老的相思债。最后，录他一首词自勉：

金缕曲　黄山抒怀

穆青

昂首青霄界，惊造化，黄山幻境，松奇石怪。雪虐风摧亿万载，芙蓉妖娆不败。接瑶池，无边云海，绝壁虬枝傲苍穹；欲飞腾，破壁云山外，挽长虹，巡九派。

文章不为千金卖，沥肝胆，青史巍巍，冰雪皑皑。光明顶上啸长风，著我炎黄气概。对群峦，心潮澎湃。赤子深情终未改，欠多少父老相思债。鬓堆霜，丹心在。

西海固那个小山村

（一）

有的地方不能去，一去，就成了永远的乡愁，譬如西海固。

西海固位于宁夏回族自治区南部，是西吉、海原、固原、隆德、泾源、彭阳等六个国家级贫困县的统称，1972 年被联合国粮食开发署确定为最不适宜人类生存的地区之一。

2006 年，经宁夏回族自治区党委组织部牵线搭桥，深圳市与固原市达成互派干部培训协议，西海固成为深圳市委党校中青班学员到农户家中"三同"（同吃、同住、同劳动）实践锻炼的基地，目的是让沿海发达地区的干部对中国国情有更深切的体会。

2013 年，吕延涛作为中青班的学员，在西海固开展了 28 天的"三同"锻炼，诞生了一本 21 万字的对中国西北一个移民村庄的一线调查，他将书命名为《老乡》。

吕延涛书中所写的东西我一点都不陌生。2009 年，作为中青班的学员，我也在西海固"三同"锻炼了 5 周时间，吕延涛也是和我们一样，住在回族同胞家里。从那时起，西海固回族聚居的地区和我的原乡汉民居住的大别山区，在脑海深处交叉重叠，不断闪回，只要是这两个地方的新闻，哪怕是天气预报，我都会多看上几眼。

所以，吕延涛的《老乡》一出版就成为我的必读书。

我觉得，如果没有这本书，我们可能永远不知道世界上有个角落叫

"顾山村"；正是因为这本书，我们对生活在西海固与贫困做最后决战的人们有了深度的认知。

（二）

作为深圳报业集团副总编、深圳特区报副总编，吕延涛的职业底色是新闻工作者，书中有一张三位深圳市委党校中青班的学员在顾山村队长家里扯磨（聊天）的照片很能说明他的专业身份。照片中人物都很专注，看起来拉家常的话题相当吸引人。吕延涛和其他人不一样的地方在于，他手中握笔，将采访本摊开放在右膝盖上。无论何时何地，采访本和笔都不离身。这种形象，典型的记者特色。

写东西是记者的天职，但写什么却大不同。有的记者笔下鸡毛蒜皮，格局不大；有的记者笔下色情暴力，格调不高；有的记者笔下与时代脱节，格格不入。在互联网改变一切的当下，要想坚守新闻理想，提高专业技能，《老乡》或许能开思路，带来启迪。

吕延涛"三同"的地方是宁夏回族自治区固原市彭阳县新集乡上马洼村顾山村。这个地图上没有标记的地方，普普通通，毫不出众。在西北，这样的村子很多。在全国，这样的村子更多。到顾山村，是组织的安排。写顾山村，则是他自己的选择。吕延涛在书的引子中说："底下的文字，记录了顾山村人的平凡故事，每一段文字都是真实的，真人、真事、真名、真姓。"为何要记录？因为，中国所有村子里的人过着差不多的日子，想着差不多的心事。因此，顾山村的故事就很典型，更具有代表性。

吕延涛用 20 多个日夜，以新闻人的眼光，开展了他的田野调查。他有天生的优势，"一张胡须蓬乱的黑脸，一口地道的秦腔"，因此不用刻意去和老乡们套近乎。更重要的是在情感上和村民们处得无话不谈，相互间就能掏心窝子。

吕延涛说，移民和游浪是这本书的核心词。"游浪"是西北土语，"浪"在西北多有玩耍的意思。在顾山村，"游浪"这个词有很宽泛的含义，凡是在家门前劳作之外的出行，都称为游浪。游浪包括进城务工，包括离土离乡。某种意义上，移民和游浪合二为一。表面上，这本书写的是一个移民小村庄的故事，实际上揭示的是中国向贫困宣战、农村城市化等宏大主题。

按照上面的规划，顾山村 81 户农民要在两三年内搬到七八公里外的新移民点，离开生活了 100 多年的地方，"故土难离"最能刻画每一个顾山村人心里的酸甜苦辣。盖不盖房、种不种地、投不投肥料、养不养牛，诸如此类的问题，时时困扰着农户。种种的不确定性，在移民倒计时催人的钟声敲响后，开始了集中爆发。难能可贵的是，吕延涛对浩荡的移民潮进行了冷思考。通往未来的路，是所有人的路，是政府的路，也是社会的路，企业家的路，更是顾山村人的路。拓展这条路，让所有人都能舒心地走，坦然地走，自在地走，这条路才能走得通。他和顾山村的父老乡亲一样担心，那么长的、难走的路，急吼吼地赶，怕是要出事的。

《老乡》里对我国正在进行的城市化的观察具有浓郁的人文情怀。

（三）

在顾山村，老人、娃娃和妇女是村里的主要人口。在"三同"的近一个月时间，他们只见到一位年轻人在家养羊，其他青壮年都外出打工了。别以为这些留守在村里的老老少少都是被动地等待外出打工的人寄钱来养活，其实，他们都在勤扒苦做，展现出惊人的顽强，不仅要养活自己，还要为在城里打工甚至落户的顾山村人提供长期的物质和精神支持。换句话说，如此苦瘠的农村还在为城里输血。80 多岁的张志清是村里最老的一辈，还经常下地劳动。他的房子被雨淋塌了。他家里养了两头牛，上个星期刚刚卖了一头，得了 12000 块钱。他儿子在彭阳县城里上班，一个月有 2000 多块钱的工资，儿媳妇带着孙子也在县城住，没有收入，还得还房贷。老两口从刚刚卖牛的钱里拿了 10000 块给儿子还贷款，自己留了 2000 块钱作为家用。

70岁的哈如梅身体不大好，但每天都要下地做活儿，大儿子让她搬到县城里去，她觉得住不惯。"以后如果做不动了，就住到城里去。现在我还能做，做一点就能给儿女减轻些负担。再说，大女子到了县城，啥也不会，出来进去的，谁来管？我不能去。"这事哈如梅已经盘算了很长时间。大女子得了脑膜炎，命算是保住了，但脑子不行，40多岁了，离不开人。

从这种意义上来说，顾山村一点都不孤立和偏远，它和中国的许多城市有着千丝万缕的联系。吕延涛的观察和思考具有普遍性：到城镇的人，他们在城里的工作生活，必然影响到留在顾山村的亲戚朋友；而村子里的老人娃娃，地里庄稼的长势，也牵动着在城里的顾山村人。城镇化，是城里的问题，同样是农村的问题，但首先要解决好农村问题，城镇化要给农村带来新的发展机遇，而不是放弃农村，甚至掠夺农村。

顾山村的娃娃，也就是人们嘴里的留守儿童，在书中不断地出现，非常沉重。"打了40天的工，钱没赚到，娃娃的学习也耽误了。不出去打工没有钱，出去了娃娃又不行"，年轻的妈妈张桂芳很后悔。外出打工已经有10多年的张平同样操心孩子，"不出去打工，养不活娃娃，出去打工，又顾不了娃娃"。村里出去打工的人，大都是这种情形。不管是带上娃娃打工，还是留娃娃在村里待着，都耽误娃娃。岂止村里，乡里、县里、市里、省里、全国都是这样。

（四）

既然是《老乡》，人物是理所当然的主体。吕延涛笔下有几个人非常出众。

张万钧是顾山村唯一的老师。一个人教一所学校，是全村人的老师。40多年来，村子里所有的学生都是张万钧的学生，从爷爷到孙子，没有例外。他培养的学生中，有七个考上了大学，张万钧很自豪："顾山、黄湾这两个队上，爷爷是我的学生，儿子是我的学生，孙子还是我的学生。原先是父亲送儿子上学，现在是爷爷送孙子上学。"让张万钧苦恼的是，因为去年出了车祸，脑子受到影响，有时候连自己的手机号码都记不清楚，所以总是为填报表格的事发愁——上级给学生免费午餐，但是要填细致而复杂的表格。

勉成福是顾山村唯一的医生，近40年来，村子里老少几代人都找他看过病。但是春节他骑摩托车翻了，受了重伤，手抖得已经拿不稳针了。"几十年了，都是勉成福给村里人看病，他老了，看不成了，不知道到哪里去看病呢。"村里不少人发愁。

66岁的张志选是村上数一数二的庄稼把式，他家的苜蓿一亩能顶别人两亩的产量。张志选的神奇之处不仅仅在做活儿舍得出力气上，而在于他一个人单打独斗建了一院庄子。他家的窑面足有五六米高，五孔窑排开来有30多米，院子有200多平方米。挖这样一座院子，土方量惊人。他花了一年多时间，不要儿子插手，不要亲戚帮忙，不要村民出力，全凭一己之力，一锹土一锹土地完成，这在顾山村是有史以来没有过的。

吕延涛他们两个住在村东头山坡上的张万武家，家里有三间平房，一个厨房，一个牛棚，一个羊圈，一个堆放杂物的矮棚子。张万武是他们认识的第一个顾山村人。这个户主在顾山村可是个"大人物"，挺有传奇色彩的。张万武拳头比一般人大一圈，骨节突出，一看就是练过武的人，贼娃子都不敢到他家里去。他曾经一拳把一只正跑着的獾打昏了过去，"一拳打在獾的头上咧，有二尺多长，肥得很"。张万武年轻时当过兵，在部队入了党，是武警中队行动班班长。复员后做了保安，干得不顺心就离开了。张万武说自己脾气太暴、太倔、不柔，所以干不成大事。

顾山村的风俗也有自己的特点。做生意不开口谈钱，而是笼起袖子，两个人在袖子里捏着手指谈价钱，待谈妥了，就把牛羊换辆车拉走。但是，钱的事还是一直挂在村民的嘴上。

张万武说，这几年主要吃了钱的亏。家里贷款不少，要用钱的地方太多。几个儿子慢慢大了，而村里娶一个媳妇要花十几万块钱，"压力大，晚上睡不好，身子困了，脑子停不下来"。张万武经常为这事挠头。

　　张桂芳家种了玉米，估摸能打五六千斤，按去年价格每斤 1.05 元算，有五六千块钱收入，除去化肥、塑料薄膜、种子等成本，最后落不下几个钱。丈夫赵银明十几年来，年年在外面打工，去过很多地方，做过很多活儿，吃了很多苦，但没落下钱。"落不下几个钱"是高频词组，种地、养羊落不下钱，打工、上班也落不下钱。因此，顾山村人最愁娃娃念书，最怕人畜得病，顾山村之最和钱有很大关系。

　　这些人物我们很熟悉很亲切，都是我们的父老乡亲。

（五）

　　《老乡》的语言也很有特色，黄土味浓郁。说起生活拮据，村民说："等到有了娃娃，家里的日子苦得就只剩下摇头了。"

　　张桂芳说："我们这里苦瘠吧？"她像是在问我们，又像对自己说。

　　哈如梅说到久远的事情，拖着哭腔："那些年，把人苦扎咧。"

　　"六月雪！六月雪！"这群从南方来的人纷纷惊叫。纪念馆广场边一位双手蜷缩在袖筒里的老汉见怪不怪地笑着："一年四季，六盘水上啥时候不飘雪……"旱烟杆叼在嘴上，一股青烟从鼻孔里透出。

　　这样精彩的话语，在书斋里是想不出来的。吕延涛为顾山村立言，希望把顾山村人这天天流淌的平常日子变成镌刻的记忆。张桂芳是家里的九妹，可母亲、哥、姐好几个人都弄不清她的名字。同样闻所未闻的还有亲戚关系。顾山村的张姓、马姓与黄湾的赵姓之间联姻的不少，两个小组的农户差不多全能牵上亲戚关系，有时姐妹几个都嫁到一个村子，而外孙去看姥姥时，全村会有几十个舅舅。因为是抵近的观察和采访，所以相当生动，人物个性鲜明。这给我们的启示是，新闻作品只有深入生活才能生动感人，新闻记者只有与时代同行才能出名篇佳作。

（六）

　　读《老乡》有一个有趣的发现，我国的西北地区总是很受新闻人的青睐。

20 世纪 30 年代，著名记者范长江在《中国的西北角》中，用生动的文字真实还原了当时中国西北地区的时局，如一幅幅社会写生，构成了西北大势的长卷。书中有关于中国国内第一次在报纸上公开如实报道工农红军长征的通讯，它让人们在获得对红军正确的认识方面有着不可取代的积极意义。

20 世纪 90 年代，以中央新闻单位为代表的一批著名新闻人，对西海固等地进行了深度报道，促进了世人对西北贫困的再认识，尤其震撼人心。

在 21 世纪的当下，吕延涛在《老乡》中用他细腻生动的笔触，记录了一个山川小村一群普通人的点滴苦乐，同样让人震动不已。他不仅采访当下，也采访历史。顾山村人没有族谱家谱，祖上也不让留下文字记载，怕被官府发现引来追杀。经过多方考证，吕延涛终于弄清楚顾山村人的来龙去脉。150 多年前起，顾山张家的先人从陕西离家远行至此落脚。90 年前，这里发生了人类有史以来最高强度的海原地震，顾山村人从废墟中艰难地站起来。30 多年前，山外看似精彩的世界吸引顾山村人远走他乡。3 年前，政府开始实施移民计划，希望这里整体搬迁。这是大脉络，也是大变局的前奏。

如果说范长江如实地记录了中国工农红军的长征，那么，包括吕延涛在内的新中国的新闻工作者，正在如实记录和贫困搏斗的另外一种长征。习近平总书记说，每一代人有每一代人的长征路。中国的西北如今是我国脱贫攻坚的主战场，我国与贫困斗争的长征正进入啃硬骨头的决战期。我认为，在这样的历史时期，记录这一次新的长征，新闻人没有理由缺席。与时代同行才无愧于新闻职业，和热点同步才能抵达新的境界。《老乡》是深圳"三同"锻炼干部的一种乡愁，是我国扶贫新长征路上的一个胎记，是新闻人在时代航船上的一种站姿。我希望《老乡》不是孤证，我们期待后来人高高山顶立，深深海底行。

熔断马太效应

（一）

吴奔星先生是著名诗人和文学史家，他的公子吴心海是我同班同学。据说，经过6个人，可以认识任何你想认识的人。那么，在理论上，经过吴心海，应该可以窥探得到吴奔星前辈的学术大系。实际上，通过吴心海我真的看到了一个过去从未关注的世界——中国现代文学史研究领域。由此看来，经过人的接引，既可以找到你想找的人，也可以关注你感兴趣的事，更有意外的惊喜或惊愕，这就是"小世界理论"的奇妙。

2015年5月16日，我们1981届新闻系的同学毕业30周年返回复旦聚会。恰同学少年，欣喜依旧。细看男女同学的脸，我大失所望，大家几乎都是30多年前的旧模样，没有多少长进。更让我愤愤不平的是，有的男同学甚至比过去还年轻，有的女同学甚至比过去还漂亮。悠悠苍天，此何人哉？

意外的收获是，吴心海亲笔签名、当面惠赠我他的新著《故纸求真》。该书是上海科学技术文献出版社"全民阅读书香文丛"第二辑的组成部分。这组丛书专家学者云集，内容分量不轻，书情书色，满纸生香。吴心海的大作赫然位列其间，作为同学，深感与有荣焉。

中国现代文学史研究大家陈子善在该书序中对吴心海的探求和建树已有定性之论。他发现中国现代文学研究领域有个有趣的现象，不少作家学者的后人都在研究自己的父母。更有人超越亲人，不断拓展研究范围而硕果累累。陈子善说："我以为，心海兄无疑应该属于后一类，他已进入作家后代研究中国现代文学史料的佼佼者之列。"我是外行，对一个不懂的疆域无可置喙。倒是吴心海探幽发微、别开奇境的路数让我着迷。

（二）

吴心海和我们班大多数同学一样，学的是新闻专业，干的是新闻工作。他 20 余年一直做时事编辑，夜班上得是一塌糊涂，日以继夜，夜以继日，从小黄牛干成了老黄牛。这样执着不改，如果忍不住要写篇稿子表扬他一下，一定要用"不忘初心"这样的大词。

其实，他的"学之初"差一点就不是新闻专业。上了第一周课后，他向班主任提出要转到中文系，结果，我们可爱的葛迟胤老师当着全班同学的面，用不点名的方式批了他一通，给他"扣上了新闻的第一粒扣子"，转系之事，永久搁置。"马太效应"因此在他身上见效，"凡是有的，还要给他，使他富足；但凡没有的，连他所有的，也要夺去"。他在复旦学新闻一学就是 6 年，新闻是他的"有"，4+2，所以还要加给他；中文系是他的"无"，一开始就没有，本科毕业之后，有一次绝佳的"转会"时机，所以连他所有的这一次机会也给夺过来。此生谁料，心在天山，身老沧州。

熔断"马太效应"的是一系列事件。2004 年吴奔星先生仙逝，随后吴奔星先生的第一位研究生突然因病不治追随先生而去，吴心海开始承担起为老人家编辑纪念文集的重任，接着为老人家编选民国时代的诗文，机缘巧合中，洞开了中国现代文学史料研究的大门。从新闻领域踏入中国现代文学史研究领域或许是阴差阳错，但我觉得，孝道永远没有差错，引领他的跨界机缘就是他的悠悠孝心，他是用这种方式在对父亲行孝，让人羡慕。想起我大学还没有毕业时，46 岁的父亲离开人世，连最后一面都没见上，不由得黯然神伤。

（三）

捧读《故纸求真》，看到吴心海钩沉历史，挖掘真相，辩诬白谤，还原历史，学新闻的同学应该有似曾相识的感觉，从某种意义上来说，这不就是另一种采访？不就是用另一种方式打捞失落的人和事？

吴心海自己也承认：本书中所涉及林丁、沈圣时、常白等人的文字写作过程，都类似新闻工作者的"采访"过程，如果没有不惮其烦地去寻访他们的亲人或后代，并反复核对事实，就不可能有如此多的独家披露。

这感觉就像是在采写人物典型，主人翁不在了，我们上穷碧落下黄泉，采访所有能采访到的人，挖掘尽量多的故事，尽量还原历史，感动当下。同时，他深具老新闻工作者的"独家新闻"意识，挖掘故事如同采写时文，一样地具有"登幽州台"的情怀。

历史发展有自己的逻辑。我一直认为，今天的新闻就是明天的历史就是后天的知识。我从事新闻工作已经快40年，经典的工作姿态是"低头看当下，抬头看前方，几乎不回头"。我以为故纸堆里，尽是前朝旧事，早已被固化而无从更改。《故纸求真》让我汗出如雨：对于未知的领域，我们都是无知者。

在挖掘沪上画家胡金人其人其事的篇章中，让我感动的是吴心海讲述的画家三个女儿的故事。

胡金人的小女儿胡丹苓在她不足4岁的时候，和未成年的两个姐姐失去了最亲爱的妈妈。在她不足10岁的时候，又失去世间唯一的依靠——父亲。经过了种种磨难的胡家姐妹应该否极泰来，理应享受幸福的晚年，以弥补童年时代的不幸和缺失。想不到一对不幸的夫妻，在战乱中留下的三个不幸的女儿，却竟然于和平的日子里，在同游敦煌的一场车祸中不幸全部遇难。

（四）

生活不是小说，总是事与愿违。历史是大手笔，常于细节处模糊。更何况，人们总是有意无意抹去一些事实，也有心无心地添加一些东西。得其门而入的吴心海，在对文坛的一些人和一些事了解之后，发现了许多的诡异。这个时候，他露出了新闻人的本性——讲究事事有出处。他还抬出胡适"为人辩诬白谤，是第一天理"的理念来给自己打气。对于一桩桩公案，一件件事体，他不敢苟同。他恐惧："时间过了大半个世纪。当事人凋零殆尽，恐怕永远无法知晓了。"他担忧："讹传早已远播，更正无期。"他亮出自己的观点，这种伪造历史、厚诬名人的做法，是极为不妥的。尤其是谬种流传，以讹传讹，若干年后谣言成为历史，就更可怕了；故非常有必要及时拨乱反正。他在谦恭中也露出刀刃：对于历史，余生也晚，余生有涯。但，如此荒诞不经的说法，分明是戏台的文字，岂是搞学问的做法？

这就是新闻人的不可救药，跟活人较真，跟死人也过不去。为此，他付出甚多，除了忙于工作外，业余时间多半放在读书、写文章上。在故纸堆中求真，也是采访，同样艰苦异常，同样劳神费力。为此"头上落了雪，眼睛生了花"也在所不惜。我本想把鲁迅的名言"我吃的是草，挤出来的是牛奶"赠予吴心海，突然想到，鲁迅可能是属牛的，所以他挤出的是"牛奶"。吴心海是属兔的，他要吃多少草才会挤出一杯"兔奶"？

故纸求真，辛苦异常，没有捷径，讨不了巧，但甚见功力。我们都是普通人，都是悄悄地来，悄悄地走。我们都是历史的无名氏，都是"自由而无用的灵魂"。我们的同班同学李泓冰女士诠释说，所谓"自由"，就是能在无边的时空中恣意游走；所谓"无用"，则是对身边现实功利的有意疏离。我以为，这就是著名的"无名氏"心态。难道不是？

升级热词制造能力

每个人都想影响他人，每个人都受他人影响，这是社会学意义上的万有引力定律。

在单位，领导影响你，同事影响你，客户影响你，反之亦然；在家里，老人影响你，小孩影响你，配偶影响你，你也影响他们；在社会，公众人物影响你，接触到的人影响你，没有接触到的人也影响你，大家都在互相影响。

人的世界如此，物的世界亦如是。大到宏观宇宙，小到微观世界，万事万物都在互相影响，影响力无处不在。生而为人，逃无可逃。化而为物，亦有关联。有人想彻底摆脱影响力，于是有了"跳出三界外，不在五行中"的说法。但是，跳出三界外哪里还有界？不在五行中又在哪里？或许就是"不生不灭，不垢不净，不增不减"的状态吧？这种消除了矛盾的存在，已经远远超出我们的想象，既不是无，也不是有，就是想破了脑壳，也不知道那是个什么状态。这是思维的黑洞，不可接近，无法走进。

算了，不说神话，还是说回人话。

做记者当编辑，做梦都想自己采编的新闻能闻达于诸侯，传达于百姓。"钻石恒久远，一颗永流传"的境界是传媒人的极致梦想。所有的辛劳、全部的智慧都围绕着这个目标展开。在旧媒体时代，人们用"洛阳纸贵""一纸风行"来描绘。在新媒体时代，则用"网络热词""流行词汇"表达。不管形式新旧，核心其实一个样，就是形成广泛的影响力。

（二）

在网络狂飙突进的当下，传统媒体尤其是纸媒，热词的制造能力偏弱。

仔细分析发现，产生这种现象的原因，不是人的问题，而是介质的问题，或者说是面对介质的态度问题。活色生香的新闻一到传统媒体，大家都端着架子，从提炼主题到遣词造句，一身正气，两袖清风，严密严整严肃，可惜少了一汪灵气。一旦面对网媒，大家都从毛孔里开始放松了，没有压力，心理愉悦，下笔随意，此情此景容易妙语连珠，热词迭出，可惜少了很多庄敬。

其实，传统媒体和新媒体的新闻，很有可能是出自同一人之手。在传统媒体发稿，话语体系向庙堂之高靠拢。在新媒体发言，表达方式滑向江湖之远。这是话语体系的离心力定律。有离心力必有向心力，传统媒体和新媒体其实都在互相借鉴，合力使整个话语体系更加现代化，更加成熟。这一点，在黄青山的《总部经济进行曲——来自深圳CBD的活力样本》里能找到明确的印记。

《总部经济进行曲》是深圳商报驻区新闻部原副主任兼福田记者站站长黄青山的经济新闻精品结集。福田区是深圳的中心城区，面积不大，只有78.8平方公里，但是，它的地区生产总值却相当于内地一个中等省份，每平方公里的地区生产总值超过34亿元，税收9亿元，纳税超亿元的楼宇达73栋，其中亿元"楼王"招商银行大厦年纳税74亿多元，相当于内地一个地级市的税收总量。黄青山深耕福田9年，贴身服务福田，用他半是调侃半自谦的话来说："在相对固定和狭小的范围里当新闻记者，相当于一个常年耕种的农民，可以在这片责任田里深耕细作收获新闻报道的高产。"看着他这本沉甸甸的书，我觉得做个新闻农民没有什么不好。

（三）

中国成为世界排名第二的经济大国，除了大家熟知的推动力像什么三驾马车之类的以外，最大的增长推动力应该是世道人心。大家致富发家的欲望被政府唤醒之后，以翻番的速率在上涨，欲望翻一番，经济增一倍。我一直认为，心中所想和现实所涨之间一定有个对应的函数关系，只是这个模型社会学解决不了，经济学也解决不了，只有多学科综合才可以做出来。谁能将中国经济增长建成一个数据模型，谁就能获得诺贝尔奖。

经济增长人人关心，如果不同意这个判断，那就把"经济增长"换成"钱"，应该没有多少异议。可是，人们关心经济并不等于关心经济新闻。中国的经济新闻很不争气，老实说好看的经济新闻并不多，这其中有写法的问题，也有眼光的问题。正如黄青山所说："经济新闻在很多情况下，不会像一位美女站在路边向你招手。"

黄青山先生对经济新闻是有追求的。通读全书，就会发现他很擅长发现和制造热词，并通过热词形成舆论，进入内部文件中，成为全网热点。他写了一整版的《总部之花竞相开放福田中心区》的稿件，不仅在网上热转，而且受到政府的关注，有个区职能部门的领导说，这篇报道的效果顶得上到香港开一场招商会。过去有"飘萍一支笔，胜抵十万军"之说，现在则是"青山一篇文，胜过百万银"。

（四）

这样的热词制造能力，在书中随处可见。例如，观察总部经济多年，当前海横空出世的时候，他自然就以观察员的眼光进行命名，他把香港中环—前海—福田中心区称为深港总部经济的"第一岛链"。

在福田经济爬坡换挡的关键节点，他敏感地捕捉到了福田区提出福田经济"普快"变"高铁"，既提速又提质的事实，迅速进行传播，报道以城市更新破解"空间忧虑"，以高端发展应对"速度恐慌"。

在报道福田区城市更新的时候，他聚焦城市的审美大道——深南大道，当沿街建筑群脱去了昔日五花八门的"大工装"时，他感叹这条深圳的标志性大道换上了动感、时尚、亲和的"城市时装"。

他也不放过对城中村的观察，当人们戏称密密麻麻的楼房是"握手楼"的时候，他又提出了"亲嘴楼"概念。

他在报道沉寂了几十年的珐琅彩瓷器重现江湖的时候，制造的两个热词很有吼点。珐琅彩瓷器成为斯达高进军国际市场的主流产品，这套餐具主件每件达到 20 美元，折合人民币为 130 元，相当于"百元一个碗"。而新近开发的西亚高盖茶壶因为珐琅彩工艺，该茶壶卖到 235 美元 / 套，折合人民币 1486 元，相当于"千元一壶"。"百元碗""千元壶"生动形象，朗朗上口。

对于企业，他持续关注，借用梁启超《少年中国说》的句法，他生产了"企业智则国智，企业富则国富，企业强则国强"的概念。

语言是思想的外衣，恬静是灵魂的香气。经常看稿件，发现有的文字味同嚼蜡。有时听人讲话，满嘴都是陈词滥调。每每遭遇此情此景，就暗自心惊：如果说不出新话，只有一个原因，就是思想老化。

在信息过剩、阅读过载的当下，纸媒人的光荣与梦想就是保持旺盛的热词生产能力，只此一招，就可以闲庭信步。黄青山说："我相信，知识自信会带来专业自信，而专业自信会带来职业自信。"

说得好。

好记者改了行

（一）

董超文是个好记者，记者中能当此誉的，十不过一。可惜，这个称号要加个定语："前记者"。后来的超文，离开了新闻界，供职于深圳市房地产评估发展中心，彻底加盟到他曾经采访十年之久的行业，成为被采访者，或者，成为甲方。

职业流动，俗称"跳槽"。"跳槽"本是青楼语，当这个词和记者联系上后，就有了双关的意味。我曾经将新闻人来来往往的现象凑成一对歇后语。像董超文这样原来在新闻单位工作，跳槽到别的单位的，是"老记从良"；原来在新闻单位工作，跳到别的单位一段时间后又重新回到新闻单位的，叫"老记回青楼——重操旧业"。虽然词不雅驯，事实却是如此。

（二）

董超文当记者，和我有一定的关系。他说："我也是半路出家做记者，以前一直是在总编室做编辑。"从编辑变为记者，大概是在2002年，当时我任深圳商报经济新闻部主任，董超文在总编室做时事编辑。一天，他找到我，提出想到经济部当记者，至于跑哪条线，服从安排。他有文字功底，英语又好，很喜欢思考问题，视野相当开阔。当时，我非常希望把《深圳商报》的房地产新闻做大做强，苦于没有合适的人选。从夜班钻出来的董超文让我喜出望外，报社领导也很支持我的想法。他到部里报到时，我告诉他："你来跑房地产线，跑出个名堂来，希望今后不要变。"没想到一语成谶，十多年董超文一条道走到黑，有了以自己名字命名的工作室，成为一位名记者，还因此进入规划国土领域。世间事，殊难料。

（三）

社会上常称记者是狗仔队，防火防盗防记者，把记者当成鸡鸣狗盗之徒。新闻界有人以歪就歪地说，即使是当狗仔，我们也要做最好的藏獒。话说回来，"狗仔队"常用在那些善于追踪明星隐私的娱记身上，财经记者从来都不是狗仔队。财经记者敏感、专业、缜密、敬业，出入车间工地，采访总裁董秘，对话专家学者，没有花边新闻，更少风花雪月，所写者，皆是"经国之大业，不朽之盛事"，字里行间非常严肃，充满了使命感和忧患意识。读董超文的文章，这种感觉更加强烈。

深圳本是个边陲小镇，没有房地产，成就不了"一夜城"的大格局。董超文用房地产的视角来观照一座城市，其笔触，关注大家共同的关注。深圳房价 10 年上涨 3.6 倍，深圳成为全国最拥挤的城市，地王大厦与赛格大厦到底谁更高？深圳出现房地产中介关铺潮，深圳好项目不缺地。这样的切入点，在他的笔下比比皆是。

董超文对人很关注，超越了经济报道见物不见人的流弊。深圳地产大鳄也好大腕也好，都在他的笔下渐次登场，万科王石和郁亮、京基陈华、卓越李晓平、大中华黄世再、深圳航天地产陈丹雯、荣超地产杨荣，都是深圳房地产界呼风唤雨的人物，文章上看这些巨头好像很文静，实际上董超文告诉你的是，他们个个都是行动派。

董超文的文字富含知识性，"三天一层楼"的国贸大厦，"九天四层楼"的地王大厦，买房七楼是"黄金楼层"，深圳人均土地占有量约 130 平方米，到香港、澳门，或者新西兰、澳大利亚等地购房要注意什么。这些有的成为永久的知识点，有的在一定时段内依旧很管用。

董超文的一篇篇文字，一砖一瓦地组成了深圳房地产和城市规划的清晰脉络，也折射出了全国的宏观态势。现在读来，让人更加清晰地明白我们亲历的历史。譬如房子的价格，董超文记录的一组数据显示，2001 年至 2010 年十年间，深圳新房成交均价分别为每平方米 5531 元、5570 元、6800 元、5980 元、7040 元、9230 元、13370 元、12658 元、15143 元、20163 元。近些年的价格他没有录入，其实也不用录入，就一个字："涨！"从改革开放后房子能买卖到此时此刻，大家共有一个感觉：买房的时候永远觉得贵，买了之后永远都不贵。读了董超文的文字，对深圳了解得更深刻，也后悔得更彻底。

（四）

人生在世，白驹过隙，尤其过了四十之后，这种感觉更加强烈。曾经对人说过：人过四十，一切向后转，包括行为习惯、口味口音。以为把普通话讲得很好，一不小心在人前蹦出了家乡口音。吃过许多地方的菜肴，感觉最好吃的还是家乡菜，最好喝的还是老家的酒。现在还可以加上一句：最亲切的还是老同事的文章。干新闻的人都知道，前天认为是"新闻"的，今天已成为历史；今天认为是新闻的，明天也将成为历史。有着这种历史的方位感，执笔为文时就有了敬畏感。董超文说，房地产记者要做到客观有时候其实是很难的，所以，要做一个好的房地产记者，首先是要做一个有良知的记者，有时候心里的这种挣扎会十分痛苦，但是，他总是希望自己能够努力做到。

在董超文人生的拐角处，回望他记者生涯的文字，我们感受到的是一个记者的良知，看到的是深圳活的历史。当自己手中的一支笔，和笔下的文字，能与这座城市相互证明时，我认为，值了！

从行到行

"行"是古乐府诗的一种体裁，音节格律一般比较自由，多用五言七言杂言，形式富于变化。汉、魏之后，以"歌""行"为题名的诗作颇多，洋洋大观，遂塑型出"歌行体"一族。

歌行体以叙事为主，语出天然，直抒胸臆，名篇佳作众多。"天下三分月色，两分尽在曹家"的曹氏三父子，他们的"歌行"创作成就巨大。曹操的《蒿里行》，曹丕的《燕歌行》，曹植的《泰山梁甫行》都是千古名篇。曹氏以降，李白有《侠客行》，杜甫有《兵车行》，王维有《老将行》，诗仙诗圣诗佛的风骨纤毫毕现，至今传唱不辍歌咏不绝。

有一种现象值得深究，"行"在诗界大行其道，然而，这种以叙事为主、灵活机动的体裁，在中国文章里却少有"行"踪。逮至今时，新闻界突破了中国诗文的森严壁垒，诞生了以"行"为题的通讯体裁，见人见事见精神，行文活泼多变，读者喜闻乐见。古典的"歌行体"，如今活化为现代记者的常用文体，产生了一批有影响力的作品，如毕国学的《百家行》。

（二）

我一直认为，记者身无长物，唯有脚板如铁，钢笔如刀。前互联网时代，一篇雄文，一纸风行，能让人如饮狂泉。互联网时代，尤其是移动互联时代，传统媒体似乎成了人人都忍不住想帮扶一下的欠发达群体。纸书好似没人看，报纸好像没人读，所有人都盯着手机，仿佛一秒不看手机就会落后一万年。

这种场景，极易让人致幻，过去精采精编、精耕细作、精益求精的内容生产者，陷入迷茫，曾经条条可读、版版好看、天天精彩的专业主义似乎不吃香了，往日的一手好文章也降维成雕虫小技。

然而，一个不争的事实是，手机里的压舱石文字，互联网上的权威内容，几乎都出自传统新闻人之手。新闻人是党的政策主张的传播者、时代风云的记录者、社会进步的推动者、公平正义的守望者。他们训练有素，把关严格，作风踏实，是舆论前线的主力军。他们生产的内容，以各种方式和渠道，流传于互联网与手机之上，影响世道人心。

记者，从某种程度上来说是行者，行走在火热的一线，用自己的脚板丈量纷繁的现实。

毕国学的这个行走专题，时间集中，主题聚焦，节奏快捷。用时306天，行走万里，走访百企，从文创产业、科创产业、先进制造业和现代服务业四个维度，为龙岗经济的脊梁画像，为实体经济唱响嘹亮的赞歌。习近平总书记指出，实体经济是大国的根基，经济不能脱实向虚。"龙岗区重点企业百家行"的选题选人，既彰显了记者对实体经济的情怀，更体现了"国之大者"的宏观方略。

（三）

记者文字经常容易滑入大话套话官话的窠臼，平常在深圳商报及读创上编审毕国学《百家行》的文稿，给人一个启发：记者一身入，观点就深入，文字就生动。

在斯达高，分明能感受到创始人詹培明的"匠心不变，初心不忘"。

走进亚辉龙的超净车间，能看到董事长胡鹍辉"五年全国第一，十年全球龙头"的排兵布阵。

在左右沙发的厂房，能闻得到原木的清香，更能感受到"每卖出一套沙发，就捐种一棵树"的"两山理念"结出的硕果。

穿行在横岗琳琅满目的眼镜店铺，你能触摸到龙岗区人大代表骆玉喜从"打工仔"到"眼镜王子"的轨迹。

百家行里的百家重点企业，都各有特色，摇曳生姿。这些，全是靠记者一步一个脚印，一个字一个字地琢磨得来的。只有在不断的行动中，记者才能提升水平，达到新的高度，真的是"行着行着就行了"。

记者编辑水平的总集，就是一张报纸、一个客户端的总水平。因此，新闻文化产品的高质量发展，需要从人着手，从理念到行动进行整体刷新。

从行吟泽畔到完"行"乐府，从立即行动到被人点赞称"行"，从古到今，从浪漫的诗歌到纪实的通讯，其实都要凭借"脚力"深入现实一线，用"眼力"洞悉事物本质，用"脑力"仔细辨析思考，用"笔力"来表达和传播。这种逻辑，包括但不限于记者，都要尊崇。

开会很多人不会

一

（一）

有的机关单位，工作主要是两件事：一是开会，二是准备开会。开会本不是什么坏事，会开得多了，就变成坏事。有的会议气氛是好的，有的会议开着开着气氛就变了。个中奥妙，谁个不知？

对于会议，有人欢喜有人愁，关键看你怎么对待会议。像刘良龙先生，曾经 3 年时间跑了 150 多个会议，对其中上百个会议写出了独家新闻，收获最丰的是一个会议写出了 13 篇独家新闻，最引以为豪的有 3 篇会议新闻获得了广东新闻奖。他不仅用心开会，还琢磨会议。琢磨的结果是他深深感到：会议新闻有"学问"，会议报道有"黄金"。深圳商报原总编辑姜东南评价他说，这一看似只能写篇数千字的论文的题目，刘良龙却给读者奉献出了 20 多万字的学术专著《怎样发掘会议独家新闻》。由此看来，刘良龙是个喜欢开会的记者，是个对会议情有独钟的研究员，是个不折不扣的会议迷。

这个世界上，究竟有多少种会议？不怕您笑话，在搜索引擎上都搜不出个让人满意的结果来。大体而论，如果仅仅按会议性质来分类，就有制度规定性会议，如党代会、人代会、职代会、妇代会、股东大会。有决策性会议，如常委会、党组会、理事会、行政会、董事会。有工作性会议，如动员大会、工作布置会、经验交流会、现场办公会、总结会、联席会、座谈会、协调会、务虚会。有专业性会议，如研讨会、论

174

坛、听证会、答辩会、专题会、鉴定会。有告知性会议，如表彰会、纪念会、庆祝会、庆功会、命名会。有商务性会议，如招商会、订货会、贸易洽谈会、观摩会、广告推介会、促销会。有联谊性会议，如接见会见、茶话会、团拜会、恳谈会、宴会。有信息性会议，如新闻发布会、记者招待会、报告会、咨询会。这里的列举，挂一漏万，还有好多，无穷无尽，所谓的文山会海确实如此。

生在这个世界，难逃会议的笼罩，哪怕你认为一生都不开会的老农民，其实也有会要开，譬如家庭会议。哪怕是与世隔绝的人，只要和人相见，就是会面。理论上，两个人就具备开会的条件。不止机关单位，我们所有人，不是在开会，就是在去开会的路上。

会议没有不重要的，组织会议是门学问，主持会议是门艺术，采访会议是种技巧。会议无处不在，学问无处不在。很是佩服刘良龙，能把会议开得津津有味，还能把会议上升为理论，总结出规律。会议这碗饭，刘良龙吃到这个地步，出神入化，尤见功力。

（二）

从会议材料中"淘"出独家新闻，在广告里面找新闻，在座谈会上找故事，从与会人员的身份、行为、言谈中找新闻，刘良龙已经总结出一套采访会议的方法论。譬如，一个普通的讲座，仅按所提供的通稿写新闻，顶多只能发篇一两百字的"豆腐块"。应深圳市妇联的邀请，新《婚姻法》修订核心小组成员、中国法学会副会长巫昌祯给1700多名妇女工作者举办了一个有关新《婚姻法》的讲座。刘良龙从讲座中找故事，精选了4个事例，以《丧偶公公和丧偶儿媳能否结婚？新〈婚姻法〉遇到新鲜事》为题，写了一篇1600多字的通讯，非常可读。

虽然对大多数人来说，开会是件很让人讨厌的事，但是，会议是各种信息、观点和方法的高度浓缩和凝聚，只要积累了一定的经验，做个有心人，就能满载而归。这是最费工夫、最下苦力、最不讨巧、最需心劲的活。

刘良龙就很注意拓展会议独家新闻的成果，他从会议中发掘到一篇独家新闻之后，想方设法地围绕这篇会议独家新闻去做后续报道，使会议独家新闻的"收益"最大化。他捕捉到"宝安区一位暂住人员当选市人大代表"这条信息时，穷追猛打，写出了9篇后续的独家新闻。他在会议间隙与参会人员闲聊，得到"7名丽江孤儿将来到深圳认养他们的家庭过年"的线索之后，创纪录地写出了13篇独家报道。新闻界有个术语叫作"一鸡多吃"，就是说一只鸡从头到尾可以做出不同的菜，满足不同的胃口，就连看似无用的一地鸡毛，也可以做成掸子打扫卫生。

抓住一个点突破，然后深度开发，尽情挖掘，分光吃尽，做一个贪婪的新闻人。类似的提法还有"一兔多吃""一鱼多吃""一瓜多吃"等，这样的"多吃系列"是记者的基本功，目的只有一个，就是写出独家新闻，因为独家新闻是媒体的硬通货。

（三）

刘良龙曾是深圳商报主任记者，从参加新闻工作时起就"琢磨"会议新闻，功夫到处丘壑平，他的努力就是要让枯燥的会议开出鲜艳的花朵。这本书是在他的硕士论文的基础上扩展而成，并成为深圳市新闻人才基金会的资助项目。

让人惊叹的是，书中所用的80个案例都是他自己的亲身经历，能把自己采访和写作的东西记录下来，并归类整理，说明他是一个细心人。刘良龙不仅注重新闻理论的探索（公开发表新闻论文40余篇），对文学创作也很上心，著有文学作品集《位置》《半路出家》和《爱的绿荫》，是广东省作家协会会员。至于其他荣誉，就不一一列举了，看看他的书就明白了。

以报纸为代表的纸媒，现在看起来很倒霉。人才在流失，资金在流失，注意力在流失，最不堪的是从业者集体性焦虑。读完刘良龙的这本论著，我想很拙劣地模仿一句曾经非常风靡的话："如果你爱他，就把他送到报纸当记者，因为那里是天堂；如果你恨他，就把他送到报纸当记者，因为那里是地狱；如果你对他爱恨交加，就把他送到报纸当记者，让他一会儿头条一会儿简讯，一会儿文字一会儿摄影，一会儿感性一会儿理性，一会儿传统一会儿现代。"这么冰火两重天地折磨一群兄弟姐妹，所为何来？是在熬鹰。在艰苦的环境里的煎熬，是为了时机成熟时候的鹰扬万里，一飞冲天。我坚信，所有的付出都有回报，所有的坚守都值得推崇，与有所付出和坚守的人共勉。

带着刀读书

（一）

杨青的这本书，让我恨得牙痒痒的地方，不是内容，而是形式。

或许有人会恭维说，《人来书往》非常别致，这样的毛边书，现在难得一见。

不错，她的这本书，就是标准的毛边书。

所谓的毛边书，就是只裁地脚（下切口），不裁天头（上切口）和翻口（外切口）。《人来书往》这本书，装订后，三面任其自然，不施刀削。你要看书，除了动手，还得动刀。

开始读的时候，我动手撕。没想到，薄纸锋利如刀，手都割开了口子，让人冒血又冒火。最后想了个法子，未曾看书先动刀，集中时间把没有切开的，一页一页裁剪开来，这样才得以完成阅读。

难怪孙犁先生说：心急读不了"毛边书"。

（二）

杨青采访过很多有名的人。名人林林总总，有的古板，有的随和，有的可爱。而我，偏爱有趣的灵魂。

譬如流沙河。

流沙河曾经说过，读书的趣味可以冲淡岁月的苦难，能让生活变得快活一些。他呕心沥血的汉字科普著作《白鱼解字》，配了一个腰封，上写着："破解汉字奥秘的中国首席大侦探，学者流沙河触摸中华文化之脉的巅峰之作。"杨青问他怎么看。老头说：这个是宣传，夸张的，尤其是"巅峰之作"，这个说法最不好。他说："我事先不知道，等我知道已经印好了。"80多岁的流沙河说，腰封这两个字可以改一下，"腰"改成妖怪的"妖"，"封"改成刮风的风，腰封成了"妖风"。

黄永玉是出了名的幽默。他说自己练了一生拳，只打过一个人，就是告他状的人。"文革"时，有学生打过他，后来这位学生良心发现，来道歉。黄永玉说，害过我的人排起队来，你都排到深圳了，还轮不上你。更有意思的是李苦禅，有人问他，某某某打过你，他是你的学生吗？李苦禅说，他不是我的学生，是我爹。（大笑）

（三）

因为是深圳商报文化广场的评论员，杨青接触的，几乎都是读书人。

对于这些人的近距离聚焦，关于读书，她有一些新发现和新表述。

读书人的一个共同点是，读书早就变成吃饭穿衣一样的日常。还有就是，无论电子书如何发达，纸质书仍然是首选。他们也有和我们一样的困惑：书太多了，好书也太多了，有系统地阅读几乎做不到。

《人民文学》原主编李敬泽的习惯很有代表性：出门总要带上一本书，带上却也未必一定有时间读。读书的时间基本是睡前和出差的路上。他有个习惯，经常是十几本书同时摊在那儿随手挑着读。端详一会儿，读几行。再挑一下，接着读几页。再看看，随手翻翻。这感觉，像皇上看妃子。

绿妖也有个习惯，就是走到哪里，都喜欢挨着书架坐，像挨过饿的人，爱躺在粮食上睡觉。也像穷怕的人，喜欢搂着钱不放。她还有个特异功能，能在自己最喜欢的作家的小说里，嗅出植物的芳香。作为女作家，她喜欢磅礴有力的作家，譬如有个叫苏东坡的黄州团练副使。她认为，阅读是生命体验的交换。每个人至少在某一个瞬间，不顾一切，要从自己的世界里越狱，与别人交换点什么，哪怕是一个默契的眼神。说得真好。

诗人余秀华从作者的角度也回答了阅读的问题：好诗歌就是从心里出来，到心里去。我写我的诗歌，别人通过我的诗歌读的是他（她）自己。

（四）

台湾作家唐诺关注问题的角度很专业：对阅读逃逸的担忧，对文字尽头的探寻。杨青提问时将唐诺的"元问题"抛出来，以子之矛攻子之盾：当代小说的困境是书写者仍在前行，读者却早就掉头不顾。这是唐诺的观察，也是包含但不限于传统纸媒的现状。

唐诺说，现在读者阅读越来越轻的文字，往通俗、往影像倾斜，这毕竟蛮久了。现状是大家在使用更短的文字，对文字的耐心降低，整个时代在倾向年轻人，讨好年轻人，不敢对抗，这也蛮久了。我认为，现在网络媒体非常发达，但是难掩一片繁荣之下的内容荒，这也蛮久了。

当传播新技术还在酝酿，既有的平台"早有蜻蜓立上头"，我们怎么办？

"李白现象"或许是一种警醒。因为有大唐才有李白，但是，李白错认大唐为战国，"十五好剑术，遍干诸侯。三十成文章，历抵卿相"。在一个制度化成熟的时代如此行事，即使是"谪仙人"，最终仍然依人为生，客死当涂。

时代潮流，浩浩荡荡，顺之者昌，逆之者亡。传统媒体不是同仁刊物，而是旗帜鲜明地凝聚人心，在人的头脑中搞建设。因此，要因时而变、因事而为，如果榆木脑袋、迂腐行为，最终会误大事。

（五）

还是说回这本书。因为是毛边书，我查阅了一些资料。

有人说，毛边书基本是个逆潮流的东西，它并不利于传播。毛边书影响阅读，这是无疑的，普通读者并不买账。作为普通读者，我是真的不买账。但是，鲁迅买账。他和周作人合译出版的《域外小说集》一、二集初版本（1909 年）据说是中国第一部毛边书。

有带刀的侍卫，没想到居然也有带刀的读者。据了解，送人用的毛边书，作者常常附带送一把裁纸刀。过去有钱人送的是用象牙磨成的薄片刀，也有小巧的钢刀，商店里还有专门为毛边书裁剪设计的成套的小腰刀或宝剑卖。如此看来，杨青起码还欠我一把刀。

毛边书是文人的雅好，在印刷时，一般让工厂留 50 到 100 本，用于同好之间的交流，市面上极少见到。

我的天！原来毛边书有限量是珍品，有眼不识金镶玉，惭愧惭愧。

就此感谢。

爱是一种能力

（一）

爱情两个字，其实很简单。一言以蔽之，曰：思无邪。

思无邪者，诚也，礼也，正也。非诚勿扰，非礼勿动，非正勿行。

现代人的爱千奇百怪。在徐斌、李好好的《我终将学会爱你》这本书里，28 个故事中，有好爱情也有差爱情，有滋补的爱情也有伤害的爱情，以及不是爱的情。它们有一个共同的特点：残破。

比如，年轻女人抢走了我的幸福，被老公打断两根肋骨，六年姐弟恋终是成空，来自红灯区的老婆留不住等等，有的很狗血，有的让人无语，有的让人叹息。作者希望读者可以读到别人的故事，了解自己的内心，知道什么是爱，体会爱，学会爱，让爱更完美。他们用很大的声音对众生宣称："每一滴泪水都能成为珍珠，每一道伤痕都隐含重生的力量，每一次心痛都是希望的开始，每一颗心都有自我疗愈的力量。"穿越他们的文本，你更能体会到什么是"思无邪"。

因为思无邪，所以你再好，也有人恨；也正是因为思无邪，所以你再坏，也有人爱。爱情缘起于两个人，但不止于两个人。它不是乘兴而行、兴尽而返的突发奇想，也非筹划像打仗、精明像商人的老谋深算。爱情这件事，当事人或许糊涂，但命运绝不糊涂。好的爱情，是在对的时间遇见对的人。时机和对象要严丝合缝，多一分少一秒，不是错过，就是过错。

恨不相逢未嫁时——是在错误的时间遇见对的人。女也不爽，士贰其行——是在正确的时间遇上不对的人。郎骑竹马来，绕床弄青梅——人不对，时间更不对。花未含苞，雀嘴正黄，两小无猜忌，整个是玩闹。正像"小时了了，大未必佳"，幼年时的亲密无间并不必然导致百年好合，也有可能是百年好散，相忘于江湖。

（二）

爱情两个字，其实不简单。一言以蔽之，曰：牵扯太多。

有人说，我们也许永远无法界定什么是真正的幸福，但是我们肯定能界定什么是真正的痛苦。两个人的事只有两个人最明白，但两人以外的人，包括整个社会有时候是武断的、粗暴的、不讲道理的。我国民间流传的五大爱情故事，包括孟姜女和范杞梁、梁山伯和祝英台、牛郎和织女、董永和七仙女、许仙和白素贞，他们在对方的眼里，好到无以复加，非君不嫁非卿不娶，可无一例外都不为外人看好，都是以悲剧收场。

孟姜女和范杞梁的爱是民间的爱，但官家不容。牛郎和织女、董永和七仙女是一个类型，都是天上人间的爱，但老天不容。许仙和白素贞是人兽恋，但和尚不容。梁山伯和祝英台是同窗之爱，但红尘不容。他们之间，绝对真情绝非假意，死生契阔，与子成说。可是，两人小世界，牵涉大问题，与规则有冲突，和世俗相矛盾，所以不见容于社会。蛾眉曾有人妒，脉脉此情谁诉？

（三）

徐斌是深圳晚报"徐斌情感工作室"的主任，这个以她的名字命名、由4个女记者组成的工作室，用女性特有的细致和耐心，化解了众多市民的情感问题。2014年，该工作室被市总工会、市妇联授予"深圳市巾帼文明岗"的称号。

设立工作室是我在2012年重点力推的一项工作。当时，全报社人员通过自荐和部门推荐的方式报名了 30 多个工作室，编委会从中挑选了八个人成立首批工作室。我当时的想法是，这八个人是我们的新闻斗士，作为深圳晚报发展的"前海"，希望他们敢闯敢拼敢试，打出一片自己的天地，他们的成功就是晚报的成功，他们的品牌就是晚报的品牌。我对个人工作室的最终愿景是：成为名编辑、名记者、名美编、名广告人、名发行人的生产平台，报社将集中一切资源做好服务，让他们成为深圳媒体界乃至中国媒体界的明星。

两年多时间过去了，晚报曾经红红火火的八大工作室大部分都凋零了，只有徐斌和黄娜两员女将依然在纸媒的极寒天气中傲霜斗雪，凛冽开放。"黄娜科技工作室"在媒体转型中成为急先锋，而"徐斌情感工作室"则在媒体融合中找到一条自己的路子。起步的时候，徐斌她们利用"情感热线"电话，联合全市优秀的心理咨询辅导师，为有需要的市民提供心理倾诉渠道以及专业心理咨询辅导、法律援助等心理关爱的公益服务。2013 年 8 月，"深圳市爱心与共幸福促进中心"正式挂牌后，徐斌和她的团队就成为该机构的主要执行单位，她们增开网络平台和手机热线，联合专家学者、志愿者，及时与读者互动，通过倾听、梳理、咨询、约见面谈等方式，建立深圳道德情感危机干预机制，以更积极的态度、更专业的视角帮助市民解决心理问题。

工作室成立至今，她们已开展电话、面询、前往当事人所在地或至幸福促进中心进行调解的事件共计近百起。她们不光为当事人排忧解难、舒缓情绪，还为很多家庭化解了矛盾，挽回了婚姻，并成功劝救了一些轻生者，帮他们找到活下去的勇气。做完这些事后，她们又拿起笔，将这些人和事写成报道，通过版面传播得更远，给更多的人启迪。《我终将学会爱你》就是在这些事例的基础上精炼而成的另外一种呈现。

（四）

《我终将学会爱你》总结了一些很不错的"爱情观察"，例如：

快速成长的移民城市，有多少辉煌就埋藏了多少伤痕。

保持吸引力的一个诀窍就是，永远都要在内心留下自己独立的一块土地，种出属于自己的花，它们散发的香气会将你爱的人吸引过来。

婚姻就如同激流中行船，解除婚姻关系时，强者那一方有责任让对方稳妥地弃船登岸。如果一方只顾自己的新生活，强硬地将以前的配偶推入水中，让他（她）陷入情感或经济的漩涡中不能自拔，那么离婚就变成了真正的灾难。

爱情是一种投资，投资必有风险。

工作分隔两地感情迟早要完蛋，留学隔海相望感情也要完蛋。再忠贞的爱情也敌不过距离的残酷，有情人一旦相隔两地，似乎这段感情也就开始进入了倒计时。

江山易改，本性难移。人的本性是世界上最难改变的，爱即使再伟大，也无法从本性上改变一个人。

在感情上总是成为受害者的人，看异性的眼光都不大准。

爱情的事，只有爱情才能给予它最要命的一击。

无论是情侣还是夫妻，都是由激情式爱情向着同伴式亲情发展。爱情是一种能力，有与生俱来的先天禀赋，更是后天细思践行的修炼。

《我终将学会爱你》让我们明白人无完人。人，表面看起来很正常，其实不寻常，每个人都有让人无法忍受的缺点。你再好，别骄傲；你再差，别气馁。只有这样，你才能心平气和。心气平和了，就能学会爱。

有情饮水饱，无情金屋寒。不是吗？

两个女人开战

读完周江南的《幸福婆媳，从转念开始》，脑子里马上涌现出一曲经典老歌的旋律——《女人何苦为难女人》。婆婆和媳妇这两个女人，或者说老娘和新娘这两个人，如果能相安无事，就要感谢她们；如果能亲如母女，就要谢天谢地；如果女人为难女人，恭喜你，你不是最惨的，因为很多人比你更惨。

对于男人来说，事业可以很红火，却保不准后院会起火。一个人可以有很多种成功，其中最成功的应该是婆媳关系融洽。一个人可以有很多种失败，最惨败的就是家宅不宁。

（一）

周江南认为，婆媳矛盾，从小闹到大，一般要经过三种境界。第一境界为"相敬如宾"，第二境界为"相敬如冰"，第三境界为"相敬如兵"。婆媳之间的战争，也可以很血腥很暴力。

她举了两例，一例是在深圳。媳妇林某婚后八年一直没有生育，事发前一个多月，林某的老公因涉嫌走私被刑拘关押。婆媳两人争吵，发生扭打，媳妇一怒之下锤杀婆婆。另一例是在一河之隔的香港，也是婆媳两人发生争吵，既是儿子又是丈夫的男子调解未果，说了句"好烦"就走进卧室，片刻之后就从 11 楼的窗户跳下，当场身亡。

人死如灯灭，这样的人伦惨剧，毁灭的既是小家庭，也让大家族传承的链条轰然断裂。

像这样极端的事例发生不多，但是，婆媳不和，却会让一家人精神压抑，丝毫没有幸福感可言。怎么办？周江南开出的药方是从转变观念开始。她认为，看上去婆媳俩最大的区别是年龄，而实际上，她们之间最大的区别，是脑袋里的思想。

旧时代结婚，想的是天长地久；现时代结婚，想的是能撑多久。为什么？可能就是因为婆婆。周江南说，我们结婚，不是为婆婆而结；我们离婚，可能是为婆婆而离。

（二）

婆媳矛盾，古已有之。中国古代汉族文学史上最早的一首长篇叙事诗《孔雀东南飞》从某个方面说，就是讲的婆媳关系。强势的婆婆容不下儿媳，软弱的儿子斗不过蛮横的母亲，结果是"一人举身赴清池，一人自挂东南枝"，这个故事让人心痛了两千多年。

时至今日，多年的媳妇熬成了婆，如果婆婆固执媳妇强硬，那么，灾难就降临了，用周江南的话说就是："一山不能容二虎，一家不能两女主。"两虎相争，最少一伤，两个半边天开战，整个天都会塌。

每到"三八"妇女节，男儿们都在私底下抱怨女的太厉害。现在，女的在各行各业都和男的平分秋色，甚至大大超过男人。你看，领导是女的，状元是女的，老婆也是女的，男的沦落到只有暗送秋波的份了。难道风水轮流转，社会大轮回，世界又开始进入母系？有稍微聪明一点的男儿弱弱地问过一句，能否仿效"妇女节"设立一个"妇男节"？我呸！没人受理。

（三）

周江南的"转念"大部分是婆媳的换位思维，换位思维是金规则，己所不欲勿施于人，或者是你不愿意别人怎样对待你，你就别怎样对待别人。婆婆与亲妈也许是说了一样的话，但是，媳妇听到耳朵里，就觉得亲妈是心疼自己，而婆婆是挑剔自己。

双赢的婆媳有智慧，双败的婆媳不聪明，关键是要学会换位思维。婆婆是"资深媳妇"，媳妇是"未来婆婆"，世界就是这样，有前人的积累、后代的发扬，才有人类的未来。一个女人做人成功，做媳妇会成功，做婆婆也一定不差。

周江南说："如果说人生是一次修行，幸福的关键就是转念。"善于在困厄之时转念，就能看到希望。善于在得意时转念，就能觉察忘形。善于站在婆婆的立场思考，就是好媳妇。善于从媳妇的角度看问题，就是好婆婆。

（四）

在婆媳矛盾中，一顶"天下无不是的父母"的帽子经常成为套在媳妇头上的紧箍，弄得媳妇们动辄得咎，有理无处讲。对此，聪明一点加上刁蛮一点的媳妇就使出了绝招，搬出娘家的父母来。既然丈夫说天下无不是的父母，那么就是天下无不是的家公家婆，也应该是天下无不是的岳父岳母。就让父母这一级别的人来互相 PK 吧。结果，婆媳战争演变为四个老人加两个年轻人的战争，也许还有一个孩子在一边哇哇大哭。这就是现实版的恐怖片！如果说婚姻是爱情的坟墓，婆婆和媳妇就是掘墓人吗？

周江南在书中说了一句大实话："有时候，幸福就是逼出来的。"我们可以拒绝很多东西，但是不能拒绝成长。试想，一个没有长大的媳妇与一个没有长大的婆婆遭遇到一起，这日子怎么过？

成长是每一个女人的必修课，而成长的心法就是"转念"。能成为一家人，那是天大的缘分，老是想着算计，想着战胜，家庭就变成商场，成为了战场。她转述了一个禅意深深的故事：

穷人问佛陀："我为什么这么穷？"佛陀说："因为你没有学会布施。"穷人说："我什么都没有，怎么布施？"佛陀说："一个人即使没有钱，也可以布施五样东西。一颜施，即微笑处事。二言施，多说鼓励赞美和安慰的话。三心施，敞开心扉诚恳对人。四眼施，用善意的眼光看别人。五身施，以行动帮助别人。"婆媳之间如果能做到这五种布施，关系一定会相当融洽。岂止婆媳之间，天地人间一样适用。

（五）

周江南是深圳报业集团资深记者，就像她是资深媳妇一样。为人媳为人妇，痛苦过欢喜过，使她对这个千古难题的破解积累了实战经验，同时，广泛收集资料，以记者的视角从理论上研究婆媳关系。渐渐地，形成了"幸福来自转念之间"的核心观点，这本书就是她的研究成果。她的目的只有一个——把婆媳关系搞好，让婆媳矛盾可控。

周江南是性情中人，诙谐幽默，才气外露。深圳晚报有一个在市民中很有影响力的活动"万人牵手"，报社指定她作为这个相亲栏目的主持人，希望她成为红娘、月老和媒婆，单身男女很是捧场，给她送上一个江湖雅号"Love 姐"，现在仍受不少熟人所托，牵线有缘人。她给自己的爱好定义：爱看电影，爱弹古筝，爱斗地主，爱打麻将，爱心理学，爱正能量。座右铭：东写西读，笑口常开。目标是做深圳最婆婆妈妈的女记者。人说三个女人一台戏，大家说她一个人就够。

抄录一段她给深圳写的信：

深圳：

我绝不会像一个怨妇一般对你说："我把青春都献给了你，可是你却……"

我是在很开心地对你说："深圳，我喜欢停留在你的怀抱里。"

文如其人，哈哈！

世界是评的

如果说"世界是平的"，那么，看了《N面深圳》之后，就会有一个新判断："世界是评的"。

胡文先生的这本评论专集有 40 多万字，厚得和砖头一样，但是读起来一点都不费劲。稍微觉得有点不便的地方，就是字号小了点。当近视的人把书凑到鼻子底下，当老花的人把书拿到一丈开外，当又近视又老花的人对着一本书，一会儿戴上眼镜一会儿摘下眼镜，你就明白读完40 多万字的书不是闹着玩的，所以，字号的大小绝对是大事不是小事。

你现在拿着的《深圳晚报》，为什么感觉看起来非常清爽？秘密就在基本字号比所有报纸要大上一级，《深圳晚报》是"大字报"。我们这么做的理由是："方便成人阅读，保护儿童视力。"

胡文先生在《深圳晚报》写评论经年累月，《N面深圳》就是他三年多见报评论的结集。和众多的结集书不同，他的这本书不是将已经见报的作品机械平移啸聚梁山，而是加入了几乎与评论文字体量相当的"新闻背景"和"评论回望"两个部分的再创作。这种做法对自己很不讨好，费时费力，但对读者很是负责。看完评论以及背景和回望，你就能全息地把握他评论的人、事、物，静心读下去，文字有了清香。

谁说新闻只有一天的生命力？从《N面深圳》里，你能清晰地看见新闻是如何成为历史的。这种感觉很好也很奇妙，就如你自己播撒下的种子，在你的眼皮底下生根发芽、拔节生长，最后成为栋梁之材，人见人夸。

（二）

正如胡文先生在开篇"中国深圳"这一辑的提要中所说的"中国是深圳的定语"一样，在他眼中，"深圳"一直是他观察、评论的主场。

"中国深圳、IT深圳、地产深圳、安居深圳、先锋深圳、感动深圳、纠结深圳、忧患深圳、大运深圳、媒体深圳、人文深圳、春运深圳、直通深圳、问道深圳、效率深圳、梦幻深圳"就是这本书的分类法，也是他切分出的深圳"N面"。

无论是从实词到虚词，不管是从名词到形容词，都离不开主语"深圳"。"深圳"是他写作的出发点和归宿，嬉笑怒骂，皆因对这座城市的挚爱。

（三）

当然，作为评论员，眼中所见，肯定不是你好我好大家好，他首先是一位医生，看谁都是病人。其次，他是一位全科医生，既能望闻问切，也能开方拿药，更能提刀去痈。所以，胡文先生的评论，也是N面的。

说到中英街两边的商铺，他的观察是：香港一侧商家变成了"火焰"，而深圳一侧商家还是"海水"。房地产一直是他关注的焦点，在他看来，除了政府和开发商这样的直接获利者之外，数以百万的中产阶层亦是间接同谋。没有人愿意用一辈子积蓄购买的房子因楼市下行而贬值。所以，众生都有罪，在杀人的现场，每一个人都是同谋者。

"犀利哥"曾经引发网络关注如潮。胡文分析，犀利哥是梦想和现实分裂下陡然升起但并不意外的精神图腾。犀利哥实质是公众通过心理投射而造假的时代瞬间英雄——即便穷困潦倒、衣衫褴褛，依然步履坚毅，心怀梦想。

落地到深圳，初来乍到的人，其实都有这样的心路历程。谈到深圳过去的东部地区，胡文说，除了游个泳，吃个窑鸡，整个东部依然乏善可陈。说起金威啤酒，他品味：它是一种微醉的人生，它是城市芬芳的记忆，它联结了无数深圳人的梦想与现实。

说到驾车出游去桂林，他说，有闲的时候没有钱，有钱的时候没有闲，桂林永远是我们生命中又近又远的明天。看到他这段文字，让人想哭的心都有了——我至今还没有去过传说中的桂林，"又近又远的明天"是哪天？恐怕是退休的那天。

宋代著名词家辛弃疾曾经写道："我见青山多妩媚，料青山见我应如是。"物我能两忘，也能两相宜。医生也不都是下狠手，有些疾患，苦无良药可医病，却可以化疾患于无形，心理医生是也。所以，在胡文的评论里面，并不都是刀光剑影，也有杨柳春风。他的很多评论，走的是抒情路线，他自己也承认："从体例上来说，与其说它是一篇散文，不如说是一篇另类的评论。"他的语言风格，老辣中有小清新，豪放中兼有婉约。大医讲究的是仁心仁术，鲁迅弃医从文，拯救心灵。胡文针砭时弊，为的是深圳更加美好。

（四）

胡文先生是深圳晚报领导班子成员（现在担任晶报副总编——注），逢着和他一起接待来访客人，或者去拜访有关单位领导，我总是介绍他写的东西。《深圳晚报》的很多特刊的卷首语都出自他的手笔，因着胡文经常写特刊卷首语的身份，我每次向外介绍他是"胡特首"。没想到，一行人中，只有他被人记得牢牢的。港澳"特首"都有任期，新闻人的评论写作没有时间限制。看来，当港澳特首在不断更迭的时候，只有"胡特首"是永远。

胡文先生在书的末尾有篇《感恩和致谢》的文章。该文给人印象最深刻的是感谢的名单，这是我所见过的公开、正式文本中致谢最长的名单。这些人都是深圳人，都和胡文有关。喜欢一座城市，是因为这座城市里有自己喜欢的人。胡文先生感恩和他的生命有过交集的这么多人，就是以这种特别的方式，对一座城市表达自己的谢意。"感恩"和"致谢"是一个人非常重要的能力，可惜，不是所有人都拥有这种能力。

生命里没有空镜头

新闻人李振岐，在职业生涯中只做一件事：摄影。捧读他的新闻摄影集《第三只眼看深圳》，打头的两页就是关于《深圳晚报》创刊的影像记忆。

1994 年 1 月 1 日《深圳晚报》出街，新燕试啼，声动鹏城，广播宇内。何以敢这么说？是因为在创刊 10 天后，全国 70 多家中央省市新闻单位负责人和技术人员 200 多人就来参观取经。一份刚面市的报纸有什么经可取？因为《深圳晚报》是我国第一家由采编人员完成全部出版流程电脑化的中文报纸。20 年后，在大力倡导媒体融合的今天来看，深圳晚报从一开始就告别了"铅与火"，进入了"光与电"，在当今全球纸媒人集体迷失在"数与网"的当下，我们以史为鉴，从中读出深圳晚报人的基因中有强大的创新成分。

读史使人明智，透过李振岐的第三只眼，我们分明感觉到了晚报人的职业自信、自觉和自强。有了这层底色，在纸媒的隆冬天气里抬望眼，就少了自怨自艾，多了壮怀激烈。

关于《深圳晚报》创刊，李振岐收录了两张彩色照片，一张是开国上将吕正操视察晚报"电脑办报"，一张是记者们准备带着《深圳晚报》试刊一号上街卖报。仔细端详照片里的人物，衣服的款式现在看是旧了点，但是，照片里的人个个精气神十足，他们年轻得让人嫉妒，最主要的是这些来自大江南北长城内外的创业者，人人都怀揣梦想，还有一种叫作"激情"的东西在熊熊燃烧。

毕竟这是20年前的场景，照片里的主人翁们，有的已经荣退，大多数还在纸媒不舍昼夜。岁月老容颜，时光黯明眸。时间杀猪刀，刀刀催人老。作为现场记录者的李振岐，已经从紧张的工作岗位上正式退了下来。20年的时空对视，"是处红衰翠减，苒苒物华休"。有人说，人经不住三晃：一晃，大了；再晃，老了；三晃，没了。我在晃，我们在晃。却道天凉好个秋。

（二）

时间真的是把推子，一不小心就把男人的发际线向后推了半尺，更能摧花折柳把女人的秀色推到无影无踪，再不小心就把人推出了社会的主航道。这是生命的规律，也是生活的定数。我笃信生命里没有空镜头，看完《第三只眼看深圳》，我感觉职业生涯应该由动人的瞬间串联而成，回望过往，检点从前，如果没有几篇值得回味的名篇佳作，没有和时代的大事同行的证明，这是新闻人的悲哀。

《第三只眼看深圳》是一本应该倒着读的书。很多的东西，倒着看，就能褪尽残红，洗尽铅华，就能发现初心。李振岐在后记中说："屈指一数，来深圳整整二十个年头了，有一种捋不顺的萦绕总在我头脑中，那大概就是深圳的乳汁哺育了我二十年，我尚欠缺着递交深圳人民的一份工作汇报吧！"这是一个虽然退出了新闻岗位，却依旧披挂着新闻战袍人的心声。

人可以盗梦，记忆是否可以复制？假如科技浩荡昌明，能植入记忆的世界将会怎样？十年一觉扬州梦，李振岐二十年一个神奇梦，深圳三十年一个中国梦。人因为记忆而丰饶，当然，记忆不止于供职的单位，尤其是身为记者，有大我有天下情怀，不能在小圈子里兜兜转转，所以，李振岐的镜头里都是深圳，眼睛里看的是全世界。

在二十年的珍贵镜头中，李振岐用了一组十六个关键词来归类统率：晚报创刊，城市建设，交通运输，环境保护，旅游，爱我家园，军民鱼水情，科技企业，社会生活，经济生活，政治生活，文明建设，文化艺术体育，文教卫生新闻，现场新闻人物，发现深圳。如此的归纳总结，感觉就像政府工作报告的话语体系，虽然中规中矩，却很全面恢宏，很符合李振岐说的"递交深圳人民的一份工作汇报"的初衷。

我曾经笑言个人写作是雕虫小技，政府公文是国典朝章。个人的立身处世、治家理财只是市井小智。而治土安邦、治军作战则是经国大略。北齐李浑"尝谓魏收曰：雕虫小技，我不如卿；国典朝章，卿不如我"。西汉扬雄说过，雕虫小技，壮夫不为。这"小""大"之间其实可以并行不悖，也可以转换自如。

写国典朝章之士，如果能有精妙的个人写作，其人一定不俗。如果在野之人，能有庙堂之高的思维，其人就有国士之风。有小巷总理，当然可以有民间市长，何况在个人的世界里，我们都是自己的君王。我们其实可以活得更舒展，更有君子气度。我们做事也可以更坚定更执着。很多的东西要及时整理记录，很多的想法都在转瞬之间，要勤动手快捕捉，否则，佳人难再得。对人而言，只要想起一生中后悔的事，满山的花儿便纷纷坠落。

（三）

有图有真相，无记忆无未来。李振岐图片中所讲述的故事，我也用文字讲述过。深圳的基层设施，如现在构成深圳风景的那些著名的桥和路，我大多采写过。

过去的时候，临近年关汇款难，800万劳务工在几天时间内要通过邮局寄给家乡60多亿元人民币。看着这些排队的人流，此情此景成追忆。更有那台风暴雨和很多消逝的村庄，都借着李振岐的图片纷纷复活。

及至后来，我在深圳商报值大夜班，他也调来做夜班图片，他很多的图片版面都是我签发的。有件事记忆尤深，2009年7月22日，500

年一遇的日全食如期来到，深圳因为地理位置关系，只能看到"日偏食"。那天他拿回来的片子让我很是惊叹，真的非常专业，把太阳拍得那么美。现在人人都是"摄影师"，号称个个都会拍照片。天上只有一个日月，碰到罕见的天象，是不是专业人士拍的片子，往那儿一摆，谁都能分得清。不是外国的月亮比中国的圆，那是摄影师的水平真的比我们普通人高。所以，人要有所敬畏，要敬天地畏大人言，真心尊重专业人士和有专业精神的人。

李振岐荣休，我等还在岗。人生就是这样，很多的事情做不到，偏偏很多的梦想忘不了。现世君子，当携手努力，澎湃向前。

回首犹见杨柳青

一

不堪回首是因为一回首就是残垣断壁，惨不忍睹；不敢回首是因为几万余人魂归天国，在梦里面容依旧；不得不回首是因为又是一年"5·12"，当年和上夜班的同事说起这个日子，汶川地震已是六周年。现在再看汶川地震，已经14年。

摊开赵青关于汶川地震的《震·撼12天》及《重生录》，两书连读，让人唏嘘不已。2008年的那场大灾难，有人用笔记录，赵青则用相机，不论以何种方式记录，那场让生灵涂炭的劫难依然存留在心底，无法忘记，也不可能忘记。

（一）

赵青是深圳本地媒体中第一个抵达汶川灾区的特派记者，也是第一个从灾区发回报道的特派记者。翻看他的书，心痛。

《震·撼12天》到现在还是让人震撼。

5月13日凌晨3时50分，深圳边防七支队救援官兵在绵竹汉旺镇东汽中学搜救时，一位母亲哭泣着说："同志，求求你，救救我的孩子，他就在那废墟里面，他刚才还叫我救救他！"边防官兵立即对这位名叫丁浩的学生展开救援，刨废墟、吊横梁……正在奋力抢救时，突然，一个余震，上边的横梁顷刻坍塌，保住丁浩生命的仅有的小空隙没有了。第二天上午，当边防官兵将丁浩抬出废墟时，他已经失去了鲜活的生命。目睹这一幕，丁浩的母亲哭得死去活来。

六年了，丁浩的母亲是怎么过来的？

汉旺小学四（1）班女孩伊邦仪是个可怜的孩子，小的时候在车祸中保住了命，却失去了双腿。但是在她 10 岁的时候却没能逃过这场灾难。她的外婆站在她的遗体旁喃喃自语："这娃儿惨哪！3 岁的时候因车祸失去了双腿，但娃儿很坚强，学习成绩在班上一直名列前茅，老天对娃儿太不公平了。"人们在废墟里首先找到的是她的假肢。照片上，伊邦仪的妈妈哭着给她换上漂亮的花衣裳，旁边是一双落满尘土的假肢。

六年了，伊邦仪的外婆是否会从梦里哭醒？

北川县城，解放军战士将一只京巴犬从废墟里救了出来，但它很快又钻进了废墟，并不断发出一阵阵哀鸣，它已守候在遇难主人的遗体旁整整一周。这只小狗对主人的忠诚，让救援人员为之动容。

六年了，这条失去了主人的小狗还在吗？

（二）

《震·撼 12 天》出版 3 年后，赵青一直在跟踪拍摄，他又出版了姊妹篇《重生录》。在这本书里，赵青用镜头给我们讲述了 8 个动人的故事，回答了人们对幸存者的关注，8 个故事，笑中带泪，乐中有哀。8 组普通的灾区人物，却给人无限的正能量，也给我们很多的人生感悟。灾难过后是修复，再回首有青草香。

《重生录》的第一个故事是赵青获得世界新闻摄影"荷赛"奖和中国国际新闻摄影比赛"华赛"奖的作品《北川废墟上的幸存者》的重生故事。获奖作品的画面上，一对劫后余生的夫妇在废墟中间正平静地生火做饭，若有若无的炊烟在清风中飘散，这对夫妇的举动感动了全世界，让人们透过死亡、忧伤和泪水看到了希望。赵青说："那种场面所带来的震撼感，丝毫不亚于我在面对天崩地裂的灾难时的感受。"主人公——年轻的羌族夫妇席强、李民碧后来生育了一个女儿，新生命就是新希望。

家住都江堰紫坪铺中学旁 80 多岁的陈素华也是赵青镜头里的主人公。陈素华当时见到赵青时，已经在自家倒塌的房屋旁守候了 6 天，她说："仅有的 500 元钱埋在屋子里面了。"后来，陈素华老人住进了新房，用上了液化气。

因为赵青的报道而为深圳人所熟悉的"最悲惨的女孩"杨柳，是深圳边防官兵在废墟中为她做了截肢手术才抢救出来的，经过深圳武警医院 230 多天的治疗，杨柳最终康复，后来考上了大学，天性爱美的她乐观地说："戴上假肢和以前一样高。"

（三）

如果说《震·撼 12 天》让人忘不掉那惨烈的场面和铭记着混合了恐惧悲伤的感觉，那么，《重生录》则让人看到了希望和阳光依旧在。赵青用他最熟悉的镜头语言，向我们讲述了最悲惨的故事，以及悲惨之后的故事续集。经历了大灾大难的人们，往往最容易明白生命的真谛，也最容易定义"幸福"的内涵：尽管房子没有了，东西没有了，可只要亲人在，就是最大的幸福；虽然身体残缺，四肢不全，但是，活着，真好！赵青通过"5·12"地震及其带来的心灵的震撼，提醒活着的人要相互敬爱，要敬天畏地，我们可能永远避免不了天灾人祸，但是，我们永远可以让自己在遭受创伤之后迅速复原。

记者这个职业，是一个永远在路上的职业。大事当前，首先冲上去的是记者。岁月静好，随时准备冲锋的也是记者。记者守护良知，守护着社会的底线。有人喜欢记者，有人讨厌记者。在喜欢和讨厌之间，有一种奇怪的共生：如果记者触犯了自己的利益，就讨厌记者，火灾、盗贼和记者一起防；如果记者维护了自己的利益，又很喜欢记者，记者好像青天大老爷。这种喜欢和讨厌都可以共生在一个人身上，一个人可以在一件事上讨厌记者，在另外一件事上却需要记者。由此观之，记者应该有所超越，在满足个体需要的同时，要忠于公序良俗，忠于公平正义，忠于为社会增进福祉的事业。记者属于斗士，在纸媒遭遇新媒体

"地震"的当下，更需要有理想和专业精神的记者。

赵青送给我这两本书的时间非常独特。一本书是在记者节时送给我的，一本是在 5 月 12 日送给我的。仔细看着他签名之下的这两个时间节点，我感觉赵青用了很深的心思。我们需要回首，去看看灾难时刻，不忘过去。我们需要回望汶川，看看面向未来的人们怎么样了。这份良苦的用心，天不能负，地不能负，人更不能负。

为何敢说不看报

（一）

很多场合，有人公开说不看报。

作为一名职业新闻工作者，每听一次，扎心一次。

这种感觉，就像当着清洁工的面吐痰，就像当着警察的面打人，就像当着纪检监察的面收红包，既叫人情何以堪，更让人觉得没有尊严。

同样是阅读，为什么有人敢公开说不看报，而不敢公开说不看书？因为宣称"报纸无用"可以很安全，而说"读书无用"则要冒极大风险。不读书容易和不学无术关联，谁都不敢公开宣称自己是不学无术的"草包"，反而都装成很爱学习的样子。其实，嘴上说爱读书的人，有可能一年也看不了一本书。

敢公开说不看报，底气来自看手机。一机在手，什么都有，手机成了不看报的最大理由。

细究这个"最大理由"，发现站不住脚。我不认同只看报纸不看手机，我更反对有了手机不看报纸。将手机和报纸二选一，是陷入非此即彼的二元对立思维。报纸和手机可以两两共存，而不是你死我活。报纸是一种文明，手机也是一种文明。各种文明本没有冲突，只是要有欣赏所有文明之美的眼睛。对待报纸和手机，要各美其美，美人之美，美美与共。

（二）

在我国，报纸都是党领导下的出版物，传递的都是党的声音，将手机和报纸二选一，是十分危险的。《人民日报》对有些党员干部不看党报的行为做过评论，认为，"党员干部看不看党报和主流媒体，不是个人阅读兴趣的事情，而是一个事关政治学习的重要问题。党报里有中央的权威声音，有党和政府的决策部署，读党报党刊不只是娱乐消遣，它还是上情下达的沟通方式"。因此，党员干部看党报，不只是提倡，而是要求；不是软号召，而是硬规定。

我党历来都重视报纸，已经成为优良传统。

在历史上，报纸曾经改变红军的命运。1935年9月上旬，红军抵进甘肃南部的哈达铺。毛泽东等人从偶然得到的一张《大公报》中得知陕北刘志丹等人建立了苏区根据地，于是中央政治局常委开会一致决定，红军继续北上，将陕北苏区作为领导全国革命的大本营。10月19日，党中央和中央红军进驻陕甘革命根据地吴起镇。至此，中央红军胜利地完成了历时一年，纵横十一个省，行程二万五千里的长征。

报纸在我党工作中具有非常重要的作用，是耳目喉舌，是桥梁纽带，是参谋助手。"一天不读报是缺点，三天不读报是错误"，这是毛泽东同志在延安时期的一句名言。这句话所针对的，主要是党员干部尤其是领导干部。毛泽东不仅自己多看报多读书，而且勉励全党领导干部多看报多读书，他是名副其实的"报迷"。

习近平总书记对党报党刊非常重视，到人民日报社调研时，看望《人民日报》版面编辑，还向编辑和拼版操作员了解编辑、拼版等工作流程。他强调要把《人民日报》办得更好，扩大地域覆盖面、扩大人群覆盖面、扩大内容覆盖面，充分发挥在舆论上的导向作用、旗帜作用、引领作用。总书记亲自谋划推动媒体融合，他说，推动传统媒体和新兴媒体融合发展，要遵循新闻传播规律和新兴媒体发展规律，强化互联网思维，坚持传统媒体和新兴媒体优势互补、一体发展，坚持先进技术为支撑、内容建设为根本，推动传统媒体和新兴媒体在内容、渠道、平台、经营、管理等方面的深度融合，着力打造一批形态多样、手段先进、具有竞争力的新型主流媒体，建成几家拥有强大实力和传播力、公信力、影响力的新型媒体集团，形成立体多样、融合发展的现代传播体系。

认真学习总书记的讲话，我们从未看到不办报不看报的字样。相反，总书记一直在强调优势互补，一体发展。将手机和报纸割裂开来，不符合总书记的指示和要求。因此，对于党员干部特别是领导干部，办报看报不是可有可无，而是工作必需。

（三）

有人断言，互联网之后报纸将消亡。有人曾断言，照相术普及之后绘画将消亡。这样的"断言"有很多很多。

有人公开说不看报，有人公开说不看电视，这样针对传统媒体的"不看"也有很多很多。

我们坚信，报纸和手机不可相互替代。

我们坚信，专业主义精神任何时候都不过时。

于是，我们把《深圳商报》30年的好传统，以及融合路上的最新实践，编写成这本《聚力赋能》。我们希望在学思践悟中牢记初心使命，在细照笃行中不断修炼自我，在融会贯通中永远奔跑。

我们更希望，那些公开说不看报的声音少下去。

辑四

一城万象

YICHENGWANXIANG

从未见过这样的深圳

（一）

谁说深圳是个小渔村？大家都这么说啊！很多东西就这么口口相传，相沿成习，三人成虎。就像说深圳是义化沙漠，说深圳是边陲小镇一样，从来没人深究，除了刘深。

刘深笔下的深圳，汪洋乎大哉！

"深圳"这个地名历史悠久，600多年前的史籍中就有记载。1600多年前，这里就是大都市，相当于如今的一个省会。7000多年前的新石器时代这里就有人居住，是"珠三角之根"。在漫长的历史年代中，老宝安也一直是香港的母体。

刘深眼中的深圳，灿烂若星汉。

有三个封建王朝的落幕都与这里相关。从南宋到南明，两朝末代皇帝走投无路，都跑到南海边。近500年前，这里爆发了中国历史上第一次抗击西方殖民主义者的战役——屯门海战，而且是胜仗；九龙海战是鸦片战争的揭幕战，也是胜仗；从150多年到110多年前，这里三次赶走英国殖民主义者；104年前，这里打响了推翻大清王朝的第一枪；40多年前，这里炸响了改革开放的第一炮……刘深在作品中描绘着这片土地古老的历史辉煌，追寻着与当代变迁之间的历史逻辑与关联。

（二）

　　虽然中国的历史曾经在这里留下深深的足印，但是，深圳在过去很少有机会入中原文化的法眼，它属于南蛮之地的亚文化范畴，进入堂堂正史的机会微乎其微。然而，不受待见的命运恰恰在日久天长地磨炼着这片土地的性格：宠辱不惊、恬然淡定，仿佛从历史的隧道中传来默默的回声：这片土地令人惊艳的时代终究会到来。

　　这里的人一直低调内敛，哪怕是从全国各地移民过来的人，一到此地，立刻入乡随俗，为人办事的做派变得务实起来。这里的人行动力非常强大，自我宣传意识一直低，百越之人好战不好说，喜欢腿脚本事，不崇尚嘴上功夫，过去呀历史呀，没有多少人记着这事儿，也没有多少人念叨这事儿。别人不表扬，深圳人也没觉得委屈，台风年年刮，荔枝季季红，太阳照常升起，过去的事儿了，还提它干啥？

　　刘深不干了。他要提，他觉得，深圳的历史绝非"小渔村"可以涵盖，这是一片神奇的土地，它的历史非常之波澜壮阔，非常之悲怆豪迈，非常之鲜为人知。倒是一个"小渔村"的概念，不经意间就疯长得遮天蔽日，掩盖了真相。把过去的深圳称为"小渔村"，"这样说的用意很好理解，就是能产生强烈的对比效果，你看，一个很小很土的地方，瞬间变成了现代化城市……然而，这绝对是对深圳历史的误读"。

（三）

　　刘深要正本清源。《谁说深圳是小渔村》是他"多年来搜集和整理本地历史资料的一份作业"。读完这本书，你能感受到他的真诚和坦白，更能感受到他的敬畏和痛苦——"我最痛苦的感受是那些可歌可泣的本土先辈曾经被长久地遗忘，那些悲壮的历史事件曾经被历史尘埃所掩埋。"这就是他写作的原点，他在打捞失落的声音，希望提醒现世的人们不要忘记脚下这块土地上曾经的风起云涌。

　　厚厚一本书，无非人和事。在《谁说深圳是小渔村》里，人是出类拔萃的人，事是惊天动地的事。很多的过去都湮没无闻，刘深将它们这种方式呈现在大众面前，让我们耳目一新。

深圳民谚说：宝安只有三件宝，苍蝇、蚊子、沙井蚝。刘深在书里给我们展现了很多关于深圳的冷知识。譬如深圳的"东山珍珠"。"东山珍珠岛"在五代时期就很出名，这个地方与大亚湾核电站隔海相望，和曾经的后海湾一样，是深圳出产海水珍珠的地方，现在依旧是"南珠"的主产地之一。

深圳还是古代著名的盐业基地，用现在的话说，盐业就是国家的支柱产业。宋、元、明时期，深圳的盐业达到了顶峰，当时有五大著名盐场。史料记载，15世纪中叶，这里17%的住户是灶户，5%的男丁是盐工。至今深圳很多地名都留存着盐业时代的痕迹。东汉时期，负责管理盐业生产的盐税机关——"东官场"就设在南头。东晋时设立"东官郡"，相当于省级单位，实际上管辖的面积比现在的广东省还大。有此一说："东莞"这个名字就是从"东官"演变而来。1998年，深圳的最后一家盐场——大鹏镇龙岐盐场宣布停产，从此，盐场成为深圳的历史记忆。

（四）

一方水土养一方人，深圳的风流人物，代代流芳。不管是皇帝忠臣，文官武将，富商巨贾，还是孝子贤孙，看后都让人掩卷唏嘘。

位于蛇口赤湾的少帝陵，是岭南唯一的帝王墓。宋少帝赵昺是南宋最后一位皇帝，于祥兴元年（公元1278年）在广州湾即位，年仅8岁。南宋残部在与蒙古大军的崖山海战中全军覆没，丞相陆秀夫先让妻子跳海自尽，然后背着年仅9岁的小皇帝赵昺蹈海殉国。此外，十多万南宋军民尾随之投海，南宋王朝就此终结。每当看到这段历史，我都特别难过。一个9岁的儿童，被大人带着跳海，绝非自愿。当海水涌进口鼻，窒息了呼吸，这个孩子的呛咳和无力的挣扎，虽然远隔700多年，依然如在眼前，也痛感无法出手搭救。

深圳濒海，这里在清朝时出品过海盗船长张保仔，在抗日战争时期有让日寇敌伪闻风丧胆的神枪手刘黑仔，更有在中国近现代史上媲美秋瑾的"玫瑰女侠"郑毓秀，有名有姓的著名人士数不过来。也有让人热血沸腾的群像，沙井练勇绝对算得上史上最牛民兵，他们抗击英法联军，抵御外侮，血性阳刚。而大逃港事件中，青壮年纷纷外逃，老宝安逃港造成的人口保有量相当于30年没生小孩，这些居民"用脚投票"，陈年旧事，现在看来依然惊心动魄。

生长在一个地方，我们其实对这个地方的了解非常贫乏，就像每个人都有不为人知也不为己知的一面，看起来熟识，却有很多认知上的盲区，需要挖掘和总结。如果不了解深圳历史的真实，你即使身处大都会，依旧是小格局。如果你了解深圳的历史，你就会明白，今天这里发生的一切并非历史的偶然。

（五）

刘深属于中国最后一批下乡知青。毕业于中国社会科学院研究生院新闻系，曾任深圳晚报副总编。他一直没有放下自己老辣的笔，一直在为深圳鼓与呼，他说，生活在这片土地上，我们有权利也有责任知晓历史。这个道理很多人都明白，但是很多人却不行动。朝露晨霜太瞬间了，草木一秋太短暂了。刘深是新客家人，既有客家人的行动力，也有东北人的宣传力，既行动又宣传，所以就有了这本悦人耳目的著作，它告诉我们，深圳令世人瞩目的不仅仅是经济奇迹，它还有厚重的人文历史。

这是我们没有见过的深圳，大多数人没有经历过，更考验大多数人的眼力。人们最愿意谈论未来，也愿意去选择未来，我们对即将发生的事情总是充满期待，对已经发生的事情则不会花太多的时间深究，除非你老了。

只有老了的人才有时间和资本谈论过去，时间和资本的集合就是阅历。有阅历的人，总想从历史中汲取智慧面对未来；阅历不到的人，希望在走向未来的时候变得成熟起来。老人有过年轻的时候，年轻人正在变老。唯一让所有人青春常在的办法就是学习，向社会学习，向自然学习，向自己学习，永远保持对"从未见过的东西"的好奇心。纵被无情弃，不能羞。

（一）

深圳的自然禀赋并不出众，地不产金银，天不雨粟米，史上也未见"公私仓廪俱丰实"的记载。倒是兵连祸结、明清海禁让人印象深刻，彻底取缔海外贸易，禁止国人下海通番，"片板不得出海"，让薄田渔火的深圳羸弱不堪。

历史有时很幽默，在这最闭关锁国的地方，后来上演了最改革开放的故事。

深圳是改革开放后党和人民一手缔造的崭新城市，是中国特色社会主义在一张白纸上的精彩演绎。深圳广大干部群众披荆斩棘、埋头苦干，用40年时间走过了国外一些国际化大都市上百年走完的历程。这是中国人民创造的世界发展史上的一个奇迹。习近平总书记对深圳的定义和肯定，让所有人心潮澎湃。

此时研读佟景国先生所著的《深商你学不会》，别有一番滋味在心头。

（二）

深圳是我国四个一线城市之一，最年轻，簇簇新。这里的高楼连天蔽日，绿树红花四季不辍，蓝天白云至洁至纯。这个曾经的"一张白纸"，处处写满传奇。

过去的荒草地，成为高新区。浪打空山寂寞回的滩头，成为滨海公园。拎着编织袋带着塑料桶的打工兄弟，三五年后变成了大老板。几个毕业不久的同学，捣鼓一阵公司就上了市。在内地混得不如意的机关干部、企业领导，在深圳干得风生水起，让过去的同事眼热心跳。"深圳，与世界没有距离"，这句当年深圳申办第 26 届世界大学生夏季运动会的口号，成为深圳十大观念之一。其实，在国人的心目中，还有一个没有说出口的观感："深圳，与成功没有距离。"

（三）

这种成功，不是当大官，也不完全是发大财。深圳人崇尚的成功，是白手起家，是在市场上的搏击成长。

这种"成功观"与历届深圳市委、市政府的引领有巨大的关联。不管人事如何代谢，领导怎样变换，"企业第一，企业家为大"的观念从未改变。在经济建设上，深圳只做一件事，就是把"市场"这个平台搭建得日趋完善，激活"一池春水"。

从经商办企业的环境而论，深圳是典型的"无政府主义"，没有事的时候，不知道政府在哪里。一旦需要援助，政府就在你的眼前。就是深圳刻意营造的"无政府主义"氛围，让很多的企业家打心底敬佩。我在无数场合，见到很多知名和不知名的企业负责人，都真心表扬深圳的各级官员。他们既有见到了官员的，更多是没有见到官员的。这种见也表扬、没见也表扬的现象，我以为是深圳独有。

本文写作时，深圳的商事主体近 380 万户，这意味着每三个深圳人就拥有一个商事主体，它说明深圳人的创业意识非常强烈。换句话说就是深圳的商事主体总量全国第一，深圳创业密度全国第一。这两个第一就是"深商"的沃土。

（四）

以商帮而论，"深商"最年轻。与驰名中外的潮商、浙商、闽商和晋商相比，深商是后来人，也更有个性。根据佟景国团队的研究，深商特色鲜明。

深圳企业更喜欢通过媒体与公众沟通，追求消费者、人才和同行的认同，一般不强求官方的认同。深圳企业家面向海洋，环湾区而生，国际意识更强。

深商创业者年龄以 26 岁至 30 岁居多。31 岁到 36 岁的创业者，平均用 10 年左右的时间启动 IPO 并获得成功。81% 的深商都是内行创业，在自己懂的领域精耕细作。

深商具有浓郁的广东特色，是不言的舞者，不显山不露水，为人低调内敛，敏于行而讷于言。敢于冒险而不愿意当头，对客户真心敬畏，对客户的问题和要求永不厌倦。

深圳企业内部的人才有着独特的价值观。高层爱读书喜运动，成功之后做慈善做义工。中层强调专业主义，与企业共成长。基层渴望成功，希望接触偶像，期望通过自己的努力改善自己的处境。

深商这个群体，初看像谜团，再看有风韵，深究让人着迷。

（五）

企业是企业家的代表作，每一个企业都有企业家的影子甚至个人偏好。王石喜欢登山，万科运动的特色就是跑步。王文银喜欢背诵《道德经》，员工就吟诵不绝。这本书里，佟景国先生没有过多地涉猎，但是，他在书里发现和提取深商的一个特色，让人印象深刻，就是深商在成就企业成就自己的同时成就员工，他制造了一个词："员工富豪"。

深圳企业家在创业的同时，不约而同地选择了做"创业企业家"而不做"土豪"，向员工、合作伙伴等相关利益主体开放股权，深商不出家族富豪但出富豪家族，你好我好大家好。深商不靠"感情留人、薪酬留人"，而是以未来吸引人。在企业开始的时候"画饼"，在企业最困难的时候"望梅止渴"，在企业收获的时候，大碗喝酒，大块吃肉，大秤分金银，无比快活。

成功的深商，都是在变革中让员工得到好处，让每一次变革都能成为员工职业生涯提升的机会，使员工在变革前、变革中、变革后的需求都得到极大的满足，让出类拔萃者借助变革成为专业服务者甚至企业领导。深商的这种做派，具有强烈的导向作用。在企业内部，结成命运共同体。在企业外部，结为生态共同体。在社会上结成利益共同体，倡导了企业是财富之源，企业家是资源的组织者的理念。

（六）

作为著名的企业研究者和管理咨询专家，佟景国先生对企业的观察有自己的视角，他的"四一"总结非常到位。

很多企业"一不小心"做成了巨人，很多人"一眨眼"就成为企业家，很多产品"一不留神"就改变社会，很多配角"一转身"就成为主角。深商能够克服庞大的"地心引力"向上生长，与他们善于在夹缝中创造大市场的能力分不开。梳理成功企业的成长路径，佟景国先生给出了形象的描述：双腿走路阶段、自行车阶段、小轿车阶段、高铁时代、飞机时代。它既是单个企业的成长轨迹，也是整个社会发展的线性逻辑。关键是作为企业家，需要快速升级，谁先换乘，谁先成功。

在经济方面，深圳也创造了一个时代新观念：办企业成为普通人成功的首选。作为创业者，我们应该把自己的资源和阶段，放到相关的格子里"称重"，同时应非常清醒，每一种优秀都有苦涩的味道。佟景国先生的书名叫《深商你学不会》，读完你就会发现，还是大有门道。

晚清大画家吴昌硕说："学我，不能全像我。化我者生，破我者进，似我者死。"此中有真意，细品尽了然。

214

（一）

联合国教科文组织"文学之都"的桂冠，曾经向深圳遥遥招手。

这段沉没的历史被于爱成博士打捞上来时，依旧活生生、水淋淋的。

2011 年年初，广东省政府参事黄树森向省政府提交议案，建议深圳申请"文学之都"。

这个"文学之都"是世界级的。英国爱丁堡、诺里奇、诺丁汉、都柏林，以及波兰克拉科夫、德国海德堡、澳大利亚墨尔本、美国爱荷华、中国南京都被命名。赋能之后的城市，自带文学的光环，在世人眼里，楚楚动人。

供职于深圳市作协，如今是市作协副主席兼评论家协会副主席的于爱成，当年积极参与其中，提供论证材料、贡献精彩创意、上下奔走呼号。有关方面也对此做出互动和反应，惜乎未能如愿。"好像是一段花絮，没有了下文。"10 多年后，于爱成依旧坚持自己的观点，申报联合国"文学之都"，作为一座热爱文学的城市，深圳可行、可能、可成。

深圳与世界"文学之都"的美丽错过，犹如一次"邂逅"，让人眼热心跳，但是没有牵手。

（二）

作为一位长期关注和研究深圳文学创作的学者，于爱成立下宏愿：拟集中精力将深圳成名作家的作品都做通读、细读，在深圳文学"史"和"论"两方面，拿出更多更有价值的成果。

深圳是一座全民写作的城市，于爱成考证，这座城市持续写作者不低于 1 万人，不持续写作者达百万之众。善哉！峨峨兮若泰山，洋洋兮若江河！带甲百万，任贤使能，所生所产作品，必然汗牛充栋。通读不可能，择其善者细读之，也是浩大的工程。

何以如此为之？

于爱成专业从事文学批评，他观察到，有几对矛盾一直在加深。在文学的矛盾中，文学创作和文学批评出现双重疏离。文学批评内部，快餐式的颂歌批评和博出位的骂派批评成为主要模式。文学批评自身，产品数量的几何级增长和理论构建的供给侧不足。

他这些观感的得来，不是拾人牙慧，人云亦云，而是自己提炼的结果。面对深圳文学从沙漠到雨林的纵向观察，针对海量作品组成的人为自然，只能老老实实地读，一本一本地啃。做学问的途径只此一条，除此之外无坦途。如果有，一定是投机取巧。

（三）

深圳文学批评与粤派文学批评是绕不开的话题。

批评得要有批评的对象。于爱成长期从事作协系统社团的组织管理和专业批评工作，对深圳文学界很熟悉，有比较强烈的在场意识。

他的结论是，深圳文学结构完整，文学生态完善，作家群齐整，文学热情高涨。具体而言，深圳为全国奉献了移民文学、打工文学、网络文学等形态。但是，于爱成判断，深圳文学的作品、流派、特色没有独立于广东之外，虽然是广东的典型代表，但依然不成熟。

深以为然。

任何事物都是一体两面，正如可以一分为二，也可以合二为一。深圳文学有自己典型的场景，也有需要完善的另一面。深圳打工文学发达，但深商文学不发达。移民文化很有特色，城市文化亟待补足。网络文学如草原般繁盛，经典文学呼唤大树顶梁。

深圳一直在构建一座"深圳学派"的参天大厦。深圳学派中，深圳文学批评一定不能缺席。

"学派"一般分为师承性学派、地域性学派、问题性学派，深圳学派应该属于地域性学派。具体到深圳文学批评的分支，我们在构建中，应该沿着学术观点、理论学说、独立学科的台阶拾级而上。从自家认可、同行认可、学界认可迈向国际认可。这种路径，既是道路自信，也显示理论自信，最终体现出我们的文化自信。

（四）

于爱成的武器库里，兵器很多。

对于长篇大论，他用离心机，萃取精华。对于长歌短行，他用放大器，增加功率。

批评家的作用，是做读者的导航器，是做作者的矫正器，最重要的，是做文学的"公平秤"。

小说和散文比，再短都长。诗歌和小说比，再长都短。无论长短，都是给人看。于爱成在看中，不看热闹看门道。这门道，既有光明正道，也有旁门左道。

目前的文学批评界真的一言难尽。于爱成说，无论是经院学者还是社会批评家，都能写出一手漂亮的文章。问题是，敢说真话的批评家并不多，拜物、拜权、拜名、拜金一直阴魂不散，也就是说具有独立品格的批评主体还未成形。换句话说，我国文学批评的队伍很小，小散乱，不成军。

对此，于爱成大声疾呼：坚守底线，捍卫立场，从文学批评开始，从我开始，一点一滴，做出改变。总有一天，我们可以改变潮水的方向。

这是他的批评立场。

（五）

其实，搞文学批评是件费力不讨好的事，一不讨好作者，二不讨好读者，三不讨好自己。

能洋洋洒洒出品的人，都自信，文无第一，武无第二，自己除外。读者友直友谅友多闻，高手在民间，妙评出众人。写一篇评论，是个体力活，必须读完作品全部的文字，甚至连腰封都不放过。只写评论、不读作品是耍流氓。其实，因为没对象没喜欢看的书，大部分连流氓都耍不了。

于爱成写了很多评论，他的阅读量非常惊人。见多识广之后，就是眼明手快。感觉他的武器库，兵器称手。这点，仅仅从他文章标题里的关键词就能发现端倪。"隐喻""塑形""阐释""诠解""破壁""互释""炼金术"，每一个，都是方法论。更让人感动的是，他写的评论，下足了功夫，用足了气力，都是鸿篇巨制。

庖丁解牛，不见全牛，只见破绽。今臣之刀十九年矣，而刀刃若新发于硎。为什么神乎其技？因为所解数千牛矣。读书破万卷，下笔如有神，细读无数书，批评才中肯。细读不是偷窥是品味，是拿正眼瞧，是用正心解。

眼不见，心不在，焉能为文。

好故事永流传

（一）

当记者时，我跑了很长时间的交通运输线。

在深圳交通运输的关键基础设施，包括蛇口港区、盐田港区、深圳机场、梅观高速、机荷高速、雅园立交、北环大道、滨海大道，既留下了足迹，也留下了墨迹。因工作关系结交的业内人士，很多成为一生的朋友。后来不跑交通运输线了，我依旧自然而然地关注交通运输，依旧津津有味地聆听深圳物流故事，依旧和交通运输战线的人士亲近不已。

（二）

深圳是改革开放后党和人民一手缔造的崭新城市，是中国特色社会主义在一张白纸上的精彩演绎。40 多年的深圳经济特区，走过了国外一些国际化大都市上百年走完的历程。世界当惊深圳殊。

每一个深圳人，都是深圳奇迹的见证者、参与者。作为新闻人，更是一个观察者、记录者。深圳物流业的现代化，是深圳奇迹中耀眼的一页。何其有幸，我亲身感受了其中三十多年的精彩篇章；弥足珍贵，我耳闻目睹了企业和企业家的鱼跃龙门。从宏观叙事来看，从两三星火的小渔港到向洋看海的世界第四大集装箱港口，从晴灰雨泥的村道弯弯到纵横交错的高速成网，从天空没有翅膀的痕迹到位居中国第三位的现代化空港，从人拉肩扛的仓储运输到领先世界的供应链管理。深圳物流的现代化，就是深圳的现代化。深圳物流图谱，就是中国物流的英雄谱。

（三）

深圳物流业诞生了众多的"第一"：中国第一家中外合资物流企业——三九物流；全球吞吐量最大的单个集装箱码头——盐田国际；全国业务量最大的快递企业——顺丰速运；第一个全国性的物流博览会——中国（深圳）国际物流与供应链博览会；中国第一个完全政企分开的港口管理机构——深圳港务管理局。深圳物流的每一步，都和家国相连。深圳物流日夜奔流不息的发展，成为深圳经济大厦的四梁八柱。作为深圳四大支柱产业之一，深圳国际物流枢纽地位日益凸显，物流业增加值连年攀升，影响力与辐射力快速增强，物流业增加值超过全市地区生产总值 10%。

深圳物流业的发展，有太多挥之不去的记忆。深圳物流的日日夜夜，都是物流人生命中的奔忙。拂去岁月的风烟，贴近物流业一线和前沿，我们将那些不曾被提及的过往诉诸笔端，将那些不打捞将永久沉没的美好告知世人，这是物流业内人士的希望，更是我们肩头的责任。

（四）

在中共盐田区委组织部和盐田区总工会的大力支持下，深圳特区报社、中共深圳市集装箱运输协会委员会、深圳市物流行业协会、深圳市公路货运与物流行业协会、盐田港口汽车运输业工会联合会共同策划、联合编写了《深圳物流好故事》，从港口、堆场、港口集疏运、公路干线、城市配送、冷链、仓储、跨境电商、网络货运、物流装备等十大物流领域，萃取了一批在物流党建、创新发展、创业故事、先行示范等方面有突出贡献和优异表现的党组织、党员和企业、先进人物，把他们的故事串珠成链，让先行者重温岁月不老，让后来者接续前行，让全社会知晓深圳物流业发展的脉络轨迹，让深圳物流业一个个生动的故事辉映宏伟的中国梦。唯此，我们在前行的路上，方能踔厉风发、笃行不怠，方能不负历史、不负时代、不负人民，方能成为正能量澎湃的追梦人。

《深圳物流好故事》的编辑思路是：多角度、全方位记录深圳物流人创业、成长、生活的微观场景，独家展示物流行业珍贵的历史资料，重点展现新时代行业发展与个体奋斗的精神之光，用物流行业特有的方式打开一个人人眼中有、个个笔下无的"物流幕后的新闻"。

《深圳物流好故事》的选题标准是：不同规模的物流企业和不同年代的物流人，包括国家 5A 级企业、深圳市重点物流企业、物流上市公司，国家省区市劳模、人大代表、政协委员。有的毕业于名牌大学，有的是草根出身，有的父子齐上阵，有的夫妻同创业。有的有趣，有的凝重。不拘一格，不一而足。他们创立了企业，树立了标准，服务了社会，创造了历史，留下了足迹，吹响了号角。他们是深圳物流行业的中流砥柱，支柱行业的坚实底盘，物流人的英模赞歌！

（五）

《深圳物流好故事》编撰愿景是：可读性、实用性、励志性、启迪性。愿读者诸君读完此卷，有纵深感、故事感、认同感、亲历感。如果以上两条达不到，第三个希望是，能摆上您的案头桌边，让同行相见一笑，让外行一见倾心。

当然，如果三个愿景皆未达成，我们也丝毫不气馁。深圳物流业目前迎来了历史上最好的发展机遇。深圳正在抢抓粤港澳大湾区、深圳先行示范区"双区"驱动的历史机遇，深圳经济特区、深圳先行示范区"双区"叠加的黄金发展期就在眼前，湾区综合立体交通网建设步入快车道，国际性综合交通枢纽城市建设加速，国家发改委又将深圳列入港口型国家物流枢纽名录。在全球新冠肺炎疫情肆虐的大背景下，深圳物流业承担了艰巨使命，经受了严峻考验，也危中现机，迎来了狂飙突进的发展节点。故天将降大任于斯人也，心志筋骨皆苦。经此一役，然后知生于忧患而死于安乐也。

此理古今皆然，因此，好故事永流传。

可远观不可亵玩

（一）

接近而不侵犯，亲近而不亵玩，与万事万物有个约定，与大地众生保持敬畏的距离，这，应该是人类对待自然应有的态度。

在人与社会、人与自身、人与自然的三大关系中，"人是宇宙的精华，万物的灵长"的命名，让人类在形成自信中养成了自大而未能达成自觉，人性的过度膨胀，造成一种错觉，以为人可以任性而为。胡来的结果带来了全面的失衡，生态危机、社会危机、自身危机层层包裹十面埋伏，面对普遍的焦虑，人类需要当头棒喝。

读南兆旭先生赠阅的毛边本《深圳自然笔记》，我被深深感动，既为书中的花鸟虫鱼，也为作者的敬畏之心和喜乐之情，同时也豁然开朗：让人觉悟的不只有金刚怒目之一途，也可以有菩萨低眉的慈悲。

（二）

《深圳自然笔记》的文字很温暖。写深圳的花草树木，鸟兽虫鱼，都是拟人的笔调。说是自然笔记，讲的全是人文道理，更有拟态人世间的时尚。"深圳的山野里有1万多种昆虫……它们吸引和俘获配偶的手法，它们保护和养儿育女的方式，你恐怕会相信，它们其实就是隐居在深圳的外星人。"够潮吧？

"越冬鸟黑翅长脚鹬算得上是深圳候鸟里的模特儿，它们双腿修长，身材高挑，一对又圆又大的眼睛像画了浓重的眼影，身披黑白分明的羽毛，在沿海滩涂和淡水沼泽地行走时，大有 T 型台上走秀的风范。"这种对鸟的视角让人耳目一新，也恰到好处。

说到"人面蜘蛛"，"在这个每天都演绎着爱恨情仇的城市中，那些从蜘蛛化身成人的姑娘，为什么那样安宁、低调而不露声色？……我相信城中那些蜘蛛精姑娘早已洗心革面，它们心地特别善良，特别珍爱生活，特别珍惜那些它爱的和爱它的人"。这简直就是魔幻现实主义的深圳版，谁说草木无情？南兆旭先生完全把它们看作我之族类，是我们的远亲和近邻，是城市的田螺姑娘，是清新的邻家小妹。

这本书，让我们深感惭愧，深圳有这么多的美丽不被我们认识；这本书，更让我们谦卑不已，自然界有这么多的智慧不被我们知道。"天地有大美而不言，四时有明法而不议，万物有成理而不说"，只有拥有天使之眼和不失天真的心，才能看到如此的被忽略和被漠视。

（三）

《深圳自然笔记》是深圳第一本记录本土自然生态的图书，缘起于南兆旭先生和他的数千位同伴在这个城市山野里超过 10 年的行走。10 多年来，他殷勤地观察，热情地思考，动情地分析，温情地写作。在这本书里，你能看到他的悲悯情怀："那些水里游荡的小鱼、天空掠过的鸟儿、草丛里鸣叫的昆虫、路边盛开的野花，在我们看来无忧无虑、快乐地生长着，其实，所有生命的生长过程都不容易。"烦恼和磨难、挫折和失败从来都不专属于人类。

在这本书里，你更能真切地感受到他对深圳的爱与哀愁：在"家"与"国"之间，还有一个"家园"——我们的家园就是深圳，就是脚下的土地，头顶的天空；是四周的江河湖海，身边的生灵万物……当然，急速发展的深圳也付出了巨大的环境代价，50% 数千年里都会经过的候鸟如今已不再飞来，30% 的深圳近海野生动物种群已经彻底绝迹，最大的 5 条河流全部深度污染。以南兆旭先生为代表的这群深圳自然主义者，以深沉的忧患意识，不断给这座城市发出凄厉的预警。

（四）

爱自然其实是爱人类自己，对深圳而言，人和鸟的最大相似性在于迁徙。鸟瞰深圳，它是候鸟之城，属于全球八大候鸟迁徙线路之一。每年，上百种数十万只候鸟会降临深圳，它们最南来自新西兰、澳大利亚，最北来自西伯利亚、阿拉斯加。候鸟的比例占到深圳野生雀鸟种类的 75%。人视鹏城，1979 年 3 月，宝安县变身为深圳市，从那一年起，上千万人开始向深圳迁徙。今天，在这个城市定居的人口中，移民的比例占到 97%。鸟瞰图和人视图，毫无二致，就像南兆旭先生在观察自然，自然也在打量这位好心的深圳人一样。你站在桥上看风景，看风景的人在楼上看你；明月装饰了你的窗子，你装饰了别人的梦。世界具有普遍的联系，对自然和万物众生，我们应该保持敬畏的距离。

据南兆旭先生观察，在深圳的鸟儿里，苍鹭和深圳人很相似：有的是留鸟，常年生活在深圳，生儿育女，安居乐业；有的每年冬天从北方飞来，春天离开；也有的不是在深圳出生，迁徙途中喜欢上了深圳，就一直留了下来。鸟雀多情似故人，晨昏忧乐总相亲。

南兆旭先生以他超过 10 年的行走得出结论：迁徙的深圳人和迁徙的候鸟有一样的基因，所以，我们应该相亲相爱。

（五）

有个著名的"1 万小时定律"说，只要经过 1 万小时的锤炼，任何人都能成功。1 万小时就是对一件事，每天 3 小时坚持 10 年，10 年的坚守一定能让你超凡入圣，十年磨一剑，十年树木，十年面壁以及南兆旭先生超过十年的深圳行走都一样，这样的坚韧才有了他今天的成就。

南兆旭先生坦承，辨认、记住并区别各种动物的门类名称常常是一件让人崩溃的事，比如一只黑脉蛱蝶属于节肢动物门昆虫纲鳞翅目蛱蝶科，加上内地、香港、台湾称呼的不同，再加上学名与俗称的区别，常常弄得人抓狂。但是，以他10年多的功力和修为，这些障碍都跨越过来了，这都得益于十年童子功。

这本书很有趣，只要你翻开，就有惊喜。"蓬山此去无多路，青鸟殷勤为探看"，中国神话传说中为西王母送信传物的青鸟，就是红嘴蓝鹊，深圳有。太阳鸟被叫作"朱雀"，是国人心中的瑞鸟，深圳有。触目皆是的榕树，你知道为什么叫"榕树"吗？南兆旭先生从清朝屈大均的《广东新语》里给你找到答案："常为大厦以容人，能庇风雨，又以材无所可用，为斤斧所容，故曰榕，自容亦能容乎人也。"看到了吧，读这本书，还能给人情怀。书中的每篇文章如同演讲词，有慷慨激昂，有浅吟低诉，皆能动人心弦。

如果说有缺憾的话，就是书的正文字号过小，而图片说明的文字更小，小到用放大镜看也困难。一本好书因为字号过小而形成了阅读障碍，可惜。我把这个问题当面告诉了南兆旭先生，他说，再版时一定注意这个问题。

这是一本值得不断再版的书。

深圳天上掉馅饼

（一）

我总是固执地认为，一本书就像一个人，必有其独一无二的地方。如果我们尊重每个人，就应该尊重每本书。敬惜字纸的最高形式是熟读精思，而作践字纸最残忍的方式则是永不开卷。面对从未翻阅的书籍，就像面对你邀请来的客人而不交一言，是轻慢刻薄没礼数。有书不读如果可以入刑，起码杖打五十，直到屁股打烂脑袋打到开窍。

开卷有益，可以医愚。如果遇到久藏心中久思无解的问题，在书里找到答案，或者得到灵光一闪的启发，那真的如遇明主，就像找到组织般温暖。这样的感受，在读《从清华园到深圳湾》时尤其强烈。

（二）

一直在琢磨一个问题：纸媒走到现在，面对新媒体的挑战，该怎么动作？

毫不讳言，在现代中国，纸媒的人才存量最多，但供职于报刊的人也最为焦虑。过去"一纸风行天下"的盛景难再，发行量、广告额像得了病一样日渐消瘦，总是看到新媒体的人在笑，旧媒体的人虽然没有哭，脸上却一点颜色都没有。良辰美景奈何天，赏心乐事谁家院？好东西都是别人的，此情此景，让全世界纸媒竞折腰，集体性不适。

纸质媒体不缺写稿编版的人才，缺的是懂经营会赚钱的好手。怎么办？深圳晚报在实践中，探索"四位一体"的工作方式。所谓的"四位一体"就是"编采、发行、活动、经营"四项全能，一身而兼四任，一个人就是一支多国部队。这样的行为方式让每个人都经受了严峻的考验，让报社的内部疆域重新调整。

一旦固有的思维模式和行为方式改变之后，首先出现的就是不适应。编辑部的人抬出了专业主义来说事，经营的祭出了不喜欢写稿的传统，搞活动的诉说工作量多出了几倍，发行的直叫没有资源，大家你看看我，我看看你，不知道自己像什么，陷入了身份迷失的焦虑之中。一帮聪明的脑袋对自己不认同不理解的事物批判起来的狠劲，前无古人后无来者。

（三）

和聪明人抬杠只有用最笨的办法才管用，笨办法就是找到理论根据。《从清华园到深圳湾》正是瞌睡时遇上的枕头。这本由著名作家彭名燕和娄荔操刀的报告文学，再现了深圳市政府和清华大学为推动中国自主创新、科技成果转化，创办"深圳清华大学研究院"的完整过程，该书被广东省原副省长宋海誉为"开创了中国科技领域的大型纪实报告文学的先河"。在中国作家杂志社和中国世界华人作家艺术家协会联合主办的中国作家创作年会交流评比中夺得一等奖，并入编《中国作家创作书系·2009 中国作家创作年会获奖作品集》。

从实用主义的角度看，这本书给我最大的启发是以冯冠平和他所率领的一大群当代中国知识分子在深圳创立的"四不像"理论。"四不像"就是麋鹿——鹿角、牛蹄、马脸、驴尾，啥都有一点，又啥都没有占全。冯冠平认为，"四不像"是深圳清华大学研究院唯一的生存途径，研究院既是大学又不完全像大学，既是科研机构又不完全像科研院所，既是企业又不完全像企业，既是事业单位又不完全像事业单位，它是产、学、研、资、商的大合体。十多年来，靠着这个理论，600 多家企业入驻深圳清华大学研究院接受孵化，其中有十多家公司成功上市，真是牛大了。

（四）

"四不像"理论的诞生和冯冠平的经历密切相关联。冯冠平第二次出国来到德国，在世界一流的传感技术研究所——阿亨科技大学布兰卡姆研究所留学。该研究所的"老板"布兰卡姆——集教授、所长、经理于一身，可以很容易地把自己的想法变成成果、样品、产品，以最快的速度打入市场。冯冠平后来的路数基本与此相通，他有许多头衔：董事长、总经理、院长、教授，一身多任，功能多样，转换起来相当自如。人们一直对精专和广博有不同的看法，也一直为此争论不休。其实，专业化和综合性，难说谁好谁坏，判断的标准是具体问题具体分析，不唯上不唯书不唯洋只唯实才是客观。有了成功的例证，今后在报社推行"四位一休"时，就很有底气。

冯冠平创造的当代奇迹当属在"非典"肆虐的紧急关头7天研制出红外体温探测器，资本运作出一批上市公司，开发数字电视等。当别人以为"天上掉馅饼"是不可能的时候，冯冠平坚定地认为"深圳的天上可以掉馅饼"。他的经历给了我们极大的智力支持，因为在企业发展中，抓住机遇并且成功的人，不是很多，但终生没有遇到机遇的人，又确实很少。

（五）

说起来，我们还和冯冠平拐弯抹角地有些联系。2006年5月28日《深圳商报》的头条是关于清华力合传感公司自主创新的新闻，这个公司利用冯冠平的技术，搞了个新产品电子健康秤，成功叩开欧洲市场大门。当时我在值夜班，原稿的标题是：（主）深圳产体重秤欧洲受青睐（副）清华力合传感公司凭借自主知识产权，击败日本同行拿下欧洲庞大"体重"市场。当时总编室主任将主题改为"深圳体重秤称遍欧洲人"，我觉得"称遍"不妥，就在他的基础上改为"深圳体重秤'衡量'欧洲人"，"衡量"有双重的含义，也准确些。还把副标题改为

"清华力合传感公司凭借自主知识产权成功打赢阻击战拿下欧洲市场"。该标题获得了当年的深圳新闻奖，这也算是天上掉的馅饼。

科技这玩意儿，是聪明人为傻瓜干活。例如手机，它的演变脉络是"电报—电话—步话机—移动电话"，每一步的变革，都浸透了人类智慧的灵光，其结果，正如你看到的，连傻瓜都会用。

最难写的是科技，最容易出彩的也是科技。本书的作者是两位女子，文字中有风雷色，言语中有豪迈气，读后让人热血沸腾，她们很有功力，都聪明过人，了不得！

一

（一）

　　或许是我见识浅陋，涉猎不广，在目力所及范围之内，为自家的房子写一部洋洋洒洒的专著，何建佳应该是第一人。

　　何建佳在《住进自然居》的后记里说："也许并没有太多的人愿意把自己的家拿出来炫耀。买套房子，装修一下，搬进去住，没什么好介绍的，更没必要写成什么书。"然而，他还是用了三年多时间，全程直击式地写出了找房子、装房子的趣闻逸事。他的好友胡星宏的评说非常到位，何建佳是以一种独特的方式打开自己的家门，打开自己的思想，让更多的人能去里面看看，去感悟人生、感悟自然、感悟上善若水。

　　读完此书后，我本想用标题党的手法来给这个书评起个名，因为对于房子的事很容易做夺人眼球的标题，可以用来博出位。最终放弃了，是因为何建佳的太太李莉曾是我一个办公室的同事，而且共事时间20年。虽然李莉已经退休，但是回望20多年的过往岁月，记忆里都是愉悦，所以就用了这个很环保的标题，也是因为感动。

（二）

　　何建佳所说所写的"自然居"不是普通的房子，是他们家的别墅。

　　一个工薪家庭能圆"别墅梦"，这里面一定有故事。

　　何建佳在《住进自然居》里详细地讲述了和这套别墅的机缘，他讲的故事报社老员工都熟悉。有一天，报社贴出告示，为了现金回笼，将三套实物换广告的别墅作价售卖给本单位职工，他们马上登记报名。当时这套别墅所在的山庄，入住率不高，让人感觉有点破败。这套别墅更是没有任何看相，围墙铁门被撬走，门框被白蚁蛀空，钢筋电线裸露，院子里垃圾堆成山，茅草比人高，野蜂飞舞，蚂蚁遍地，还有狗。很多人去瞄一眼掉头就走，他们却越看越爱，算下来看房都有几十回了。何建佳说，买房子要考你的眼光，包括考你对现实横截面的眼光，考你纵向长远的眼光，看你有没有透视眼，能不能透过现状看到将来。他们有远见，看得见别人没有看见的东西，这套别墅，因为眼缘结缘。

（三）

对于设计和装修，何建佳极尽笔墨之能，在详尽的描述中透露出一种对自己家发自心底的骄傲，还有挚爱。他的关键词是"房子是买来玩的"。这种玩乐心态应该就是喜乐情怀，不怕麻烦，食苦如饴。上辈人曾经说过一句让我至今难忘的话："买田容易做屋难。"意思就是建房子（现在则主要指装修）很不容易。设计时要考虑得非常仔细，所谓的"到边到角"，丝毫不能疏漏。还有就是众口难调，一个人一个主意，让总设计师下不来台。所以，装修这个活经常是让一家人装着装着就斗气吵架，有时也演化为肢体冲突。为了避免这些不快乐的事伤和气，我装修的原则是：要么你独裁，要么我做主，坚决拥护一言堂。

自然居的装修风格是地中海风情，格调的基础是明亮、大胆、色彩简单、饱和。在内部风格上，建造有拱门和壁炉，他们家的壁炉不是摆设，真的可以烧上炭火。让何建佳得意的是客厅的天花板，原来的顶部留下两条横梁，一般来讲，天花上面有横梁，人坐在下面不妥当。他从中心区街道布局上得到启发，装修出一个九宫格立体天花，效果出奇地好。

我们经常见到很多房屋让人很舒服，但是说不出好在哪里。就像有的人，横挑鼻子竖挑眼地看，鼻子一般，眉眼也一般，可是就这种组合，让人看了舒服，甚至越看越有味道。装修也一样，看似寻常最奇崛，成如容易却艰辛。梨子的味道要亲口尝，不装修不知道来龙去脉。曾经问过一个小孩子："自来水是从哪里来的？"小朋友想都没想，答曰："自来水从管里来。"看房屋，看装修，看世间万事万物，道理都如此。难怪很多人感叹："崽卖爷田不心疼。"没有投入，未曾出力流汗，要想有感情，扯犊子！

（四）

何建佳李莉伉俪将自己的房子命名为"自然居"，有他们的道理。别墅的生态追求就是他们理念的体现，他们为人亲近自然，做事与人为善，这些，在装修房子的时候都有体现。譬如打口水井，利用太阳能，建造三级化粪池，收集雨水以及用风力发电等，这些东西有的先建好后来又终止，譬如水井，基于保护地下水资源的考虑，将水井填埋。有的没有成为大气候，譬如收集雨水，有的只是提出而等待时机实行，例如风力发电。他们很在意的一个装修创意——"肥水浇灌自家田"就和自然有关。化粪池建好后，粪水的提取和楼上楼下的浇灌很成问题，他们突发奇想，给化粪池装了一个水泵，电钮一按，肥水哗哗流进自家田地，花草果蔬唰唰往上长，别提有多带劲。有人说，有好的想法，得要有好的条件才能实现。此话没错，很多人都因为没有好的条件，所以连想都不带想，因此连思想的种子都没有备下，土地板结沙化，不适合生物生存。

经过主人家的侍弄，自然居成为百草园。他们在院子里种植了几十种花草树木，一年四季草木葱茏，花香不绝，瓜果不断。欣赏秋月春风，享受山容水态，是自然居的生活。生态不生态，自然不自然，环境怎么样，鸟儿说了算。当他们每天一早准时被屋外树上的小鸟大合唱声音唤起来的时候，这种感觉就是真自然，因为，鸟不欺人，不会像鸡半夜啼，它们只会早早地唤醒人，在鸟鸣啾啾声中，即使不做早起吃虫子的鸟儿，也有幸福感。

在《住进自然居》里，何建佳的一段话最让人动容。他说，为人做事、追求理想目标，也要"无为自化，清静自正"，不刻意，不过分看重，用"无可无不可，亦可亦不可"的心态对待人生，不过分地把职位升迁、发财致富等身外物放在心上，避免了终日焦虑，解除了烦躁不安，这样的话，就会活得很自然、很坦然、很悠然。这是打开天窗说亮话，打开家门讲故事的好心态。相比之下，我是不能看房子的，一看，半个月心里都不平静。有时候看版，同事听到我在那里嘀咕一句"他妈的"，就探头问啥事。我说："太贵了！"他们惊诧莫名，我缓过神来抱歉地说："房价太贵了！"趁他们哈哈大笑的时候，我缓缓地念出海子的名篇："我有一所房子，面朝大海，春暖花开。"他们笑得更欢了，因为是白日梦！

空中拓荒记

（一）

曾经让人如饮狂泉、改变世道人心的报告文学，现在大音希声。年轻人如我孩子一辈，说起"报告文学"，只能拿起手机快速百度这个词条来补白。

一种文体的勃兴与流变总是和跌宕多姿的社会现实密不可分。依中国文学的文体而论，大要即为诗经、楚辞、汉赋、唐诗、宋词、元曲、明清小说为主脉。在它当红的朝代，一定是"时代文体"，作者读者蔚为大观，歌之舞之风情不绝，一如"凡有井水处"的流行。

"时文"和"时代文体"应该不是一回事。"时文"如骤雨潮汐，其兴也勃焉，其亡也忽焉，雨过地皮湿，如朝露见日。"时代文体"初起之时有"时文"的喧嚣热闹，进而则超越了时代成为经典，让后世反复吟诵，融入血液，化为基因。

回望历史容易看明白，身处现实总是很糊涂。仅仅从文体的角度看，现在的流行都是各领风骚三五年，各种网络文体如雨后春笋，让人目不暇接，但要从中看出哪些能成为经典、流传后世，却很难说得上来。经典要经过时间的洗礼才能成为典型，号称现代"史记"的报告文学至今已有超过 30 年的历史，在这个变化太快的年代，30 年的光阴可以显影出很多不被时间左右的东西。

遇见刘斌、凌育增的《从深圳起飞》，让我感受到了很多的变化，也让我体会到很多东西转变为"恒常"的美好。

这当然是一部报告文学，由南航深圳公司党委工作部原部长傅开银总策划，洋洋40万字，将南航深圳公司20年的风雨航路，以文学的方式讲述出来，特别精彩。正好与策划者、作者都是好朋友，对人与事熟悉容易形成共鸣，开卷满眼都是故人和故事，让人满心欢喜。

从深圳起飞，第一步当属顶层设计，三个人物不可忘记。时任深圳市委书记、市长的梁湘是积极倡导发展深圳航空事业的第一位市委、市政府领导。他曾用3亿元建造了至今仍然具有标志意义的八大文化设施：大剧院、博物馆、图书馆、体育馆、科技馆、电视台、新闻中心和深圳大学。深圳航空业的蓝图也由他绘就。梁湘卸任去海南之后，继任的市委书记、市长李灏主持市政府办公会议，将机场建设项目纳入市重点工程，强力推进。

原民航广州管理局局长于延恩是位极有个性的领导。我一直都在民航朋友圈里听到他的传奇故事，但没有在文字上见到。这次如愿了。在书中，作者写道：于延恩代表民航广州管理局与深圳市政府正式签署合作协议，他摆了大排场，亲自驾驶007型小飞机在深圳城区上空盘旋两圈，然后稳稳地降落在刚建成的八卦岭深圳体育场，航行保障、通信、保卫的车辆和有关部门人员先期到达，车队在警车护卫下浩浩荡荡经过市区，一时间深圳全城沸腾，万人空巷，这个行动在宣告：中国民航全力支持经济特区建设，全力支持深圳发展航空事业。

深圳老书记李灏曾经说过一句发人深省的话："哪一项改革之初，不是离经叛道？"

（三）

因为早年当经济记者，我和南航深圳公司的许多人打过交道，有的人已经由工作关系变为朋友。无论是过去的采访接触，还是后来的非工作往来，对南航人一直是亲近中有敬重、欣赏中有佩服。他们这个群体，很有信仰，业务精湛，讲究规矩，纪律性强，男的风度翩翩，女的气质出众，个个都清清爽爽，是一个很有人格魅力的群体。都说熟悉的地方没风景，其实，风景永远都有，倒是发现的眼光不常有。

《从深圳起飞》印证了我的判断。其中有大事有秘闻，显示的是行业气度。有幽默也有眼泪，体现的是人格特征。作者笔力老健，纵横捭阖，明显是得其报告文学之三昧。在宏大叙事的同时，作者也让这群人接地气，有烟火味。

例如，有位女机务带男朋友让爸爸妈妈"审查"和"面试"。老爸说：面相不错，像个好人。老妈说：人看上去挺老实。作者忍不住跳出来说话：老实有时是装的。结果，三人大笑。

还有一次，负责维修的黄穗生几个人已经忙了一天一夜，晚上10点领导拍了一下他的肩膀："小黄，下班吧！"小黄用胳膊擦拭一下脑门上的汗珠，脸上刚露出笑意，没等笑出来，领导又跟上一句："明天早上6点上班。"小黄的笑停在半空中，"领导，说话别喘大气，一句话说完嘛！让我们空欢喜。"这样的断章插曲，让人性得以明媚。

（四）

写报告文学需要激情和定力，不深入采访，不仔细打磨，成不了器。这部书耗时半年，采访了近200人，写就一部航空公司的20年发展史记，其艰难程度、个中甘苦一望而知。互联网时代，大家都写短平快的东西，靠小聪明就能赢得打赏。有人说，文体是不平衡的，一些文体诞生了，一些文体消亡了，一些文体流行了，一些文体寂寞了，一些文体主动或被动地改变着自己的生存策略，这话同样适用于报告文学。但是，不论怎样变化，下苦功夫才是展现大智慧的根基，一切的终南捷径，终归虚妄。

我看了很多写企业的书，能把企业发展写得如此有趣，能把员工写得如此灵动的，不多。究其原因，关键是策划者的立意和作者充沛的激情。三位参与者，有的已经退休，有的即将告别职业生涯，他们都是拓荒的一代，深圳的蓝天白云里有他们的汗水与心愿。过去他们拼命工作，如今依旧刚健有为。

多少人青丝染白发，多少人美艳褪风华，往事永远不会尘封，激情岁月如梦如歌。这么好的话当然不是我说的，是书里写的。

人生就是一往无前，山一程，水一程，身向榆关那畔行，夜深千帐灯。作为时代的守望者和记录员，我们在记录和讲述他者故事的时候，也在为自己的故事背书。

一点读后感，不堪持赠君。

心有千千结

（一）

　　动力强劲的现代化，让世界从一个球体变成一个平面，使人天涯若
比邻。在世界变平、微缩的过程中，一张一张的网逐渐显影出来。河
网、路网、电网随处可见，法网、情网、关系网虽然不可见却能清晰地
感知到。网络无处不在，增强网络思维显得尤其紧迫，而集大成者，就
是互联网思维。

　　增强互联网思维的话题，过去多集中在经济层面，后来铺天盖地进
入社会层面，现在开始汇流至生活层面。但是，一个已成事实而鲜有人
提及的互联网话题，应该在精神层面。

　　当中国人口开始向城市大规模聚集，超大型城市比比皆是的时候，
城市就病了。"城市病"表现为人口膨胀、交通拥堵、环境恶化、住房
紧张、就业困难等，其根源就是城里人在人与自然、人与社会、人与自
身关系等方面的失调。种种的失调内化于心，引发心理疾患；表现于
行，导致行为障碍。

（二）

　　现代人很苦，苦在精神。譬如吃饭，早已过了食不果腹的阶段。按
理说，吃喝不愁，到处旅游，心里别提有多高兴了。事实就是高兴不起
来，高血压、冠心病、糖尿病、肥胖症齐刷刷前来伺候。也有基因特别

238

好、上天特别眷顾的，"穿衣显瘦脱衣有肉"。但是，这些稍显丰满的人们看到"穿衣显瘦脱衣没肉"的人，又立马自惭形秽，如哑巴吃了黄连。

衣食如此，住行更闹心。《不足歌》对此说得形象透彻：终日奔波只为饥，方才一饱便思衣；衣食两般皆俱足，又思娇娥美貌妻；娶得美妻生下子，恨无田地少根基；良田置得多广阔，出门又嫌少马骑……从衣食住行到荣华富贵到长生不老，层层递进，永不餍足。如此看来，烦恼古已有之，只是于斯为盛。

西施病心而颦其里，今人"病心"没人理。对于精神疾患，现代人一是因为忙，自顾不暇，无暇他顾；二是因为多，熟视无睹，见怪不怪。此外，现在的人承受力不高，敏感过度，钝感不足。眼角的鱼尾纹，头顶的新白发，都能吹皱一池春水，让心理失衡。

刚出道的年轻人，一直被长辈细心呵护，给太阳嫌热，给月亮嫌冷，一踏入社会，风刀霜剑，方寸乱矣。更有意想不到的打击和恒久的压力，都能让心灵走形变样。因此，我经常对同事们说，要把我们绣花丝线一样的神经，锻造得像钢丝一样粗。

（三）

新闻行业是一个压力巨大的行业，时间上晨昏颠倒，季节上寒暑不辍。无数个夜晚，我和同事工作至深夜，签完版已是凌晨，推门而出，新月在天。此情此景，说起来有诗意，过起来不容易。怕漏新闻，担心出错，加之巨变当前，人们进退失据，如临深渊，如履薄冰。

彷徨苦闷，不一而足。经常有同事爆了，刚烈者发脾气，柔和者生闷气，总之就是不顺。这个时候就得做思想工作，于是就有了怎么当领导的话题。我对各位领导说，什么叫领导？领导就是个垃圾桶。上面的批评、下面的投诉、平辈的吐槽，上上下下里里外外扔过来的垃圾，你都得接着。不仅接着，还要盖上盖子，严丝合缝，一个泡都不能冒。如果冒泡，毒害的是整个空气。因为你是领导，居高声自远，非是藉秋风。

后来一想，光做垃圾桶还不够，领导应该做垃圾发电厂，吃进去的都是垃圾，经过你的处理之后，变成正能量源源不断地输出给全体同事，让大家像打了鸡血一样。因为领导都是超人。

其实，只要心情舒坦，一切苦都能过去。互联网的特点在于开放的思维、知识的共享、创新的驱动。精神层面借鉴互联网思维，就是要分众、共享、互动，把心结解开，避免心结成为心劫。不怕千千结，最怕万劫不复。

（四）

北宋著名词人张先在《千秋岁·数声鶗鴂》中写道："心似双丝网，中有千千结。"这大概是"千千结"的出典处。张先的思维让人心惊，简直就是在说互联网嘛。

所谓的互联网不就是立体化、无中心、无边缘的网状结构吗？它由众多的点相互连接起来，类似于人的大脑神经和血管组织。简而言之，人是具象的互联网，互联网是抽象的人。再扩展开去，地球也是大写的人。条条大路，大江大河，空中的航线、海洋的航段以及看不见的电波就是那条条丝线和神经，它们纵横交织出的"千千结"，无处不在，互联互通。

山是大地的结，城是大道的结，地球是银河的结。路路相通结成枢纽，河河相交结成湖泊。这些结是活结而非死结，倘若真的解不开了，大麻烦就来了。城市只进不出就会垃圾围城，湖泊只出不进就会干涸见底，人心不交互就会荒芜死寂。

当然，应对精神层面的问题，还特别需要幽默和豁达。张先是个有趣的人，诗酒风流。据传他在八十岁时娶十八岁的女子为妾。一次宴会上，张先嘚瑟起来，赋诗一首："我年八十卿十八，卿是红颜我白发。与卿颠倒本同庚，只隔中间一花甲。"他的好友苏轼看不过去，即兴也来一首："十八新娘八十郎，苍苍白发对红妆。鸳鸯被里成双夜，一树梨花压海棠。"此事不作风月看，只看二人性情风趣爽朗。苏轼词风豪放，性情豁达。人生风风雨雨，起起落落，心有戚戚，从未倒下，虽然苦闷，精神不病。我们应该学习苏轼好榜样，学不了苏轼的才情，可以学学苏轼的豁达。

（五）

《深圳：开往心灵的幸福列车》是一本演讲集，它源自深圳市"爱心与共"幸福促进中心的一个知名公益讲座：幸福人生大讲堂。自2014年开始，在深圳中心书城南北区大台阶上，深圳市心理卫生协会、深圳市康宁医院、深圳市心理咨询行业协会的知名医师、心理专家、博士教授，风雨无阻地为深圳市民开展了近千场精彩演讲。

幸福人生大讲堂这个项目也经由市民朋友的口口相传，荣誉加身，多次入选深圳关爱行动百佳市民满意公益项目、十佳创意公益项目。本书是深圳晚报记者徐斌根据几年来幸福人生大讲堂专家讲座速录材料整理出来的文稿，这些演讲专业知识丰富，指导性强，它们不是时下流行的"鸡汤文"，而是市民需要的心理健康钥匙。

心有千千结，谁人解得开。人，除了硬件出了问题，像神经坏死、心肌梗死、血管堵死需要住院外，心结主要还是靠自己解，授人以鱼不如授人以渔，自己强大了，世界就温柔了。如果您听过了讲座，书还是值得一看；如果您没有听过讲座，书更是值得一看，因为它是心灵钥匙。钥匙不因用过一次就失效，心门开开关关，最不能丢的，就是钥匙。

以水为鉴

（一）

赵川在这里给了我们三条茅洲河。

一条是历史的河，如同一幅水墨画。花鸟虫鱼，仿佛有笛声悠扬。

一条是治理前的河流，也是一幅水墨画。水像墨汁一样的画卷，寂静无声。

一条是未来之河，更是一幅水墨画。黄鹂翠柳，白鹭青天，风生水面，气韵万千。

从野趣，到无趣，到有趣，茅洲河经历了三重境界：看山是山，看水是水；看山不是山，看水不是水；看山仍是山，看水仍是水。

水境犹如禅境，河流很像人生。

（二）

为一条河写一本书，赵川不是第一个。为深圳母亲河的治理写一本书，赵川是第一个。

几十年来，我们一门心思发展经济，经济大树上结满了果实。只是有的苦有的甜，无论苦与甜，果实都巨大。一个严峻的现实是，不少金山银山都是绿水青山换来的，不少城市里的河流被高大的建筑碾压，城市的河流变成了下水道。

河流本天成，但也遭天虐。洪灾、旱灾和风灾都在折磨河流，黄河就是例子。然而，"天作孽犹可活，人作孽不可活"。人在城市化、工业化的道路上，欺负水，霸凌水，人祸面前的河流，尤其无力。

茅洲河因为地处南方以南，雨水充足，河道从未断流。但是，如果深究，也有某种形式的"断流"，断的是清澈，流的是污秽。河流不会说话，不在沉默中爆发，就在沉默中灭亡。死亡的河流用奇臭无比来提醒人们，被侮辱与被损害的，最终都是要还的。

死亡的河流很可怕，乌黑发亮、臭气熏天。茅洲河的死亡有一个具体的时间节点。根据有关资料记载的信息表明，茅洲河早在 2002 年前后就已经"草木难生，鱼虾绝迹"。清纯的最后消失，就是暴虐的全面登场，河流演变成自然的黑恶势力。我一直认为，"黑恶势力"这个词应该是受河流污染启发生成的。

（三）

看茅洲河治理就像看新大禹治水，更像是在看周处打怪。

周处年少时，凶强狠恶，为乡里所患。当时，山中有白额虎，水中有黑蛟龙，并皆暴犯百姓，人们谓为"三横"，周处最为厉害。有人劝说周处去除害，他杀死了老虎，又下河斩杀蛟龙。蛟龙或浮或没，行数十里，周处与蛟龙搏斗了三天三夜，乡里人都以为周处已经死了，就互相庆祝。周处终于杀死蛟龙从水中出来，听说乡里人以为自己死了而庆贺，才知道自己实际上被当作一大祸害，因此有了悔改之意。他从此改过自新，终为忠臣。

从自然的状态来观察，茅洲河没错，河里的水有错。水没错，水里的东西有错。水里的东西没错，是水里的东西放错了地方。放错了地方，就作怪，为害乡里。

茅洲河治理首先是除掉岸上的"白额虎"，截断流域内的企业及数百万人口将工业及生活污水直排入河的源头。随后是斩杀水里的"黑蛟龙"，清除各类有害物质积淀而成的底泥，将危害食物链和生态链的"隐形杀手"彻底消除。最后修复河流生态，这种修复其实修复的是生产关系，修复的是社会良知。

（四）

本书表面看起来写的是治理，实际上是在尖锐发问经济发展和环境污染的关系，其答案让人尴尬不已：生态环境的欠账终究是要还的，甚至是"连本带息"地偿还。

赵川在书中就此问题做了描述，让人相当震撼：

现在，关于茅洲河，还剩一道问答题：

"假如时光可以倒回重来，茅洲河的不幸会避免吗？"

这一问题，他曾向多位被采访的官员、专家及普通市民提出。

回答出人意料地一致："料难避免。"

赵川在给这种"料难避免"找理论依据，找来找去，他找到了。这就是"库兹涅茨曲线"，由美国著名经济学家、诺贝尔奖获得者库兹涅茨提出。该曲线被用来衡量经济与环境之间的关系也非常准确，其基本意思就是，在经济发展之初，"先污染"在所难免，并最终导致环境恶化。当经济发展之后，"后治理"理所应当，最终促使环境污染减轻乃至消弭。

环境库兹涅茨曲线理论，以发展初期对环境损害的"不可避免"性论断，宽恕了经济初始期的"野蛮成长"，也给环境的再逆转提供了肯定的结论。赵川说，这个"曲线"理论，给了我们一丝理论层面的安慰。

（五）

千百年来，人类治水的经验比较单纯：利之导之，不使壅塞。进而提升为治国理政理念，防民之口甚于防川。再而升为人生智慧，上善若水。孔子观水而开悟，逝者如斯夫。现在的城市治水，完全是新做派，让河流重新生长，新生的河流归来仍是清流，这样做，一定前无古人，最好后无来者。

　　《冰鉴》是晚清名臣曾国藩总结识人、用人心得而成的一部书，对后世影响颇大。我认为，《茅洲河》应该又名为"水鉴"，是赵川用文学的方式记录茅洲河治理的一部书，对后世具有重要的启发意义。

　　以史为镜，可以知兴替；以铜为镜，可以正衣冠；以人为镜，可以明得失；以水为镜，可以启来者。这应该是城市大水务的一个典型案例。深圳水务部门的一位专家说，什么是水务？水务就是把不能直接使用的水处理干净给人使用，把人弄脏了的水处理干净还给自然。读完赵川的这本书，我还想补充一句，特大型城市，应该让清亮之水在河道里自在地流淌，河道两旁鸟语花香，亲水的市民在这里感受着城市的性灵。

　　本书角度、语言俱佳，资料翔实，观点鲜明。本书作者赵川，记者兼作家，出了好多本书，相当勤奋。

鹏城的『海洋之心』

（一）

深圳是一个靠海不见海的城市，如果要看海，只能东去大小梅沙，西到蛇口半岛。因此，每逢节假日，车流如潮，人如过江之鲫，道路为之堰塞。本想亲近大海，走进自然，不料身心还未放松，却先苦之路上。

满心惶恐的人们不识伶仃岛，伶仃洋里叹伶仃。不知道是人们认为内伶仃岛孤独，还是内伶仃岛认为人孤独，我倾向于后者，料青山见我应如是。

内伶仃岛不为人知，伶仃洋却广为人知。南宋丞相文天祥曾路过这片海域，留下了世代传诵的《过零丁洋》。但真的能说清楚伶仃洋地理位置的人恐怕不是很多。其实一句话就能明白：伶仃洋就是珠江口。这些知识点，在胡恒芳新作《伶仃岛：心灵的憩地》里，可以看得清楚明白。

（二）

深圳立市几十年来，已被各种文字所描绘。所见单独成书的，最小的主体单位是自家的房子，而对深圳一座岛屿的描绘，目力所及，《伶仃岛：心灵的憩地》是第一。

初看书名，就产生一个疑问：一座小岛，何以安放心灵？细读之后，发现小岛不小。

内伶仃岛从哪里来？当然是从地球上来。作者进而发问：地球从哪里来？人又从哪里来？要到哪里去？苏格拉底式的发问，起于平常，追于无穷，问得人心惊胆战。

一个残酷的事实摆在人类面前，在46亿年前由宇宙大爆炸产生的星星碎片诞生了地球，在50亿年后又将还原成星星碎片。对此，悲者自悲，乐者自乐，胡恒芳看到的却是理性："地球就像人类一样，也有一个从孕育到成长，从中年到老年以至死亡的过程。"因此，人类应该规划控制自己的行为，把地球命运与人类命运联结起来呵护。因此，内伶仃岛既属于一座城市，也属于整个人类。

（三）

读此书还读到一个两地交争的秘闻，那就是内伶仃岛的归属。关于距蛇口约9公里，全岛面积4.84平方公里的内伶仃岛，深圳和珠海两市舌战了19年，2009年9月25日，广东省政府郑重批复：内伶仃岛归属深圳。

有了这座岛屿，深圳就有了新的时空坐标。顺着胡恒芳思想的柳叶刀，我们看到了文天祥的千古正气在薪火相传。深圳的松岗和岗厦两个地方的文氏后裔一直倡导文氏子弟"唱正气歌、读正气书、交正气友、踏正气路、做正气人"。

内伶仃岛还是一块英雄的土地。1950年4月18日，中华人民共和国成立半年多，深圳的前身——宝安县才全境解放，解放的标志就是这天发生在内伶仃岛上的战斗。1000多个国民党兵凭借27艘军舰和空中战机的支援，退守内伶仃岛。四野驻粤某团创造了用木制商船击沉两艘军舰的奇迹，歼敌100多名、俘敌100多名，我军16名官兵长眠此地。

内伶仃岛是一个神秘的"猕猴王国"，1200多只猕猴聚集在一个小岛上，世所罕见。猴子和人有啥差别？科学家动物基因组测序表明，猕猴和人类基因相似度达到 97.5%，人猴之间的差别不大，内伶仃岛住着我们的远亲。胡恒芳说，当工作少了热情、生活少了激情，应该上岛去；当目空一切，狂妄和傲慢充塞内心的时候，应该上岛去。人和猴之间的差别那么小，人和人之间的差别，那就更小了。对人对事，都应该两两执中，持平而论。如此，就活出一个真我。

（四）

正如时任海天出版社总编辑的毛世屏在本书开头所说，这本书看似在写一座小岛，而实际上是在描写小岛所影射的历史、环境、文化甚至人生。说得真好！我以为，内伶仃岛就是深圳的"海洋之心"，仁者乐山，智者乐水，深圳山水兼有，仁义礼智信，在开显深圳人的器识与襟怀中，走向城市气质的圆融。

雨果说："世界上最广阔的是大海，比大海更广阔的是天空，比天空更广阔的是人的心灵。"

读书读人读时代，读完之后，一字不见，只觉海阔天空，吉祥止止。

这本装帧清秀的书，由邵华泽题写书名、胡祎插图、海天出版社出版。顺带一句，胡祎是广州美院学生，胡恒芳之子。父子联袂，珠联璧合，很是畅快！

（一）

提起"面点王"，脑引擎在自动搜索之后，词库里蹦出的第一个词组必定是"都市人的大厨房"。

"大厨房"让人倍觉温馨，深感亲近。和大酒店比，它少了逼人的富贵；和大排档比，它多了充分的信赖；和单位大食堂比，它具有珍贵的开放和包容。

这些朝阳般的品质，又因为深圳电台飞扬971的王牌节目《快乐反斗星》，而让都市人在忙碌一天之后形成的"沮丧曲线"反转成为"微笑曲线"。节目主持人——大魏和粉粉共同组成的"都市人的精神厨房"出品的"快乐晚餐"，经过时光的水洗和打磨之后，很多成为让人津津乐道的段子：

——我在肚皮上面放些冰，食物在我肚子里就不会坏了。

——迪士尼有什么牛的呢？我们家门口的桂林米粉店都有连锁店，三十几家咧，它才十一家。

——现在我们两个心里想的也是不一样的，你肯定在想要是粉粉是张曼玉就好了。我的心里在怪：为什么大魏哥哥不是李嘉诚咧？

——人长本事了，不就是为了把更好的食物放进肚子吗？

哈哈！虽然不全对，但有一定道理。有人以为只有珍稀食材才能做出美味佳肴，其实不一定，喜欢才是最好的。我喜欢面点王的桂圆粥、酱骨架和银丝煎饼。你有你的黄金搭配，他有他的最佳组合，各美其美，想得美吃得美。虽说众口难调，走进面点王的人，却都有一个共同点，就是喜欢这里的家常味，中意这里的菜根香。

（二）

钱锺书曾经说过："假如你吃了个鸡蛋，觉得不错，何必要认识那下蛋的母鸡呢？"这是名人自谦，更是在巧妙拦截骚扰。我觉得，在网红不断的环境下，只记住名人是野蛮的。在实现中国梦的时候，忘记大众是不道德的。在食品安全能追溯到田间地头、能追溯到种子和生产者模样的时候，漠视劳动者是不可理喻的。

关于面点王，每个人都有自己独特的记忆。面点王董事长张和平对我说，在众多的记忆之中，他最希望社会记住那些默默无闻的一线员工。因此，深圳晚报策划推出了《寻找身边的美——讲述最美深圳人的故事》专栏，聚焦在深圳各行各业的普通劳动者，让读者一起参与发现身边的美，传扬最精彩的故事。

我们手头这本专集《群星荟》，就是公开发表在《深圳晚报》上的面点王员工的故事。这些面点王的普通员工，来自祖国的大江南北、四面八方，他们中间有浪漫主义者，也有现实主义者。有豪放的男生，也有文静的女生。有年轻人，也有年长者。有的是兄弟姐妹，有的是父子母女。他们本来过的是另外一种生活，但是，自从来到面点王，他们的视野因此而开阔，他们的命运因之而改变。

深圳晚报的编辑记者采集他们点点滴滴的故事，找寻他们的存在感，确认他们的获得感，把笔力聚集到一个个生动的人，通过他们的日常生活，呈现出心灵的轨迹。

在社会上，他们是小人物。在家庭和单位，他们都是大人物。这种感动让人似曾相识，我们都是大历史容易忽略的"小细节"。然而，面点王公司和《深圳晚报》这样的表现方式，让人很容易走进历史大戏里，贴近群众演员的内心，具有极强的代入感。通过他们，我们在讲述一个大故事，一个行进中的中国的精彩故事。我们希望这些能量满满的故事能抵达人们的内心深处，将内心的垃圾冲走，让阳光的香味长驻心间。

（三）

一个民族不能没有深远的记忆，一个单位不能患上健忘症。

时值面点王成立 20 周年，这本书就是为群体塑像，为员工立传。同时，它的意义更在于丰富了工匠精神的内涵。工匠精神是一种敬业精神、执着精神。我们在提倡工匠精神的时候，往往是注重了"精神"而忽视了"工匠"。

这本书里记载的都是具有工匠精神的员工，他们不仅仅把工作当成赚钱糊口的工具，更对职业敬畏、对工作执着、对产品负责，极度注重细节，不断追求完美，给客户极致的体验。

面点王董事长张和平曾经说过，一个人的成长，除了金钱，更多的还有环境和感情的交流。在现实社会中，一个人跟谁在一起很重要。与积极向上的人在一起，你不会消沉。与勤劳付出的人在一起，你不会懒惰。与智者同行你会不同凡响，与高人在一起你一定能登上巅峰。

智者在民间，高手在民间，工匠在民间。我希望，这本书之后，只要再提起"面点王"，人们的关键词库应该有所刷新，在"都市人的大厨房"这个词组后，应该是"大厨房里是家常味，也满是工匠精神"。因为，一丝不苟、精益求精永不过时。

善行深圳楚楚动人

（一）

孟子说性本善，荀子讲性本恶，扬雄认为人性善恶混合，告子觉得人性善恶皆无，我则趋向于人之初性混沌。

何为"混沌"？掉一下书袋。庄周老先生曾经给我们讲过一个故事：

南海之帝为儵，北海之帝为忽，中央之帝为混沌。儵与忽时相与遇于混沌之地，混沌待之甚善。儵与忽谋报混沌之德，曰："人皆有七窍以视听食息，此独无有，尝试凿之。"日凿一窍，七日而混沌死。

这个故事思想深邃、内涵丰富，一千个人有一千种解读。我断章破句，只取鸿蒙未开、模糊一团之意而用之。

我以为，人之初，不能说性善性恶，也不能说无善无恶，善恶之有无全存在于人这个本体，人具有无限的可能性。譬如种子，有可能长成参天大树（佳木），也有可能长成歪脖子树（恶木），更有可能不发芽（无木）。种子就是大树的"混沌"状态，类比人之初则是善恶的"混沌"状态。"日凿一窍"的时间概念很有玄机，且不说洞中方七日，世上已千年的天上人间时空的极致代换，只就神仙一日抵凡人十年来换算，从孩提时代到老之将至，我们凿开了眼耳鼻舌七窍，日凿一窍，七日而为七十年，也就是我们平凡人长长的一生。

人生在世，所有的东西要尽一生的时间来开悟，所谓的圣人能做到小节不拘、大德不亏就很不错了。通常的情况是，我们凡人是既成就了

252

善念，也累积了恶意，很不纯粹，很是混沌。

我以为，这个世界上最不易说明白的有两件事，一是天意自古高难问，二是人性从来道不明。我们好追根溯源，现实遇见的问题，经常从来路上找原因进而求解答。成年人之善恶，古代从人之初找根由。现在科技发达，人们的眼光瞄准基因层面，看看 DNA 里是否藏有善恶的根苗，看显性和隐性的层面是否有善恶的表达。此行此举，以伦理的角度来审视，让人疑惑不已，或许人之初性之善恶这个问题本身就提错了。

（二）

那么，我们能否从拷问前世的视角，调转到现世的层面？我以为这样不是天注定，而是人人可为的方式，才是极富吸引力的真题。

毛泽东主席说过："一个人做点好事并不难，难的是一辈子做好事，不做坏事。"行善做好事偶一为之虽然有意义但意义不大，因为稀松平常，我们需要的是恒常。

坚持行善不辍，就能让人超凡入圣。一个一团和气，通体柔善，全身闪耀着善意光辉的人让人景仰。此理古今如一。

往远点说，江苏人葛繁，宋哲宗元祐三年任兵器监主簿，坚持每天做善事，后来官至镇江太守。有人请教他怎么才是做善事，葛繁指着椅子中间的踏脚板说，就像这个东西放得不正，就会绊倒人，我就把它放正，即是一善。"日行一善"的典故即出自其人。

（三）

善念能超越时空的阻隔，善意是人类共有的语言。深圳市委宣传部、市文明办于 2014 年在深圳发起"日行一善"系列活动。该活动是深圳市社会主义核心价值观养成培育计划的重要组成部分，是以一座城市的名义向全体市民发出的郑重倡议。活动推崇"勿以善小而不为"，倡导全体市民"知善""扬善""养善""行善"，弘扬尽责报国、爱岗敬业、诚实守信、友善待人等品行修养，从生活细节入手，将点滴善行演变成日常习惯，心存善念，日行一善，提升自我，臻于至善。

该活动开展以来，市民响应热烈，机构参与积极，媒体高度关注，效果出奇的好。

譬如，具有浓郁互联网＋特征的"善行深圳"是深圳市民踊跃参与的一项影响深远的公益徒步活动，该活动以互联网为平台，参与者每走一万步就可以兑换一元善款，由爱心企业支持，定向捐赠给指定公益项目。在42天的活动期内，累计善行距离超过70万公里，相当于绕地球近18圈，共为7个公益项目筹款100余万元。

这样的活动在深圳此伏彼起。譬如，为地贫儿筹款的"爱心红桌布"活动就极具创意。市民在品尝美食之余，就能随手做公益，全城吃货用一饭一蔬汇聚人间大爱，助力地贫儿生命续航。该活动启动近一个月来，包括深圳著名企业面点王在内的145家爱心商家参与，爱心市民参与达3万多人，累计消费爱心餐7339桌，共为地贫儿筹集善款近百万元。

（四）

日行一善，是一种善行，亦是一种修行。经过广大热心市民和网友的推荐，最具深圳特质的"日行一善"——12种深圳人热爱与奉行的善行生活方式选出，它包括每天步行一万步，每天阅读一小时，日捐一元、随手公益，有时间做义工，回家吃饭、多陪家人，坚持垃圾分类、旧衣物随手捐，阳光朋友圈、转发正能量，尝试新方法、想到就行动，周末走绿道、亲近大自然，守时守信讲规则，开车礼让行人、自觉拉链式通行，邻里相见微笑问好等。

此次活动中，十二位充满阳光、正能量的当红明星代言十二种"最深圳"的善行生活方式，它让人们感觉到行善不仅是一种生活方式，更是深圳人一种感恩生命的方式。

一座城市的善意要不断靠市民个体来释放。对于非深圳人而言，一个充满善意的眼神，一句温暖的问候，都能让人从中体会到美丽人性绽放之后的灼灼其华，正是这些看似不起眼的善行，让整个社会之善得以沛然增益，也让深圳成为陌生人眼中的"天使之城"。

一座城，是否值得终老，是否愿意亲近，不在于它楼有多高，而在于它善意深深。

世界风景千千万，世上之人万万千，我以为，慈行善举最是楚楚动人。

应该培养名检察官

（一）

毫无疑问，每一个案件都是一个故事。

与普罗大众不同的是，对于这些故事，检察官不是看客而是"职客"，他在代表国家行使检察权，是在匡扶正义惩恶扬善，将失范的行为重新拉回正轨。

过去，这许多的故事都成为卷宗，尘封在档案室里，沉默为往事而渐次消失在时光的尽头。

如今，深圳市检察院和深圳晚报合作，开办深圳《检察·观》栏目，回放案件全貌，让办案检察官以"手记"的形式夹叙夹议，灵动又深刻，字里行间少了古板多了亲切，很有看头，极具转发价值。

（二）

如果仔细品味深圳《检察·观》，就能体会出深深的况味。

深圳《检察·观》的"观"首先是"三观"：世界观、价值观、人生观。极端而言，每个案件都不是好事。案件的主体都是人，其被检被诉，根本原因在于"毁三观"。深圳《检察·观》的意义就是把扭曲的矫正过来，把正能量传扬开去，让世界恢复本来的秩序。

深圳《检察·观》的"观"还是大众观点。随着司法的逐渐公开透明，起诉书会受到高度关注。每个人都会站在道德的高地，对"被侮辱与被损害"的一方直言仗义三分钟，很有可能文书上一点歧义就被过度解读，炒作成一个事件。面对检察官在职责权限内对办案质量终身负责制度的实施，检察官的法眼要经得起"大众点评"。

深圳《检察·观》的"观"最终要落实为"检察官的三观"：事业观、法治观、良心观。深圳正在开展的检察体制改革，是观念的大改革，思想的大解放，生产力的大促进。这场改革需要所有检察人重新定位，需要换个姿势再出发。这是一场"核爆"，流波所及，影响社会。

（三）

有一种新的社会现象颇为有趣：有些不带"官"字的人，官气很重，恕不举例；有些带"官"字的人，要和官脱钩，例如法官、检察官。

检察官去行政化后剩下什么？专业。办案是专业的事，专业的事要专业的人干，专业的人要干专业的事。

那么，一个新的问题就摆在每个职业化的检察官面前：如何做个名检察官？

在检察官是"官"的过去，这个问题是个伪命题。作为"公仆"，要名要利干什么？因此，有名编辑名记者名律师而没有名公仆名检察官。改革之后，这个问题就成了真题。套一个句式：不做名检察官的检察官不是好检察官。名检察官是职业的高度，代表着司法公正，捍卫的是社会良心。

深圳《检察·观》这个栏目是试水，每一期中，检察官都走上前台，并配有"检察官"的照片和简介。人们既能看到个人的风采，更能感受到超越职业的人文情怀。

这是一种推崇。

人们推崇诗歌，就会诞生一批著名诗人；人们推崇经济，就会诞生一批著名企业家；人们推崇良善，就会诞生一批著名的慈善家……人们推崇法治，就会诞生一批著名的检察官。

我以为，这应该是深圳检察官书写的最精彩的故事，是我们这个时代宏大叙事的题中应有之义。

『水体』与『文体』

（一）

您手捧的这本小册子，是深圳水务"水之韵、河之长"诗词大赛获奖作品集。

如果仔细看看，您就会在清词丽句之间，解析出深圳人如水的情怀，真的很有味道。

（二）

江河湖海向来就是歌之咏之的对象，是诗词歌赋不竭的源泉。中华文明是典型的大河文明，水在其中占有独特的地位。

"关关雎鸠，在河之洲"让人心底涌起无限的温柔。

"所谓伊人，在水一方"让人对世间的美好充满向往。

"谁谓河广？一苇杭之"让人感受到融贯古今的豪迈。

在《诗经》的掌纹里，水，纵横交错，诗意盎然。

深圳是一座水城。310条河流润泽着城市的精气神，更有南海千里烟波，也有珠江万里雄风，壮阔着深圳人的胸怀。

然而，毋庸讳言，伴随着城市的发展，水污染成为深圳一大痛点。近年来，深圳水务部门守水有责、守水负责、守水尽责，励精图治，治水已见成效。

（三）

　　《水韵深圳》诗词集就是深圳市民对治水的礼赞，更寄寓了人们对持续改善深圳水环境的殷殷期望。

　　我一直固执地认为，"水体"与"文体"有着一一对应的关系。

　　水体清澈，宜于诗词；水体泱泱，适合歌赋；水体恶臭，适用评论；水体老是恶臭，就是志怪小说；水体由恶臭转为清澈，则是大型报告文学。风生水面，自然成文。

　　悦读这本诗词集，您分明能够感受到市民在用诗意来标注鹏城之水，水越清澈，市民的感情越炽烈。同样，水也用文化的刻度在衡量诗词，诗词的水平越高，鹏城之水流淌得越欢。

　　市民与河流互动，水体与文体互适。深圳人在轰轰烈烈地写一篇大文章，它是当代"水经注"，既严谨细密，又文采飞扬。

上天派我们照顾对方

（一）

公元 2015 年的深圳经济特区，壮龄 35 岁。

处在而立走向不惑的关键时段，鹏城的一群志同道合者启动了"养老创新系列丛书"这样一个拓荒式的文化工程，《百孝故事》则是这套丛书的第一本。

世人眼里的深圳，一直以"年轻"著称。年轻的人年轻的城，青春在血管里咆哮，激情像火一样燃烧。南海之滨惊涛拍岸卷雪千堆，这里的石破天惊曾经搅动了百废待兴的共和国，让人思想大解放，更让人口大迁徙，中国历史上最大的移民潮由此生发。

人口学意义上的深圳，最显著的特色是移民。30 多年来，一个市域的土地上聚集了超过两千万的人口，其密度之大，全国第一。

（二）

古今中外，移民的原因大要有二：一是为乱世所迫，一是为朝廷驱使。

发生在我们眼前的这次移民潮则迥异于过往，摩肩接踵的人们是为美好生活所吸引，是因改变命运而位移。因此，它少了背井离乡的悲苦，多了追逐梦想的欣喜。这种豁达，在《黄氏认亲诗》中能隐隐约约找到相似性："骏马登程往异方，任寻胜地立纲常。年深外境犹吾境，日久他乡即故乡。"

所不同的是，古代移民需要年深日久才能在一个地方找到认同感，而在现代快节奏的情景模式下，"来了就是深圳人"更体现了新老移民的相互包容和广泛接纳。

在移民潮视域下，人们最先关注的是留守儿童，其实，问题还有另一极，就是留守老人。

年轻深圳"老"问题的第一个显著特色是距离感，在原乡和新乡之间，深圳的孝道是寒来暑往的双飞客，是来来往往的痴儿女。年轻深圳"老"问题的第二个显著特色是经济特区首批创业者离开了工作一线，他们在接受全城致敬的同时，开始颐养天年。年轻深圳"老"问题的第三个显著特色是孝行的国际化，当深圳从中国移民城向世界移民城转型的时候，中华孝义由此具有了国际化视野。

时光飞逝如闪电，既无长绳系白日，又无大药驻朱颜，上一辈渐行渐老。人之初时，上一辈人是我们的守护神。中间阶段，我们成年、上一辈及壮，大家都为事业奔忙，多年父子成兄弟，多年母女是姐妹，相互可以放手但不放心，多的是份牵挂。后来，他们老了，我们成为上一辈的守护天使。行孝要及时，千万不能等。如此一想，我们都是上天派来照顾对方的，天地因此一念而顿时温柔起来。

（三）

深圳晚报在接手采写《百孝故事》后，出动人员之多，用情之至，感动之深，实属罕见。

"百善孝为先，原心不原迹，原迹寒门无孝子；万恶淫为首，论迹不论心，论心世上无完人。"善以心论，恶以行断。作为一份良善的报纸，《深圳晚报》致力于让老人话题越来越多地进入深圳人的主流话语体系，让爱心深圳成为孝心之城，我们秉承一个不变的理念：善待老人，就是善待我们的明天。我们表达善意，我们坐言起行。

在此，请35岁的深圳做证：我心良善！在此，谨以一份报纸的喉舌传扬：吾城至孝！

一纸风物

YIZHIFENGWU

五味子是味药

（一）

五味子是味药。药典上说，有敛肺止咳、滋补涩精、止泻止汗之效。不仅如此，它的叶和果实可提取芳香油。茎皮纤维柔韧，可供生产绳索。

五味子分南北。北五味子主产于黑龙江、吉林、辽宁等地，南五味子分布在陕西、湖北、山西等地，二者药用类似，但也有别。

五味子是个人。他是中国散文学会会员、广东省作协会员、深圳市杂文学会副会长、罗湖区作协副主席。五味子是赵倚平的笔名，赵倚平祖籍陕西蓝田，就是"蓝田日暖玉生烟"的那个地方。如果按分类来划分，赵倚平属南五味子。

五味子出了本书《五味字》。该书内容驳杂，天文地理，历史事件，社会人生，五味杂陈。书中作文，命题的不多，应景的没有，有感而发，五味俱全。最主要的是，作者一直以笔名"五味子"发表作品。五味子写的东西，就是五味字。

（二）

赵倚平移居深圳，南五味子到了南方以南，人生地不熟，满眼所见，自是不同，用杜甫的爷爷杜审言的话说："独有宦游人，偏惊物候新。"

岭南风物和秦时明月汉时关的西安相比，四季省略为两季：热季和凉季。尤其落叶，落时不与老家同。深圳的树叶比北方的寿命几乎长了一倍，只有当春天来的时候，树叶才走完它的生命周期，真正如刘禹锡所说，芳林新叶催陈叶。深圳春天正是北方秋日才有的景象。大唐时候，贾岛云："秋风生渭水，落叶满长安。"写此文时，正是深圳落叶正浓的时节，于是篡改贾岛诗句表达此时意象："春风吹深圳，落叶满鹏城。"

赵倚平的问题是，我们究竟以什么来划分季节？是从书上的节气，还是从自身的感受？"这如同理论与实际的差距一样让人困惑。"

这种理论与现实的不一，多次出现在他的笔下。

深圳冬天的冷，虽然只有 5 摄氏度，但绝对是零上，却感觉绝对比北方零下还冷。北方的冷是冷表皮，深圳的冷是冷骨头。

深圳地名多山多河多岭多岗，有林有湖有村有田，从名称上来看，一定不繁华。可是，40 多年的高速进化，变得有名无实，理论与现实脱节得厉害。

<h2 style="text-align:center">（三）</h2>

以华强北为题材的作者，多于华强北的老板。写华强北的文字数量，不亚于柜台里的元器件。获利于华强北的人，多于这里输出的产品。

赵倚平笔下的华强北，意义不一般。我觉得他抓住的三个节点，是华强北至今未变异的基因。一是 1988 年，赛格电子配套市场成立，这是华强北的原点，之后发生在这里的所有传奇，都源于此。二是 1994 年，深圳第一家大型综合超市万佳百货诞生于华强北，这是从工业园区向商业街区转变的标志性事件。三是不知是何年何月，时尚开始在这里往下扎根，往上散叶。这里的电子是时尚电子，这里的服装是时装，这里的餐饮是创新菜品。

电子和时尚，是华强北不变的脚步，一直走在潮流的前头。

（四）

赵倚平的文字里，吃占了相当篇幅。相当的篇幅中，西安小吃又占了大头。

油泼扯面、臊子面、羊肉泡馍、酸汤水饺、腊汁肉夹馍、灌汤包子、凉皮，数不胜数。最奇葩的是"𰻝𰻝（biángbiáng）面"，我认为，这根本不是字，是画。赵倚平的感悟非常独特，他说：这样的一个字，要是单从文字的发展规律来看，应该是早被淘汰了的，但它却因为依附于一种极负盛名的美食，虽然字典里都不曾记载，它却在民间长久地留存，真是其幸也哉。

我一直有个中国梦，就是如果有地方，我想办一个锦绣中华小吃城，全国所有的小吃，三个月轮一遍，让大家吃得不亦乐乎，从此不思乡。如果还有地方，就办个世界食窗，"您给我一天时间，我请您吃遍世界"。一个移民城市，一个国际化都市，连全国和全世界的色香味都没有，真丢人。

（五）

赵倚平的"五味"里面，有一味是历史。

他总是认为，在武昌，应该有一座巍峨高耸的"文学社"纪念碑。

文学社，是一个与文学没有任何关系，只关乎革命的军人团体。它诞生于湖北新军，是辛亥革命的发动者，清王朝丧钟的敲响者，共和新天的开辟者。

历史记载，武昌起义胜利后的两个月内，湖南、广东等十五个省纷纷宣布独立。1912 年 1 月 1 日，中华民国临时政府在南京成立，孙中山被推举为临时大总统。1912 年 2 月 12 日，清帝溥仪退位，清朝灭亡。这一切，皆源于文学社。

立碑的时间窗口过去渐次开启，又依次关闭。文学社，功成身退，成为一个被历史和世人忽略的名字。

其实，后人也不完全是没有动作。武昌有一条东西方向的马路，叫作彭刘杨路。这条路就是为纪念在武昌起义中献出宝贵生命的文学社成员彭楚藩、刘复基、杨洪胜三位烈士而命名的。在武昌首义 80 周年之际，武昌区政府还树起了彭刘杨三位烈士的塑像。

以个体表现群体，也是记忆的一种方式。

（六）

作为"码字"之人，赵倚平和西安文化界有各种关系，或亲眼见证，或口口相传，录得许多趣闻逸事，颇有《世说新语》的味道。

高建群当年在延安日报社当记者。一次报社把应当分给他的房子分给了别人。他领着一帮学生娃砸开那套新房的门锁，搬进去了。报社领导找他谈话：老高，这套房子应该分给你，但你要做个检讨。高说：那行。开会那天，轮到高建群做检讨。他说：检讨前我先给大家朗诵一首诗。大家说好。于是便抑扬顿挫地朗读起杜甫的《茅屋为秋风所破歌》。念毕，他说：我的检讨完了。

作家与美女同行，天渐黑而四野无人，作家给美女壮胆："虽然月黑风高，但你别怕，有我在你跟前呢！"美女颤抖着说："我现在最怕的就是你。"

作家商子雍出语诙谐。一年访美归来，写了一篇观感，结尾是："狗日的美国，就是美！"有人问：商老师，你这是骂美国呢还是赞美美国呢？商答：美国是资本主义的头子，骂它是站稳立场；但骂完之后，还得实事求是。

现在中美贸易摩擦加剧，美国"长臂管辖"霸凌世界，尽显肆无忌惮的强权逻辑。看了商子雍的这个段子，我想，如果美国人访中归来，要写一篇观感，结尾可能是："狗日的中国，就是中！"哈哈！

（七）

《五味字》里，幽默的地方很多。

赵倚平招蚊子，一生苦蚊久矣，被蚊子咬出了很多心得：凭什么蚊子就特别爱叮我？三人行，必是我受咬。五人坐，我身上包最多。他认为，广东的蚊子和陕西高调的蚊子风格迥异。广东蚊子"默默无蚊"，和广东人一样，一声不吭，只埋头搞钱。

赵倚平的头发不茂密，年深日久，头顶撂荒。一日兴起，剃成光头。经过太阳晒和冷风吹，他突然弄懂了"秃子护顶"这个说法。于是感慨不已：几十年没搞懂的问题，剃个光头就迎刃而解。当他开始接受并准备享受光头的时候，妻女坚决反对，无奈，他的头顶又回到稀稀拉拉的旧貌。

赵倚平的毛笔字写得非常好，尤其是小楷，点画清雅，一笔一画，极具风姿。著名作家方英文曾经调侃他："你们赵家当皇帝，中不溜；但写字作画，却个个一流。可为什么鲁迅，让一个反派人物姓赵呢？"

赵倚平很认真地考证发现，给鲁迅父亲医病的郎中不姓赵，买他祖宅的人姓朱不姓赵。他得出结论：鲁迅写《狂人日记》《阿Q正传》是从《百家姓》中信手将排在第一的赵姓给了反派人物。如果不信，假洋鬼子是谁？是钱太爷的大儿子。《百家姓》中排第二姓的钱姓，也给了反派人物。

因此，他坦然地告诉大家："鲁迅和赵家无仇。"

（八）

深圳是移民城市，过年回家、回家过年，是一而二、二而一的事。

每个深圳人都有这种感觉：假期总是太短，老家还没待够，家人就说"又要走了"。老家是"回"，深圳是"走"，就是远离的意思。

改变总在不经意间。有次，赵倚平发现，自己的话语中"去"深圳，变成了"回"深圳。亲友也自然而然地把过去"什么时候走"改为了"什么时候回"。这种变化让人倏然而惊——深圳成了我们一个不是要"去"而是一个要"回"的地方。

当第一代移民含饴弄孙，第二代移民成为精英，就没有第三代移民了，其后有的，都是土生土长的深圳人。只有第一代，最多一代半，故乡和深圳，都是我们的家。

赵倚平有一种感受让人心情沉重。他写道：

记得母亲病重的时候，一天躺在床上跺着脚对我说："娃呀，这可咋办呢啊！"

无力回天，无言以对。母亲绝望中求生的呼喊让人五内俱焚，肝肠寸断。

子曰："父母之年，不可不知也。一则以喜，一则以惧。"

这不是乡愁，这是哀愁。

现代人不风骚

（一）

在电梯里遇见一个来报社办事的女士，她看我手里拿着许永贤的《时间的朗读》，就问："是什么书？"

我说："是诗集。"

她感叹地说："已经好久没有看诗了。"

我说："现代人不看诗，但是诗情还是有的，都在内心放着，现代人是闷骚。"

她"扑哧"一笑，不同意："现代人心里不静，骚不起来。"

她这一笑，我心里一跳。是啊，这个时代的风骚都去哪儿了？

（二）

一个时代有一个时代的文本风流，顺流而下，你能看到诗经、楚辞、汉赋、唐诗、宋词、元曲、明清小说、民国白话文、新中国报告文学，还有时下的碎片阅读。中华先民，物质不富足，内心很充盈，一路歌诗不绝，舞之蹈之，行吟到了顶峰，成为不可逾越的高度。明清以降，稍逊风骚，白话诗肇始是近代的一个高峰，恢复高考之初又是一个全民歌咏不绝的年代。

那个年代，我们刚上大学，适逢风气初开，国门将启欲闭，对外欲拒还迎，此时的国民，心地纯净一如初民。复旦诗社是全国高校四大闻名诗社之一，成立的那一年我刚进复旦新闻系，不小心混进了诗社，跟着瞎起哄了一段时间，也没写出什么像样的诗来，成为一名现在只有自己知道这段经历的复旦诗社前社员。我们班诗写得最好的是肖晓冬同学，毕业之后分配在四川日报，可惜英年早逝，成为我们全班的痛。

虽然我是复旦诗社的失踪者，但是那段时光依旧让人兴奋。那个年代，看到竖排成行的文字就兴奋，一个全民喜欢诗歌的年代，是浪漫的年代。一个不喜欢诗歌的年代，是功利的年代。当今之世，风骚全失，缪斯被抛弃，诗情不似旧。这个时代最流行的文本，不是人民币就是外币。玉体被放逐，只留下了玉，物质让人们对诗歌倒了胃口，既写不出来，也读不下去。

所以，当深圳海关许永贤将诗集《时间的朗读》赠予我时，我竟有莫名的感动。我接触许永贤很早，在跑口岸单位写新闻报道的时候，他就在关里负责和各新闻单位打交道。当时只知道许永贤对新闻的感觉很好，也大略知道他喜欢文学。后来我不跑海关线，但和许永贤的联系没断。直到仔细读完《时间的朗读》，诗人许永贤的新形象才具体起来。

（三）

《时间的朗读》是他的个人诗集，全书分为"纯粹""乡村与田野""银河系的玫瑰"三部分，洋洋洒洒 166 首诗，隽永灵动，读后让人如饮佳酿，意绪微醺。

吟诵生活的美好或者不好，一直是诗歌不变的主题。"生活凶猛 / 那些貌似温柔的夜晚 / 充满了陷阱"，我们的经历无数次证明，陷阱不仅存在于夜晚，同样也存在于白昼。之所以夜晚貌似温柔，是因为夜色遮盖了很多差异，在夜晚的掩护下，欲望纷纷出笼，因此，"晚上 / 豹子出没在你的心间"，这是有阅历的诗行。许永贤对生活开掘很深。我们偶然来到这个世界，必然要面对诸多的不确定性。"父亲把我遗弃在拉斯维加斯 / 并没有征得我的同意。"是啊，人生有时候就是赌场，到处都是拉斯维加斯。如果不是，也是澳门。命运，是逃无可逃的。

当然有反抗。有人打你的右脸，连左脸也转过来由他打——这其实是反抗。如果别人想打你的脸，你在思考是给他左脸还是右脸，这也是反抗。被人狠狠地打了一耳光，打的是右脸但是左脸却很痛，一张嘴就痛，而且里面还很酸——心酸，这依旧是反抗。和这些被动型的反抗相比，许永贤有他的血性，以牙还牙："竹笋尖锐 / 世俗的诘问 / 用竹笋去回答。"如果竹笋回答不了，那就等着，竹箭会作答。

（四）

现代中国，乡村凋敝。许永贤的故乡雷州半岛如巨龙入海，一直在他的梦里，也萦绕到了他的诗里。他在《南方乡村某日》里写道，"我目睹了一棵树的死去 / 曾经的天鹅的天堂 / 曾经是童年高不可攀的梦想 / 顷刻间就这么枯萎"。枯萎的不止一棵树，"最后一滴晶莹的露珠 / 也在草尖消失 / 明亮的夜晚 / 已被霓虹灯污染 / 在遥远的山村 / 消失了最后一个童话"，还有童话里的姑娘，以及缠人的乡愁。"乡愁像初恋的女子 / 已经在乡村逝去 / 成为别人的新娘。"人在乡村行走，永远都不会走丢，只要你在乡间，遇见的都是乡亲。所以，猛然被城市里的灯光晃晕了眼，才知道回家的路已经没有了，"辉煌的霓虹灯啊 / 没有一盏等待着我的到来"，我们回不去了。

乡村是熟人社会，城市是陌生人社区。"两片陌生的叶子走在一起 / 在城市随处可见 / 一片叶子选择另外一片叶子 / 是一种偶然 / 城市是偶然形成的方块"，乡村和城市的不同在于，乡村里发生的事都是必然，城市里的故事都是偶然。由偶然构成的城市，孤独是必然。城市的孤独和乡村的孤独不同，乡村里，日出东海落西山，愁也一天，喜也一天。城市里，"常常孤独的人 / 会不自觉地举起右手 / 向另一只手致敬"，真是孤独到家了。

许永贤诗里有一种意象我很喜欢。他在《城市印象》说，"眼花缭乱的名车 / 像落叶一样驰过春天的树梢"。《我在墙角哭泣》里也重现了这个意境，"乌贼车像一片片落叶 / 飘荡在秋天的老街"。不管是春天还是秋天，在北回归线以南，春也落叶，秋也落叶。许诗暗合古意，古风荡荡。

（五）

在《时间的朗读》诗集里，许永贤如歌一样的诗句涤荡人心。

"不要停啊 / 不要停下你的歌声 / 尽管太阳就要西沉 / 即使黑夜就要来临。"

"这片曾经被雪藏的原野 / 因为种子的到来 / 因为春天的消息 / 将会被鲜花淹没。"

"又到了歌唱的季节 / 所有的人都变成了鸟儿 / 所有的鸟儿都停落在枝头 / 所有的枝头都开满鲜花 / 所有的鲜花都在歌唱。"

这些诗句充满诗情画意，很有旋律感，极易融化坚冰。"很多人进入我的眼睛 / 只有你 / 进入我的内心"，这一句，真动人。

现代人的心很不静，不能将思想持久关注在一个目标上，如果有阳光照进来，心里也没地方存留。

所以，现代人真的不风骚。

让诗意如鱼得水

读完王亚明先生如珠似玉的诗篇，心有所动。无奈"眼前有景道不得，崔颢题诗在上头"，他的老友王瑞来教授撰写的序文《诗由情生》，纵横捭阖，义理圆融，让人无处着墨。可见，好文章并不是什么都好，有时却是拦路虎，让人没法往下走，总之是一见心惊，再见气短，令人无比委顿。

（一）

少好李白老好杜，心思无由转沉郁。喜好如此，写诗更是如此。

王瑞来教授说，在 20 世纪 70 年代，他与王亚明同时学诗、写诗。遗憾的是进入大学之后，一头钻进故纸堆，人生大幅度转弯，成为一个诗人的梦想落空。

王瑞来教授描述的这种现象是常态，人生曲里拐弯，曾经以为天长地久的事，几经沉浮，意兴阑珊之后，常常忘了初心。尤其写诗填词，都是意气用事的行为，随着经历渐广，阅历见长，过去一个无意的眼神就能让人浮想联翩，现在一个有意的怒视都能视而不见。为何？皆因那层"油腻"包裹了触角，也因尘世俗务占据了内心。敏感退场，钝感张扬，真的没法子。

由此来看，王亚明先生的坚持就显得尤为可贵。

（二）

诗人词家，皆为情感丰富之人，观察细腻，总结新奇，表达到位。

写诗或者爱好诗词的好处，我以为，就是两个字："简洁"。

世界极其丰满，诗人要让它骨感。于是，去掉浮华，去掉水分，去掉庸常；抽取根本，抽取精华，抽取典型。这是第一重境界，类似读书，先把厚书读薄，把世态人情、自然风物淬炼成独一处和独一味，可以疗伤，可以佐酒，可以激扬青春，可以起衰振弱。

然，良药苦口，非诗家所为也。这就进入第二重境界，类似把书读厚。厚的，不是形式，而是内容的浓郁，厚重得化不开，以一当十、当千当万，如同浓缩的铀，是铀的爆发，是链式反应，有席卷天下、包举宇内、囊括四海之意，并吞八荒之心。

第三重境界，类似把书读活。诗人笔下流淌出来的性灵文字，让人有代入感，让人读后如对己言，共鸣、共振、共情。春江潮水连海平，海上明月共潮生。如此春江花月夜，干卿底事？再看看，就明白此夜和此人此事相关，江畔何人初见月？江月何年初照人？我们都是人类的一员，古时的江月，现时的远山，都如棋局，由我观之，与我相连。

"简洁"是诗的形式，也是诗的内容，更是诗意所在。简洁明快，不啰唆，有激情。往后余生，希望每个人都有自己诗意的人生。

（三）

换个角度看人生，人是线性地活着，我们的努力就是把线尽量拉长，但长度有限，无限的是这根线的高度、深度和温度。

很是佩服写诗的人，因为有情。人生自是有情痴，读王亚明先生的诗集，首先感受到他的有情有义。

他在《怀念妻子》中写道："晴空里写满你的名字／遥望中找不到白云的容颜。"以后诸多诗篇中，都有妻子的音容笑貌。

朋友是人生永远的陪伴，不离不弃。他在《致远方》中说道："真

情是面对你的苍老 / 也能感知英俊和美丽 / 怀念是看到你的名字 / 也能读出特有的诗意。"说得真好。

王亚明先生感情细腻。无锡三岁的小女童，在炎炎烈日下，为爱犬撑起自己的小伞，这样的善良，能让他专门写一首诗："现代牧童 / 在都市放牧阳光。"更有残酷的生活，让人感受到他的情义无价。《好人杨发》写的是他小时候的一个"疯子"邻居，因为情感问题受到打击，但他是一个好人，"不向人泼水和抛泥 / 也不恐吓妇女和孩子 / 常把别人给的食物 / 送给街上的人吃"。杨发面对骚扰，唯一的反抗是哭泣。想到北方的冬天很冷，王亚明说："杨发 / 该有一件新的棉衣。"儿时的记忆，不是儿时的眼眸，这是真的善良。

王亚明幽默，"回忆很慢 / 涨红了两张老脸"。一笑，原来是酒红。对于七夕，年轻和年老的感觉不一样。他说："我的房屋 / 离织女星真的太远 / 想着那条天河 / 也没忘整理家中的凌乱。"最后怎么样？"饥饿的胃肠 / 也欣赏不了他人的浪漫 / 桌上的那盘牛肉很香 / 我要去寻找 / 两瓣大蒜。"哈哈。天上人间，毫不违和。

一说到诗人，首先感受到的是激情犹在。然而，激情总是被当作铅华洗净。王亚明不是这样，生活给他的是洗礼，让他更加纯净。王亚明先生不是书呆子，终于，他在一首诗中说"人生，应该有一杯酒敬自己"，这是对自己的勇敢，是与生活的和解。

（四）

古罗马诗人尤维纳利斯说："愤怒出诗人。"其实，出诗人的方式很多，痛苦也出诗人，快乐也出诗人。在一个被互联网打捞的年代，古典的诗情诗意消失无踪，没有了山长水远的等待，也就没有了思念缭绕的基础。万物互联，一切在线，秒回秒决秒办，诗意被编程和压缩，找不到解码的方式。

可是，总有些东西能从互联网的网眼里逃逸，比如那一声吆喝："磨剪子来戗菜刀！"王亚明先生的感觉是：无论什么时间，都能喊出生活的味道，入耳的声音，温暖着小巷和清早。听着听着，自己老了。

记忆也能挣脱网眼的束缚，小时候的老房子，工作过的深圳红岭中路，以及此时的雨和远方的雨，都无关网络，自有诗意存焉。

死亡和大限，更能撕碎互联网。在《猎人之死》里，我们分明感觉到王亚明先生的血脉偾张："死了的猎人／也是猎人／地狱并不遥远／那里传出了／你的枪声。"这是超越，更是不屈。

王亚明先生在一首诗中说，一个概念，有数十款解释，于是，学者和专家，获取着安身立命的稻谷和钱币。"稻谷和钱币"的说法让我想起了苏轼在"乌台诗案"后在黄州写的第一首诗《初到黄州》：

> 自笑平生为口忙，老来事业转荒唐。
> 长江绕郭知鱼美，好竹连山觉笋香。
> 逐客不妨员外置，诗人例作水曹郎。
> 只惭无补丝毫事，尚费官家压酒囊。

坡仙一出手，就有了千古名句："长江绕郭知鱼美，好竹连山觉笋香。"但是，大家一般都会忽略"尚费官家压酒囊"。苏轼自注："检校官例折支，多得退酒袋。"压酒囊就是压酒滤糟的布袋。宋代官俸一部分用实物来抵数，叫折支。王亚明先生"稻谷和钱币"的表述，思接千古，和坡仙"压酒囊"何其相似。

说互联网时代没有诗意是不对的，我们只是暂时被互联网的大棒打晕了，等我们悠悠醒转就会发现，世界仍然具有诗意，我们还会需要诗人。

最奢侈的是态度

（一）

读完王迩淞先生阳春白雪般的《奢侈态度》，立马觉得我这个下里巴人也沾染了一身富贵气。这本书让我在想一个问题：什么是奢侈品？

虽然我一思考，王迩淞就发笑，但顾及不了那么多，在奢侈品越来越多地被人提及和拥有的当下，如果连什么是奢侈品都没有弄明白，那只说明一个问题：糊涂。不想糊涂的人，看看周围乃至很有爆点的新闻，就会发现，高调使用奢侈品的人，不是土豪就是装土豪。王迩淞说：真要玩儿奢侈，首先自己品位要够。他又说，奢侈之事，起于贵族，西方如此，东方亦然。他还说，奢侈品的核心无非两大要素——高质和高价。我续貂一句，应该是三高——高质高价高品位。综合来讲，如果刚刚洗脚上田不久，千万不要靠奢侈品来掩盖身上的泥土味。在三代以前家里连地主都不是，只有一本血泪账的情况下，可别梗着脖子装贵族。不然，画虎不成反类犬，是很二货的事。

（二）

奢侈是啥？从字形上看，"奢"就是大家庭，如皇家如望族；"侈"指人多势众，即佣人成群、随从结队。将"奢侈"拆字来看，所谓"大者"，就是"人多"。以此观之，在中国，自古及今，有奢侈之事而无奢侈之物，起码无传承不息的奢侈品牌。从历史角度看，中国士大夫的名士风流与所谓的奢侈品位一直对不上眼。"唐宋八大家"中的王安石，"性不好华腴，自奉至俭，或衣垢不浣，面垢不洗"，虱子爬到胡须里。白居易这样的大诗人兼公务员，艰苦朴素到"经年不沐浴，尘垢满肌肤"。不讲生理卫生也就算了，他们还把这些下里巴人不如的事，津津有味地写在诗歌里到处传诵，实在是也不讲心理卫生。

魏晋之人，风度翩翩，"简约云澹，超然绝俗"，这一时期应该是最能出奢侈品的时代。富豪石崇与皇帝的舅舅王恺斗富，用铁如意将王恺的一棵枝柯扶疏、世罕其比的珊瑚树敲得粉碎，然后又让人拿六七棵顶级珍品的珊瑚树赔给王恺，结果，"恺惘然自失"。暴发户石崇每要客燕集，常令美人行酒。客饮酒不尽者，使黄门交斩美人。事至此，石崇在我心中从此就和奢侈绝缘，魏晋时代在我来看也从此和奢侈无关。

《史记》有载，有个搞畜牧业的乌氏倮和一个开矿的寡妇清，很受千古一帝秦始皇的礼遇。秦始皇帝令倮比封君，以时与列臣朝请；秦皇帝以为贞妇而客之，为筑女怀清台。这两个人，一个是鄙人牧长，一个是穷乡寡妇，他们礼抗万乘，名显天下。细看，他们只是富翁富婆，与奢侈无关。即使号称我国商业始祖的陶朱、猗顿，他们名列历史财富榜只是以其富有和勤勉，而非因为他们制造了什么奢侈品，或者享用了什么奢侈品。所以，想在中国找到清晰的奢侈品历史脉络，是非常奢侈的事。

（三）

《奢侈态度》则眼光向外，从国人耳熟能详或者很少听闻的奢侈品牌落笔，给读者讲述最意想不到的"奢侈品内幕"，让人长知识长记性长见识。最让人感动的是，全书虽然句句不离奢侈品，却又在字里行间推崇奢华背后很多不为人知的辛苦与坚守，美人首饰侯王印，尽是沙中浪底来。

王迩淞的视角异于常人，如果说 A 面的奢华耀人眼目，那么他却关注 B 面的不易。一滴水能见太阳，一花一叶通晓大千。在距巴黎一个半小时车程的村庄里，住着一位 75 岁的乡下老太太，她为香奈尔高级定制礼服制作独一无二的编织带。你完全无法想象，这份沉静而浪漫的美，竟然出自一位因常年粗重劳动而指节变形、身材佝偻的乡下老妇之手。依旧是香奈尔，该公司所有的样鞋都诞生在一个矮矮胖胖、满头白发的个体户鞋匠之手。王迩淞感慨不已：堂堂大牌如香奈尔者，竟与个人小店长期合作。正是无数隐身于市井小店的普通工匠，构成了法国奢华工业的基石。针对"中国为何不能产生奢侈品牌"的问题，香奈尔的做法应该给人有所启发。

（四）

读王迩淞的这本书，你会发现烟火味中有奢侈。日常所接触的咖啡、巧克力、普洱茶，都有顶尖的奢侈品牌，哪怕是不起眼的酱油，也有奢侈品级别的。世界最大的酱油企业是日本的龟甲万，迄今有近 380 年的历史，龟甲万酱油的价格是中国国产普通酱油的 10 倍。不过，最贵的酱油并不是龟甲万，也并非产自日本，而是出自广东的普宁。这种烤鳗专用的普宁酱油，1 斤批发价就要 90 多元，贵过所有日本酱油。这种普宁酱油产量极少，耗时漫长，成本高昂，它不进入日用品市场销售，普通人根本就不知道有这种酱油存在，更是无从购买，这区区一款酱油，竟然比大牌奢侈品还低调神秘。

奢侈品是极少数人消费，绝大多数人仰望。正像奢侈品不可能人人都能拥有一样，"奢侈态度"也不是人人都具备的。在大多数人还是奢侈品盲的时代，亟须普及奢侈品知识。就个人而言，我觉得世上最昂贵的奢侈品是人。我们每个人都是手握单程车票的旅客，遇见的人，经过的事都值得珍惜，人不能两次踏入同一条河流，所以要惜福。奢侈品再珍贵，也还有一定的批量，不是唯一。唯有慈母手中线，游子身上衣，一个人消费，一个人仰望，一个人定制，这才是极奢。

（五）

《奢侈态度》中有一篇文字是关于王迩淞眼镜的传奇。他有近 30 年的"镜龄"，可是，无论戴哪种眼镜，总有一边耳朵不舒服，眼镜总是会歪掉。就这样，耳朵不舒服了快 30 年，眼镜也歪了快 30 年，后来是在一家法国手工定制镜架的商店里，才找到了原因。原来，他的眼镜戴着不舒服，是因为他的耳位比常人高。一般人耳根的最高处通常不超过眼睛，但他的却明显高于眼睛，这使得眼镜向下倾斜，不能保持水平。同时，他的耳位不仅高，而且两边的高度不一样。还有，他的两耳与两眼之间的距离也不相同。好了，这下舒服了！原来，眼镜真正舒服，就是它像长在你脸上一样，让你几乎感觉不到它的存在。

他的这段文字，让我想起 30 多年前的往事。我们是大学同班同学，王迩淞经常对我说："我看你眼睛凹进去，肯定非我族类。"每次他这样说，我都无法反击。现在好了，看了他的自我描述，我立马有了两个自卫反击词。一个是下里巴人级别的"脑袋长坏了"，一个是奢侈品级别的"天生异相"。当年，我们班有 70 个同学，这样的大班很是奢侈——所谓大者，就是人多嘛。明年是我们毕业 30 周年，散落在全国和世界各地的同学，都要返回上海相聚。届时，我将把这两个词打包作为见面礼送给王迩淞先生。

打的不是球

一

（一）

高尔夫球是个舶来品，问世将近 600 年，进入中国不过百年，一球风行则是近 20 年的事。传入的早期带有奶香味，时至今日五味杂陈，可以贴上的标签一大堆，但以负面居多，包括"占用耕地""污染环境""畸形高消费""腐败温床"等。公务员在公众场合绝对不会说自己和高尔夫有关系，民营企业家则相反，可以在任何时间任何地点津津有味地谈论，它由苏格兰人发明，让中国人"发疯"，高球在国人眼里基本没球样。

袁昆是"企业界里的文化人，艺术圈里的生意人，地产圈里球打得不错的，高球圈里文字较为出色的"。这点和王石很相像，袁昆谈高尔夫，就像王石谈登山，实际上是在谈人生。王石给袁昆的书序是《我不喜欢高尔夫》，不喜欢还能提笔写序，就像"我不同意你的观点，但我誓死捍卫你说话的权利"，王石不喜欢高尔夫，但他尊重袁昆喜欢高尔夫的自由，这是王石的可爱之处。

另一位给袁昆作序的人是原国家建设部部长林汉雄，80 多岁的老人不像在位的领导说话左顾右盼，他丝毫不掩饰自己对高球的喜爱：打一杆，烦恼少一点；再打一杆，烦恼又减少一点；有条件的，把身体锻炼好，好好活着；没有条件的，同样要把身体锻炼好，更要好好活着。"好好活着，这是我从小的立志；锻炼身体，这是我现在的信念。"喜欢就表达，爱要说出来，这是林汉雄的可爱之处。

一个是率性的企业家，一个是帅气的老年人，说话接地气，做事不弯弯绕，没有让人讨厌的做作和官腔，都是有趣味的人，都是纯粹的人。

（二）

一个标准高尔夫球场一般有 18 个洞。一场球下来，前 9 洞再后 9 洞，人生亦如斯。袁昆说，人生走完 9 洞，在转场的时候，写了这部书。

如果点赞袁昆的文字相当有趣，语言满是机锋，熟悉他的人可能不满意，因为这是大家公认的。他本来就是个诗人，激情满怀，感觉敏锐，观察细腻，诗人该有的优点他都有，诗人没有的长处他也有，因为他打球，打完后还像哲学家一样盯着一个洞一个洞低头品味，也像哲学家一样仰望星空，琢磨"天空没有圆圆的痕迹，但球儿已经飞过"的道理。

袁昆的这本书是我国第一本高尔夫人文书，读完后让人明白，人生是一场修行，球场就是道场。只有不停地挥杆，才能敲响晨钟暮鼓，才能听到大海潮音，才能在满世的喧嚣里找到心灵长驻的绿岛。

袁昆对高球有个著名的"三段论"：孔子好学期—韩非子好战期—庄子逍遥期。继而，他又以烟为喻，列出类似的高球"三段论"：纸烟期—雪茄期—烟斗期。顺着他的思路，还可以直接套用王国维的"治学三境界"为"治球三境界"："昨夜西风凋碧树，独上高楼，望尽天涯路"—"衣带渐宽终不悔，为伊消得人憔悴"—"众里寻他千百度，蓦然回首，那人却在灯火阑珊处"。也可以将参禅的"三重境界"应用到高尔夫上感受"禅球一味"：看山是山，看水是水—看山不是山，看水不是水—看山还是山，看水还是水。这样的组合和命名是个开放性的话题，可以不断地进行下去。

"道生一，一生二，二生三，三生万物。"万物之中必有人生，打球如此，做事一样，做人皆然。事业焦虑，打球去！情感折磨，打球去！人生挣扎，打球去！何以解忧，唯有打球。他通过打球感悟到：在快的时代，学会慢；在赢的时代，接受输！球打到这个份上，是开悟。

（三）

袁昆是个铁杆高尔夫球迷。当有人说高尔夫是个小众运动时，他急忙找来冯小刚的观点反击。冯小刚认为，高尔夫是一项少数人的运动，但是给多数人诱惑。一个年轻人路过一片绿草如茵的漂亮场地时，他就会告诉自己要努力，要成为一个成功的人，才有可能进入球场里打球，这是对很多年轻人的鞭策。

曾经，有一篇《我奋斗了18年才和你坐在一起喝咖啡》的文字引起众多人的共鸣，一个农家子弟经过18年的奋斗，才取得和大都会里同龄人平起平坐的权利。3年后，又一篇《我奋斗了18年，不是为了和你一起喝咖啡》的文章引人注目，一切言之过早，18年又如何？再丰盛的年华叠加，依旧不能改变根深蒂固的分歧和不可逾越的鸿沟，我仍不能和你坐在一起喝咖啡。又是3年后，再一篇《我奋斗18年，和你或者咖啡没有任何关系》的文字才真的让人长长地舒了一口气，我们一样都在这个世界上奋斗，一样都在为了自己的家人生活得更好而进行打拼。心态放平和一些就好了，生命本来就是不公平，要获得相同的物质生活条件，如果你用1年，那我就用3年好了。

用勇气来改变可以改变的事情，用胸怀来接受不能改变的事情，用智慧来分辨两者。这就像袁昆说的，幸福可以来得慢一些，只要它是真的。如果用高球行话表述，就是打到甜蜜点，分泌幸福素。有了这些垫底，就能明白尼采说的，每一个不曾起舞的日子，都是对生命的辜负。

冷血的人输血给别人，会让人冻死；热血的人输血给别人，会让人沸腾。文字就是精神的血液，有着强烈的个体印记。打了10余年的高尔夫，袁昆越发觉得"高球与人生相通"。他说："如果你想快速了解一个人，约他打一场球就很容易知道了。"我也来学舌一下：如果你想深刻了解一个人，看他写的书就很容易知道了。

　　"很多人背负生存压力，活得无奈；总有些人活得精彩，赢得尊严！人生不过 18 洞，你走过了第几洞？"这是袁昆之问，不管你打不打球，都绕不开。如果连想都没有想过这个问题，那么，赶紧找个洞钻进去。

楹联说尽天下事

（一）

过襄阳古城，遇姜家林先生。

姜家林先生何许人也？公家的身份是湖北襄阳市委党校原副校长；社会身份是楹联家、书法家。时人赞他"大家气象，才子风流"。

熟络起来之后，姜家林先生从车子后备厢里抽出一册书相赠。定眼细看，书名为《联动三子斋》。看书看皮儿，看报看题儿。下意识里，自认为"三子"应该是关键词。哪三子？孔子、老子、庄子？姜家林先生真是博雅君子，三子都到自家笔下。

读完中国楹联学会会长、书法家孟繁锦先生为此书作的序才恍然大悟。所谓"三子"，乃姜家林先生人生履历的形象概括：20年文秘生涯，自称为"笔杆子"；3年政法委书记经历，算是"枪杆子"；3年的市信访办主任、10年的党校常务副校长，可不就是"嘴皮子"？他常自嘲有笔杆子、枪杆子、嘴皮子之谓，故其书房起名为"三子斋"。

只看表面现象，很容易入迷途。小者，贻笑大方；大者，害人害己。可不慎乎？

（二）

由中国文联出版社出版的《联动三子斋》，是一部姜家林通过自撰自书，展现其人生历程和生活感悟的联墨作品集。展读全书，发现很有格局，而他所用的私家视角，独特的文体方式，更让襄阳这座历史文化名城显得别具个性。

襄阳建城史有 2800 多年，这里名人辈出。有荆山脚下献宝人卞和，一夜白头的名将伍子胥，著名辞赋家宋玉，东汉开国皇帝刘秀，一代名相诸葛亮，东汉隐士司马徽，三国名士庞统，唐代大诗人孟浩然、张继、杜审言，唐代文学家皮日休，北宋著名书画家米芾等。《三国演义》120 回故事中有 30 多回发生在襄阳这块土地上。这里的人和事在中国历史的天空中，都是发射出耀眼光芒的恒星，很多的掌故传奇都内化为中华民族的文化血液。

姜家林先生走过许多地方，最爱的还是他的襄阳。他选择了"诗中之诗"的对联来表达他的襄阳情怀。

"走过春秋冬夏，留醉襄阳山水画；观光南北西东，梦香丞相草庐风。"这是他的襄阳魂魄。

"着布衣，挑井水，耕农田，出一身汗，体验先生艰苦；摇羽扇，摆龙门，诵对策，收片刻心，追思丞相高风。"这是他眼里的古隆中。

"讲忠道，讲孝道，讲经道，须记牢讲人间正道；承地恩，承天恩，承君恩，最要紧承百姓大恩。"这是他心中的承恩寺。

"屈宋并称，或然有青蓝美誉；秭宜双秀，得乎为辞赋仙乡。"这是他千年前的故人。

书中这样的好联佳对俯拾皆是，视野开阔，很大气，让人眼睛不够用。

也有小的，小到梦回当年的顽童："石条上做题，沙滩里练字，油灯下看书，拉风箱，挖野菜，割青草，真的辛苦；榆树丫掏蛋，楠桥边钓鱼，雪地中打仗，放鞭炮，荡秋千，碰陀螺，好不快活。"

还有小到回首当年的"雕虫小技"："月冷孤灯熬报告，烟熏茶泡出文章。"

更妙的是，他与中华蟹派创始人严学章的唱和联，"姜家钓鱼，钩在哪里？心上；艺海走蟹，路从何方？民间"（严学章联），"憨里吧唧，上智；土得掉渣，大洋"（姜家林联），让人绝倒。

在姜家林先生的手里，山川风物俱能入对，世事人情皆可为联。古今多少事，都付楹联中。举凡股市、早点、西瓜、大虾、汽车厂，都能见到，涉以成趣。就是外文字母也可作对成诗："把玩 NBA，巨星闪耀，欣赏姚明科比小皇帝；掌控 GPS，万国遨游，溜达上海纽约莫斯科。"让古老的中华楹联呈现出浓郁的国际化味道，很开眼界和思路。

（三）

姜家林先生是个有趣的人，既大气又细腻，既雄浑也婉约。楹联讲究的是对仗，他的性格里也有这种均衡。

尽管 50 多岁，也如年轻人般的潮，"去蹦迪，阳光地带，摇晃青春旋律；来舞吧，音乐天堂，飞翔浪漫人生"，这是他蹦迪后的产物。"赏花去，走进桃花房，做个桃花娘子；读柳来，逛游杨柳殿，当回杨柳郎君"，这是老夫聊发少年狂，风流跌宕。

读《联动三子斋》，生发出一个疑问：现代人总是喊时间少，实际上，时间和古人一样多。时间用来干什么去了？都用来说空话、假话、大话去了。文章越写越长，口水越来越多。一边在浪费，一边叫不够。写的人头疼，看的人苦恼，然而，大家都不改。真是奇了怪了。

其实，有用的话就那么几句，管用的道理就那么几条。现在有的人颠三倒四，长篇大论，一般都是在注水。楹联是用最少的字，说最多的事。这叫什么？字字珠玑，惜墨如金，尤考功夫和境界。

《联动三子斋》联墨都是佳品，我只说了联而忘了墨，可谓得意忘形。用对联的话说，就是有上联无下联，只能算半个书评。惭愧。

骂人是个技术活

（一）

我昨天特意去寺院请高僧给俺嘴巴开光，干啥？为了诅咒。

——郑重声明：这话不是我说的，是许石林说的。许石林想骂人，所以才请高僧给嘴巴开光。开光的嘴巴就干一件事：骂"史诗巨制"的电视连续剧新版《三国》。

许石林骂口一开，犹如滔滔江水连绵不绝，又如黄河泛滥一发不收，一而再，再而三，居然一口气骂了42回，这些"许骂"结集成了《损品新三国》这本书，它获得了一个"第一"：中国第一本"全程跟踪式"电视剧系列评论。

改革开放以来，广东以"杀出一条血路"的精神，涌现出许许多多"敢为天下先"的壮举，创造出众多的"第一"。据悉，有关部门正在征编"改革开放广东一千个第一"，不知道《损品新三国》这个"第一"是否符合征集的要求？在这里先给推荐一个。

（二）

不过，要是说许石林在骂人，他可能不答应，他的粉丝也不答应，他的朋友更不会答应："《损品新三国》这本书是对新版《三国》的评论，但作者既没夸，也没骂，而是损，损新版《三国》每一集当中最失败的表演和最好笑的讹误。"看到没？是损不是骂。

损人和骂人有啥区别？损人是以尖刻的言语挖苦人，骂人是用粗野或恶意的话侮辱人。骂人是个技术活，技术含量高的叫损人，技术含量低的叫骂人。通读《损品新三国》，没有找到一句"他妈的"国骂，也没有找到一句"娘希匹"。鉴定下来之后很认同许石林所说："如果这些表面张牙舞爪、挺招人恨的文字正如文中所标榜的那样，对社会和文化能尽到一丝责任心，则作者即便再不要脸，也感到很光荣。"

（三）

高希希导演的电视剧新版《三国》和许石林挺有缘，开播第一集时，许石林正出差，寂寞旅途中在酒店看了不到一集，就和它较上了真。他提笔写出的第一个损品是关于曹操的。话说曹操和陈宫两人一路奔窜，镜头里出现了他们结伴去撒尿的行为。许石林不明白，为什么非要表现两个男人结伴撒尿的戏呢？不撒尿这几句话就谈不起来？他评论道：人看戏，其实就是看与自己有相似和有所区别的人与事，即追求差异性——不是追求长得很差的异性，是追求那种丰富感。由此开头，许石林真正地和新版《三国》那帮人干上了，并在全国引发了"夜看'新《三国》'，昼读'许损品'"的热潮。网友也参与其中，有赞有弹，相当对立。论战双方都背着手撒尿——就是不扶（服）。

陈好版的貂蝉，公众看了说，惊是让人惊了，但是没有艳。导演高希希回了一句：陈好不丑。许石林不干了，他说，废话！陈好当然不丑，您要是给凤姐和那谁扮上，那演的就不是貂蝉，是貂！

还有，吕布为了得到貂蝉，在剧中哭成个泪人儿，鼻涕眼泪都快糊上脸了。许石林恨铁不成钢啊，说，这吕布跟那个"人中吕布"的形象不符，你是人中吕布，不是人中抹布！

三顾茅庐中第二顾这段，刘备又犯毛病："天地美景，江山如画。"他之所以犯病，是因为昨天晚上梦见与诸葛亮在梦中相会了，"纵论天下，大发豪情"，两个人梦中发情，相互遗言，刘备的是："虽然素昧平生，却又生死相随。"第三顾诸葛亮睡午觉，二百五张飞屋后放火烧草堂，熏不着诸葛亮，他照样死睡。睡醒了，嘴里还嘟囔了一首诗："大梦谁先觉，平生我自知。草堂春睡足，窗外日迟迟。"窗外都是烈火浓烟，这家伙不看不闻。许石林那个气啊。

（四）

许石林给好几个人物起了诨名。"下一回我来损周瑜，这个神经病让我想起了一种鸟儿：鹌鹑！"所以，在他嘴里，周瑜就是"周鹌鹑"。

刘备和孙尚香，也都有别名。孙尚香是"小露珠"，源自刘备要回荆州时，对孙尚香抒情："面对你，我就像面对一颗晶莹的露珠，哪怕会有一丝吹动你的风，我都会害怕。"结果他的"小露珠"回答："夫君，嫁鸡随鸡，嫁狗随狗。"——刘备的诨名就是"刘鸡狗"。

曹操叫"曹贼"，为此很多人指责他：你凭啥一口一个曹贼？许石林说：我倒是想一口两个曹贼来着，叫他"曹贼贼"，但那样一来，不就把此贼叫成小可爱了嘛！

这样的幽默充满《损品新三国》，无怪乎有人说："我看到了许石林先生的这本《损品新三国》，就乐得跟娶了二房似的。"

（五）

这本书表面上是在损人，其实内里是忧虑和愤怒。

都说文化是软实力，许石林说，可你新《三国》绝对不算文化——哥就看见你的软了，没看见你的实力。袁术旁边那个白发谋士说：成大事者不可失信于人，尤其对小人不可失信，因为小人比君子更危险。许石林拍案而起：这是谄媚小人、侮辱君子，惧怕恶人、欺负良善。

"宁可我负天下人，不可天下人负我"的曹操，临死前将自己一生修炼的思想毒汁，全部嘴对嘴地吐给曹丕。许石林说，这让读者早已看得血脉偾张，看谁都是肉，想咬一口。当新版《三国》播放到这里的时候，电视机前，尽是狼嗥。他咬着牙说，您要是周围生活着几个新版

《三国》里的人物，我敢保证你真会认为跳楼是上天堂。末了，他还是用幽默来表达愤怒：这表现了编导们对祖国历史文化的无底裤热爱！

常言说，天下没有不透风的裤子……许石林的"损品"得到了大众的关注，他谦虚地说，当然也使得作者长时间产生错觉，不能正确认识自己。给他拉了三年琴、教他唱京戏的胖子吴哥常说的一句话是：别理他，让兔崽子糊涂一辈子去！看来许石林对胖子吴哥的话没有听进去，他嬉笑怒骂，就是要让很多"兔崽子"清醒起来。

正如评论家吴雨在书序中所说："牢骚虽然未必总是正确的，但认真地对待牢骚总是正确的！"何况，许石林的文字根本就不是牢骚。有书为证！

"二八定律"总惊人

（一）

《那些人那些事》是哪些人哪些事？是帝王将相、才子佳人？恭喜你，答对了四分之三。正确答案是"帝王将相、才子加人——加上普通人"。

《宝安日报》编委王国华先生的新著《那些人那些事》共分四辑：帝王们、将相们、文士们、百姓们。若以人数论，帝王将相和文士才子是"关键的少数"，老百姓则是"沉默的大多数"。若以字数论，在我国的正史中，绝大部分篇幅记载的是极少数的人，绝大部分老百姓只占极少的篇幅。在野史中，这种状况也未见有多大改观。这和财富的占有类似，世界上大部分财富被少数人占有，大部分人只拥有少量的财富。这种"二八法则"也明显地支配着《那些人那些事》：大部分的文字在写少数人，少量的文字写大部分的人。我猜度，这样安排篇章结构，这样地被法则支配，应该不是王国华先生有意为之。

（二）

王国华先生的这本书很有趣，读起来很轻松，轻松到能产生愉悦，愉悦来自篇幅短小，一般都是千字文，看起来不费力气，感觉就是两个字：过瘾。此书的故事过瘾，论点过瘾，文字过瘾。一般来说，一本书有此一条就是好书，有两条就是很好的书，三条齐备则是上好之书。我

293

以为此书上好。

从实用的角度讲，这本书百无一用。读了它不能帮你找工作养家，也不能帮你炒股票赚钱，所谓的书中有黄金美女之类的实用功效，在此都不能应验。

这样的书，有一个总体的名称，叫作"杂书"或者"闲书"。虽然闲杂之书不一定是闲杂人等写就，但起码，作者要有一份悠闲的心境才行，悠闲能出智慧。王国华先生供职于媒体，媒体之人都是劳碌命，不在新闻现场，就是在去现场的路上。他能在这纷纷扰扰中凝神静气，说明定力过人。有定力看人看事方能入木三分，才能让人耳目一新。

（三）

陈桥兵变的故事人人都知道，但王国华先生的视角和人人又不同。他把赵匡胤的杯酒释兵权看作是一种犹豫，理解为一种"敬畏之心"。赵匡胤不像朱元璋那样把所有的开国元勋统统杀净，而是犹豫地劝老臣们放弃兵权，去享受荣华富贵。这种犹豫是一个心灵过渡区，人与鬼的缓冲区。王国华认为，在专制条件下，我们唯一能祈祷的就是，让掌权的人犹豫一些。我们无法要求他是个神，做个有敬畏心的人就不错了。

在"帝王们"这一辑的十九篇中，这样的出其不意随处可见。

武则天上台前，民间流传一句话："当有女武王者。"唐太宗李世民就四处留心看哪里有这么个人。一天，宫廷盛宴行酒令，需要每个人报出自己的小名。相貌堂堂的左监门卫将军李君羡说，俺小名叫"五娘子"，大家都笑了，李世民没笑：敢情这家伙就是那个"女武王"？后来找个理由把他"咔嚓"了！事实证明这是一桩冤案。王国华评说："李君羡的存在，好像是专门为武则天打掩护的，他这一死，迷惑了唐太宗，成全了武则天。"

某年春天，乾隆出城踏青，路边忽然窜出一人，手持利刃行刺被抓，乾隆认为背后一定有人指使，直隶总督方观承说，此人是个疯子。乾隆没说什么，继续前行。到达目的地，乾隆把军机大臣们召集到一起，问：刚才方观承奏称，行凶者是个疯子，不知实情如何？军机大臣们跪在地上回答道，方观承当了这么多年直隶总督，他说是疯子，自然就是疯子。乾隆说，既如此，就按疯子作案处理吧。看上去，这是一件小事，但透露出一个信息：如果不是方观承片言回天，只要该案追究下去，一定会有无数的无辜者遭殃。

王国华评说，中国历来解决问题的办法就是，一旦蒙冤，都想把自己的冤屈直达天听；一旦惹了小祸，必须捂着盖着别让最高机关知道。结果是，最高机关过问的事，都迅速解决了。在此过程中，好多人被疾风狂雨刮伤，制度也因此而更加粗糙。王国华的此种思维暗合治国需要依法的思想。

有人说，有这么一种职业，平均寿命 39 岁，非正常死亡率 44%，死亡方式多种多样，有死于爷娘兄弟之手，有死于老婆孩子之手，也有被自己手下做掉的，你愿意干吗？其实，这种职业人人抢着干，因为它是皇帝。王国华在《我不干》中讲述了尧舜禹禅让之间很多人不干皇帝的故事，干与不干，都说明一个道理：皇帝是个高危职业。

（四）

帝王们和百姓们处于这个社会的两翼，一为庙堂之高，一为江湖之远。将相和文士则是支撑社会大厦的栋梁，言为士则，行为世范，他们的言行举止对社会影响深远。王国华说，作为臣子的将相们，他们联结着百姓和帝王，却成为一个近乎独立的阶层，在他们中间，有忠正，有猥琐，有清廉，有贪渎。正是他们的存在，使得中国历史更加丰满，也更加触目惊心。

王国华在《都是君子惹的祸》中转述了一个故事，当初王安石推行变法时，起用了君子、小人各色人等，但司马光、范尧夫、张天祺等君子不屑与小人为伍，要么当面跟王安石顶撞，要么挂靴走人，只剩下一群刻薄小人围在王安石身边，致使变法失败。

对此，王国华总结出一个真理，即很多小人是君子逼出来的，如果君子们不把王安石逼到无路可走，王安石就不会被小人簇拥。最后，王国华又演绎出一个规律："君子，一般都是自称的；小人，一般都是用来指称对手的。动辄称呼对手为小人的人，能算得上真正的谦谦君子吗？世界上本没有那么多所谓小人，自称君子的多了，小人也就多了起来。他们不仅逼出了一批小人，还制造出了一批伪君子。"吴昕孺先生在一篇书评中说："《都是君子惹的祸》这篇我很喜欢。"不止吴先生，我也很喜欢。

（五）

王国华的这本书都是借事说理，其中有些事很是有趣。说到收钱办事，他认为最遵从这种道义的是武则天的面首张昌宗的弟弟张昌仪。张为洛阳令，大权独揽。有个姓薛的人给他送去五十两黄金，谋求官职。张昌仪接受了贿赂，然后给天官侍郎张锡写了个条子推荐薛某。结果，张锡把条子弄丢了，只好去问张昌仪："上次您老人家推荐的叫薛什么来着？"张昌仪说："我也忘了这小子叫什么了，干脆，凡是姓薛的，你就给他个官做吧！"张锡不敢怠慢，回来把名册上的六十多个薛姓候补，全部封了官。

这样的故事在书里到处都是，其中的道理也都非常有洞见，由此也看出王国华读书涉猎甚广，开掘很深。如果你喜欢看《读者》《特别关注》《青年文摘》等杂志，你会不经意地读到易水寒的文章，很有味道。过去知其文不知易水寒是谁，这次才弄明白，"易水寒"和"王国华"其实是同一个人。

"易水寒"或者"王国华"著述甚丰，到目前为止已经写出了十六部著作，让人惊叹。其实，每个人都是一本书，没有打开不知其内涵，只有静心阅读，才能见到每个人的独一无二。因此知之，人要有敬畏之心，敬天畏地尊人。如此，一切都在应该的位置上。

—

（一）

人生在世，总归要留点什么。林则徐有言："子孙若如我，留钱做什么；子孙不如我，留钱做什么？"留与不留，反正不留钱财。

那么"雁过留声人过留名"呢？其实一样不值得，浪得的名声更不中留。佛祖故乡人、印度著名诗人泰戈尔换了一种方式来说明这种境况："天空中没有留下翅膀的痕迹，但我已经飞过。"飞过，就是曾经停留，想留也留不住。

深圳市商业联合会执行会长林慧出了新书。中国管理文学的开创者成君忆在推荐序言中说，从某种意义上说，她用"活过"做这本散文集的书名似乎有些沉重，有站在须弥山上把万里浮云看遍的解脱，这与她阳光灿烂的笑眼、积极向上的人生有些阴阳交错的感觉。继而，成君忆话锋一转，用猜测的语气说，也许林慧一直就生活在双重世界里，出世与入世，明朗与忧郁俱在。我举手赞成，理由是：硬币有两面，性格有多重，一分为二，合二为一，世间人事，从来如是。

作者是聪明人，序者是明眼人，作为读者，则要做个有心人。

（二）

我看林慧的《活过》，洋洋十五万言八大章，大体可以分为两部分，虚与实，或者，有形与无形。如果换成家常话来说，就是一个是在空间跋涉的林慧，一个是在心间行走的林慧。身的远行与心的远足，一直在书里书外分分合合，纠纠缠缠，很有意思。

看她那些凝结成为文字的行走，惊叹于她对行走的细致记录。

一个丽江，大抵是人人都去过的，她记录得灯火阑珊，描绘得水光潋滟。

一个漓江，在她的眼光里，尽是月色，以及如月色般清澈空明的水。

一座鹭岛，她感觉到的是琴声悠扬，海风鼓浪。

一个宝岛，她从古看到今，看透了历史的烟云和现实的迷雾，看到了萦绕回环的牵挂。当然还有好多地方，大多是我没去过的，无从比较，没有心得。

她看事看物看人的方式也别有滋味。在丽江放流莲花灯，她的那一盏被青石板的尖尖拦住，久久进入不了主流。另外一只从上游漂来的灯也被困于此。奇迹就在一瞬间，相互的碰撞令它们双双冲出死角，一起漂向不可知的未来。她说，这个片段很温馨，让人心暖暖的，它定格在自己的心间，胜过丽江任何美景。

当走进无数次擦肩而过的山西，她顿悟了。山西人的走西口不像山东人的闯关东那样悲壮，这是山西男人一种主动的放逐，是自己对自己的宣战，因此，她突然喜欢山西了，喜欢它的内敛不张扬，喜欢它敦厚的外表下的那份阳刚。

在传说中的腾冲，她品味了 600 多年前戍边的江浙官兵驻扎的和顺古镇，亲近了毛泽东的哲学密友艾思奇的出生地。她感慨不已，腾冲是个有故事的地方，因此得出结论：对于腾冲，年少时我们只是一个匆匆过客，待年老时它可以是我们的一个驿站。

（三）

林慧执掌深圳市商业联合会，我看着她将深商联一步一步做大，做成极具影响力的社团组织。深圳一批著名企业家王石、汪建、王文银都是深商联的核心领导。要说忙，她是真忙。为什么一方面她把事业做大了，一方面又把文字留下？在《慧眼看朝鲜》里，她在描绘酒店房间里的设施的时候说："写字台很宽大，我最喜欢有写字台的房间了，好让我写游记。"参见书中她不经意流露出有写日记的习惯，我觉得找到了她的密码。她说："关闭所有记忆的闸门，让过去走远，让丽江走近。"人在世间行走，边走边记，如果要留点什么，最好留下真情实感和文字飘香。

我是一个记者，但绝不是一个行者。我国 23 个省、4 个直辖市、5 个自治区、2 个特别行政区，对于我来说，还有很多空白，需要扫盲。河北、山东、黑龙江、山西、贵州、广西六省区足迹罕至，出国更是屈指可数。路未行万里，书未破万卷，而年已过半百。检点自己，既没有发愤忘食，更没有乐以忘忧，唯有不知老之将至尔。

阅读《活过》，突然感觉明白：无论走在哪里，无论和谁行走，其实都是与自己同行。在大地上留下足迹，证明自己来过。在心中留下痕迹，证明自己活过。而林慧在《活过》里，景如照相，情如织锦，一切都明明白白。人如一条时光中的游鱼，以万物为饵料，边追寻边追问，遂至大成，终结正果。

（四）

有些东西要早想明白，这样内心才能抱朴守真，宁静安详。林慧是省人大代表、单位领导以及亲人眼里的各种角色，社会活动多，单位事情忙。一个人太忙就容易乱，一乱就容易伤人伤己。罗马不是一天建成的，现在的林慧是过去无数个林慧的合集，她的亲和、善意、周全和替别人着想的性格经常让我感动。

一个人成长的每一步都有无数的手在托起你，助推你。林慧说："我是一个幸运儿，每一次都会借助很多人的力，所以也养成了我乐于助人的品性。帮人不求回报，过程已经很满足了。"她感叹："上苍给我的已经太多了，我不再祈求了，珍惜拥有的一切吧。当一切归于平静以后，心中很坦然地面对一切。"一个人的成熟，终归是心灵的成熟。一个人的缺憾，大都源于现实的不圆满。一个人的感恩，就是对大千世界的庄敬。

她的这段文字非常灵动：

> 妈妈一直说她的家乡有一条大河，河两岸水草丰美，河中有鱼虾出没。可在她离乡50年后，这条河已经变成瘦小可怜的袖珍小河沟，看来故乡的那条大河只能流淌在妈妈的心间和梦里了。

林慧对母亲的感情很深，但是，再深的感情也敌不过岁月的无情，她的母亲依旧走了。林慧曾经亲口告诉我，他们在网上给母亲建了墓园祭奠，寄托深深的哀思。当时我很震惊，如今看了她的文字，更明白她的痛惜。"故乡因没了您不再让我留恋""您是儿女们今生的佛，也是儿女们来世的佛""我可以控制自己不哭，但是控制不住流泪"，字里行间，袒露的都是真性情，内敛而哀愁。

人生在世，总归要留点什么。在长长的一生里，如果不停地追寻、不断地追问，一定会留点什么吧？

王宪荣先生的《一画一世界》让人想起"一花一世界，一叶一菩提"的禅境，看他的画，不禁会心一笑。佛祖拈花，迦叶微笑，懂佛祖的只有迦叶一人。王宪荣捧出他的哲理水墨画，观者无不开颜而笑，懂大众的是王宪荣。

（一）

用画的形式表达哲理哲思，王宪荣不是第一个。但是，以"哲理水墨小品"为题材开展公益广告宣传的，王宪荣在中国绝对是第一人。这个"第一"纪录的开创，和深圳晚报密切相连。

有一次，我接到深圳市委宣传部有关领导的一个电话，说深圳地税局王宪荣先生的哲理水墨画很不错，值得一看。其实，之前我也认识王宪荣，那是在 2012 年的时候，我们和有关单位一起，发起了"深圳十大孝星"评选活动，王宪荣在众多的参选者当中，经过市民投票，当选"深圳十大孝星"。

王宪荣的孝行非常独特，他在父亲 95 岁、母亲 85 岁大寿时，创作出长达 13.699 米的国画长卷《九五之尊》作为父母大寿暨钻石婚的纪念。《九五之尊》国画长卷中的一个个小故事，都是他日常与父亲聊天所得。他请父亲在长卷开篇手书"福"字，自己和儿子则在卷末合写"康""寿"二字，全卷融合了祖孙三代的墨迹，自然天成。著名国画大师王子武看了这幅长卷后说："以这种方式为父母贺寿，在中国王宪荣可能是第一人。"

先折服于王宪荣的柔善孝心，后心服于他水墨小品里的悠悠哲理，于是我决定用他的作品开设《公益广告大家做》栏目。从 2013 年 6 月下旬开始，《深圳晚报》因此陆续刊登了《王宪荣哲理水墨小品》公益广告的文明篇、文化篇、联系群众篇、道德篇等，首次以水墨小品的形式向读者讲述哲理，倡导公益。这组独特的公益广告以其知识性、趣味性、哲理性吸引了读者的目光，王子武先生评价："通过这种方式表达思想，让更多的人从中得到启发式教育。"老报人祁念曾、端木公都亲自撰文推荐，并誉其为"小中见大，平中见奇，拙中见雅"。

说起创作这一系列水墨哲理小品的原因，王宪荣说："当今是个读图时代，如果单用文字来说道理，人们往往因缺乏耐心而忽略道理，如果通过图文并茂来讲道理，可能会吸引人们去品味思考道理。"我认为他说得很有道理。

（二）

读《一画一世界》，你能感受到王宪荣忧国忧民的情怀。《从善如流》里，一只鸟面对一群鸟，在众鸟喧哗中，要择善而从靠的是智慧。《大与小》说的是你在高处看低处的人很小，低处的人看高处的你也很小。当你同人们站的距离越近，你的形象就会越高大。此画可与为政者观。他的很多作品要联系起来看，才能明白作者的良苦用心，如《风险》告诉你油水多处地很滑，《勿因小失人》告诉你因一斗米失去半年粮不值得，《小心驶得万年船》，呵呵，这个就不用解释了。

王宪荣的画都是从日常所见入手，最后生产出新奇。龟兔赛跑是我们熟悉的故事，他在《知错能改善莫大焉》里说："谁言兔子不如龟，只是大意输一回，若果他日能再赛，准叫乌龟把胸捶。"他让我们超越说教回归常识，最主要的是告诉我们有实力不怕输，三打两胜才是王道。

《堰塞湖》则充满了问题导向意识：问题犹如堰塞湖，累积得越高，危险程度越大。《泰坦尼克号》的新意在于得出了"傲慢的代价",人们都认为它根本不可能沉没,一个船员则吹得更离谱,"就是上帝亲自来,他也弄不沉这艘船"。结果呢,载舟之水能覆舟,君不以此思,危险立至。《珠与线》则告诉人们,一盘珠子如果没有用线把它们串起来,就是一盘散沙。《父亲的训导》里说,千金难买回头望,既避免失物,也可反思过往。

这样的奇思妙想在书里非常多,往往微笑还没有从脸上褪去,心里就悚然一惊。

(三)

王宪荣的画既有法相庄严,也有让人莞尔,更有报效亲恩。

在《根本不可忘》里,花朵在树梢尽情地灿烂,他问道:你会否只顾自己灿烂而忘记感恩?一语点醒梦中人。

他在这本书里所讲的唯一的爱情故事是属于父亲的。《父亲自述之九》中说,父亲十二岁帮阿姨家放牛,认识了一个叫林娇的女孩。林娇比父亲大四岁,林娇每天都要抱一抱还是小弟弟的父亲,并悄悄说很喜欢父亲,父亲则说自己还小啊,林娇则说以后会长大的嘛。父亲又说,自己没钱,林娇则说,以后会有钱的。看着这个最终没有结果的故事,我们为老一辈纯净的爱情而心动不已,王宪荣的父亲已快到百岁之年,这样的乡村爱情依旧温润如玉,所以,老去的不一定都应该抛弃。

(四)

风过林梢后又见裙裾飘飘,这是风之妙。

老者笑颜映带着天籁童音,这是声之妙。

文字简洁明快与漫画入木三分相辉映,这是思之妙,更是王宪荣之妙。

王宪荣在《读书与著书》中说:"读好书如明灯引路,著好书似暗处一灯。"在这纷纷扰扰的世界,读书和著书,都要一颗宁静的心。不求声名震地，富贵惊天，只愿双亲无恙，子孝孙贤；樽不乏酒，厨不断烟；茅屋不漏，布衣常新；两三良友，歌罢弄弦；吟诗月下，把钓溪边。人生得此，尚何忧焉？

可惜可惜，大多数人都不明白这个道理，或者明白了这个道理也做不来。井蛙不可以语于海，夏虫不可以语于冰，曲士不可以语于道。

世事如棋，观棋不语真君子。我在这里口水多过茶，读友诸君最好还是直接去看看《一画一世界》，眼见为真实，一图胜千言。

（一）

曹宇的这本书出版于2017年7月，此稿写于2020年10月。三年来，此书一直摆在案头，从未离开视野。只是，总也下不了手，总也写不出一个字。原因可以找一堆：可能是因为和曹宇太熟，可能是因为书的表现方式很新，也可能是因为书中的场景极为蒙太奇，总之就是没写出一个字。

如今坐在桌前，凝神聚力，眼前出现的竟然是曹宇拍摄创作的经典场景：他拿着手机，对着你左瞧右看，选取角度拍摄几张照片，然后在手机上抹抹点点，最后拿给你看，一张关于你的、和你想象不一样的作品就呈现在你面前。他的这张作品，不是有闻必录，因为和一般拍的不一样，加上了创意，加上了他自己的想象和生发，有了主题，有了意境，有了不同，熟悉中有陌生，陌生里含熟悉。从作品的角度看，完全是一个新境界。

曹宇将这些涂涂抹抹的东西，结集出了一本书，书名叫《图手创意》，作者叫草雨。草雨其实就是曹宇。即使叫草鱼，我想也不会错成别人。当然，曹禺除外。

（二）

曹宇要我们记住两个关键词：读图时代和手机时代。因为这两个词是这本书的逻辑起点，也是他创新探索的方法论。

手机时代就是移动互联时代，在互联网定义所有的当下，一切都在秒速改变。读图时代就是受众旨趣迥异的时代，市场发生了结构性改变，有的机制体制失灵，有的做法经验过时。

何以应变？唯有改变。

当人人都有照相机、个个都有麦克风、每人都有摄像头成为现实，对于普罗大众来说，这是一次工具的大普及，是一次众神的大狂欢。门槛的降低，让人人都体验到当摄影师、主持人的感觉。也真的涌现了一大批网红和主播，你方唱罢我登场，各领风骚不满年。网络世界熙熙攘攘，热闹非凡。

对于专业工作者来说，移动互联时代是死去活来的时代，记者不再是第一个抵达现场发回报道的人，编辑也不再是第一个看到稿件的人，评论员不再是第一个发表观点的人。

对于管理部门来说，众声喧哗的时代，如何唱响主旋律，打好主动仗，让网络空间清朗起来，让主流的声音影响主流，已经成为时代大考。

曹宇的工作履历是 15 年的公务员和 16 年的国企管理者，学新闻的曹宇，最终没有干新闻，却用这种跨界的方式实现了他的新闻梦想。

（三）

任何作品都是作者意绪的表达，是思考的结晶。曹宇"图个啥"？

在他看似天马行空式的组合中，有人生的感悟。《屋里屋外》是他在陪同某著名书籍设计大师时拍摄照片的合成。大师品德给人以温暖，如同画面上一灯如豆，让人欣然。他的感悟是"人生很短，盼与大师同行"。大师之大，不仅在于技艺超群，更有德音和德行启迪后进。

随处可见的小和尚念经的摆件，在他的眼里有不同的意蕴。南橘北枳说明环境改变事物，而达摩东来，面壁九年，一苇渡江，终至一花五叶，接续盛开，便是佛入中原就成禅。他想说的是，不必在寺庙苦度，坐哪儿都能成佛。这也是明心见性，重在悟道的旁证。

打太极的人随处可见，悠然入画。他的《太极之形》这幅作品很有味道。画面的焦点是身形矫健的拳师，其上，一个大大的"形"字龙飞凤舞。睹物思人，他突然开悟：形者，三开也，开胯、开目、开脑。万事万物，开放才有出路。

创作的时候，曹宇完全沉浸在自己的世界里营造奇特的梦境，有时激情四射，有时不交一言。他是有心人，随手拍，随时想，一有所得便欣然忘食，没想明白就若有所失。无论得失，我想，曹宇是快乐的。他说，做自己喜欢的事，就是推开幸福之门。

（四）

换个角度看，这本书的每一幅作品，都有自己的创新点。

人们经常说，有图有真相。放在曹宇这里，只对了一半，另外一半则是为我所用。一张张图片，只是铺陈的材料，用来助燃创意的星火，说明想说明的问题。深圳机场的大跨度飞檐雨廊，在他眼里是一弯新月，代表着这座城市的传奇。而斑驳的竹影摇风，在他的眼里，却是崩洒了一地的光阴。

让我感到非常沉重的是《羔羊碎裂的声音》，说的是一次他吃非常地道的北方涮羊肉的心路历程。他将一个传统的烧炭火锅，变形为一个大大的杀戮器具，同时在画面最外层叠加了一块碎裂而未撒落的玻璃。最下面，是一大群正在吃草的羔羊。三种元素的综合，表达的意思再明显不过：我们每天都在对动物们进行屠戮。

"此刻，我似乎听到了羔羊像玻璃碎裂的声音。"我以为，从意象上来说，这绝对是"素食主义者"的视角。从技巧上来说，已经进入画家的层面。因为穿游在光影的河流中，用手机打草稿，以手指为画笔，像这样的不多见。南宋豪放派词人刘克庄在一首《沁园春》中说："老去胸中，有些垒块，歌罢犹须着酒浇。休休也，但帽边鬓改，镜里颜凋。"这是曹宇的视角，属于曹宇的叙事。

如果说过去的肖像照是自传，如今的自拍则是小说，因为杜撰的成分太多。曹宇的作品与此无关，他的《图手创意》更像是评论，对人间百态，对世事如棋，或温柔或激越地说出属于他自己的看法。

（五）

《图手创意》封底上有这么一句话："此书才刚刚打开，且不再合上。"

猛然感觉有"潘多拉魔盒"的意思。潘多拉打开了密封的盒子，将祸害、灾难和瘟疫散落到人间，幸亏留下了"希望"。曹宇打开了一本魔书，将希望和无限的可能散落到世间，留下了探索的艰辛和苦痛。

曹宇在每幅作品的下面，都有一篇"创意手记"——谈他的创意和感受，这些其实是一篇篇妙趣横生的小品，图文交互，让人能更深切地感受到他的用心。

创意手机——创意手记，人人都有手机，没有手机，就自绝于人群。有了手机，不过稀松平常。然而，我总觉得，他的行为给人启发。在手机时代，许多传统行业悬了，许多职业悬了，许多产品悬了。但生活还要继续，我们怎么办？

玄之又玄，众妙之门。虽然玄妙又深远，我们一定不停止探索，永远不停止改变。只有这样，我们才能推开宇宙天地万物之奥妙的总门径，也能明白万事万物相互作用的根本道理。

读《图手创意》的感想，就是这样的。

（一）

人的一生，大部分都在重复。重复吃饭，重复睡觉，重复说过的话和做过的事。总体来说，就是既重复别人，也重复自己，既重复古人，也重复今人，既重复外国人，也重复中国人，甚至与猿猴也重复。有研究表明，人与猿猴的基因差别只有 2%。这是人生的无趣、无聊与无奈。

要想人生有些滋味，就要有些想法再加点盼头。如果说希望就在拐角处，那么，好点子更在拐角处。只要大家兴奋起来，每个人都能成为点子大王。理由有三：

其一，人人都能得道，个个都能成仙。放下屠刀，拐个弯，就能立地成佛。

其二，人皆可以为尧舜，个个都能成圣贤。放下庸常，拐个弯，就步入高洁。

其三，大家都来遨游创意，个个都能成为点子大王。放下惯性，拐个弯，就能推陈出新。

深圳知名创意人、"一米阳光"机构的庞柱平先生应该很认同这些理由，他在《遨游创意》一书里说，旧模式的改变需要新创意来补充能量，新创意却会难倒许多人。新创意的到来常常只是思想的瞬间转角。有时思维会陷入一个怪圈，只要一个小小的转身，就会豁然开朗。

一个小小的转身，就能成为点子大王；一个不小的转身，就能超凡入圣；一个大大的转身，就能成仙成佛。这里的关键是"转"，一个人能力有大小，但只要有这点精神，就是一个高尚的人，一个纯粹的人，一个有道德的人，一个脱离了低级趣味的人，一个有益于人民的人。

（二）

看《遨游创意》，满书都是点子。许多好点子，都是在寻常所见中，生发出无穷妙趣。中国"八大菜系"——川、粤、苏、闽、浙、湘、徽、鲁，即使没吃全，大都听说过。这些菜系各有特色，却又各自为营，粤菜馆吃不到徽菜，闽菜馆吃不到鲁菜，门第高悬，互不往来。庞柱平创意了一个"八大名菜私房菜俱乐部"，经营一家综合型酒店，酒店最好分为八层（或分成八大区域），每一层楼（或每个区域）按照菜系开设一个主题餐馆，比如川菜馆开在一楼，那么一楼就统一经营川菜，二楼是粤菜馆，那么二楼就专营粤菜，以此类推。八大菜系汇聚在同一屋檐下吸引八方来客，吃货们不用东奔西走就能一站式吃到八大菜系。

这个将八大菜系进行物理空间的合并，就成为一个非常不错的点子。可见，只要你不故步自封，新的天空离你只有一步之遥。

庞柱平有一个会"让翻译失业"的创意——民族语言机。在地球变成一个"村"的背景下，语言沟通仍然无法解决，言不顺则事不成，经贸、旅游、思想的交流都很难畅顺。庞柱平以中国56个民族为例进行了阐述。中国56个民族正在使用的语言就有80多种，其中29个民族共使用54种文字。一国之内沟通尚且如此艰难，世界之内的沟通，有时简直就难如鸡同鸭讲。民族语言机就是将各民族的语言文字做成一个数据库，当对方说出了话或者写成了字，这个设备就能同步翻译成你懂的语言或者文字，民族语言机起到的作用就是同声传译的功能。有了这个机器，鸡鸭可以同笼，彼此说话都能明白，世界大同才有语言基础，商机也尽在不言中。

书中这样的好点子很多，有的点子让人忍俊不禁。譬如倒立机。倒立谁不会？不一定。你可能年轻的时候会，等到年事渐高，你就不敢如此自信地说会了。据说倒立有很多好处，择其要者而言有三大益处：一是提高智力和反应能力；二是延缓衰老，增神提志；三是预防和治疗各种长期直立和劳累带来的疾病，特别是脑血管疾病。当然，它也能大大抵消因为地球引力产生的下坠的副作用，如脸上的肌肉下垂、脖子上的肉下垂、胃下垂，当然还包括胸下垂，有了倒立机，你就可以随时倒立，想哪里挺立哪里就挺立。

（三）

《遨游创意》讲点子多，讲道理少，所以看起来不枯燥很开窍。一个电梯，在庞柱平眼里就能做成一朵花。盲人手里的一根手杖，他就能创意成导盲仪。一只吃了几千年的生蚝，在他手中变成了"豪门生活"。56个民族，在他手中可以演化成天天过节的民族文化广场。一个"社区书屋"，就能成为为社区服务的好帮手，离社区最近，和居民最亲。"社区书屋"的一米阳光让居民心里很敞亮。

庞柱平的好点子，都是生长在道路的拐角处，发源于思想的转折点。为人要直，为文要曲，这道理也适用于创意。美国总统罗斯福曾经讲了一句让千百万年轻人热血沸腾的话："不做总统就做广告人。"广告人的智慧光芒就靠天才的创意，点子改变中国，同样改变世界，要警惕的是歪点子。好点子造福人类，歪点子祸害无穷。

比较中外文化，我发现一个现象很有意思。在国外，三个苹果改变世界。夏娃的苹果让人有了善恶，牛顿的苹果让人有了科学，而乔布斯的苹果让人有了新生活。

在中国，女娲的三块石头表达了中国人的世界观，一块石头里蹦出了个孙悟空，翻江倒海；一块石头陪伴着贾宝玉，情天恨海。还应该有一块石头，但是遍寻不着，简直是珠沉沧海。如果说，孙悟空的石头代表着"人与自然"，贾宝玉的石头代表着"人与社会"，还有一块应该是"人与自己"，这么一想就豁然开朗，原来第三块石头就在我们自己身上，哪里？花岗岩的脑袋啊。

人们常用"花岗岩脑袋"来比喻思想的顽固不化，要想让花岗岩的脑袋创意不断，就应该千锤百炼将其化为绕指柔。如果下次有苹果砸到你头上的时候，说不定你就能改变世界。

南極蒼蒼
北極茫茫

（一）

多年前，一个深圳人讲了一个关于地球的冷笑话。

话说很久很久以前，上帝向地球的最北端猛地砸了一拳，结果那里出现了一个深深的"大坑"——平均海深 1280 米、最深 5330 米、面积 1380 万平方公里的北冰洋；巧的是，在北极陷下去的这一块，"噗——"的一声，却在地球的另一端——南极"冒"了出来，几乎形成了一一对应的关系：平均高度 1830 米、海拔最高处 5139 米、面积 1400 万平方公里。更有意思的是，这两个地区，在形状上明显地相似，如果将南极大陆沿着海平面切割下来，倒扣进北冰洋，南北两极正好都会成为平地。这么大一个家伙，切割是不可能，倒是南北两极从此分了阴阳，地球到现在还凹凸有致。

这不是神话，不是胡说，也不是科考结论，而是事实。这是杨勇杰盯着地图使劲琢磨出来的"南北极成因"，你如果将其命名为"杨氏发现"，他肯定请你喝酒，喝到你找不着北。因为即使烂醉如泥，他都清楚地知道球上哪里是南哪里是北。曾经四年之间，杨勇杰两下南极一上北极，他说："站在南极，地球都在你的北边；站在北极，地球都在你的南边，感觉很奇妙。"没当过皇帝，不知道啥叫君临天下。站在杨勇杰曾经站立的角度看，君王也应该不过如此吧。

杨勇杰将他"两下一上"的极地之旅连写带拍，铺陈在这本《魔鬼西风带》的书里。读此书，感觉书里虽然尽是苦寒之地，却处处显露出作者的热心肠。

（二）

杨勇杰是一个百折不挠的人。他从一篇公开发表的文章里，生出了奔赴南极的想法，然后立即行动找到文章的作者，弄清楚了通往南极的起点在北京复兴门外大街一号，在国家海洋局的极地办。杨勇杰弄到去南极名额的路线图是：《中国足球报》的朋友 A 他的朋友 B—B 的朋友 C—C 的朋友 D—D 的朋友 E—极地办的 F，走了 6 道弯让梦想成真。杨勇杰的经历，印证了"六度分隔理论"，也就是通过熟人找熟人的方式，经过 6 个人就能找到世界上任何一个你想要找到的人。

杨勇杰为人幽默做事风趣。有他在的场合，总有欢声笑语，这种快活性格也淋漓尽致地表现在书中。在南极一个岛上，他和另外一个人拍裸照，结果有心理障碍，只脱了个半裸，他回来后恨恨地说："想想真是没用的东西。""没用的东西"在北极真的裸奔成功，当时在冰天雪地里引起了轰动。他的裸奔效应还反映在北极归来之后，大家都在议论见报的那张半裸的照片，杨勇杰就逗大家，"欲饱眼福，欲见本人真身，请看这张"。随即甩出几张全裸照（背影），甩一次，引发一回热烈的反应，特别是那些女同事，更是哇哇一团乱叫，齐声嚷嚷要看正面的。遇到这种时候，他便悠悠道："真是世风不古啊！一看，你们就是结过婚的。"大家笑成一团。

"杨式幽默"在书里随处可见："雪龙号"第二次北极科考时有一个全队联欢会，杨勇杰担任男主持："我希望，我与女主持能成为历届晚会的最佳拍拖——不，最佳拍档。"说起"雪龙号"的船长，"有如顽童，和女队员跳舞，还比较君子风度，而逮住同性，上来就死死地抱住你，这哪里是跳舞，简直是摔跤"。因为时差关系，他白天迷糊，强行起来，人像成了植物人，脑子根本不转。"这时候，我就掐大腿，硬是把自己掐醒，学阿 Q 讲话：'妈妈的……'"他在船上巧遇因纽特人，在他眼里："从因纽特人跨入房门的第一步起，这位传人就将其民族粗犷、豪迈，不把自己当外人的特点，展现得淋漓尽致。"读书就是与作者对话，和一个好玩的人对话，让人备觉轻松。

杨勇杰是一个富有激情的人。南北极之旅，一而再，再而三，对于人届中年的他，不是一件轻松的事。但他听从了内心的召唤，告别妻女，踏上了遥远的征程。杨勇杰第二次下南极，乘坐的是我国著名的科考船"雪龙号"，来回漫长四个半月的行程，除了海还是海，除了水还是水。平时我们见了海感觉心动不止，这次见海，杨勇杰则经常在傍晚时分到甲板上去跑圈，四顾茫茫，"连鸟都飞不到这么远的海上"。依了他的性格，我估计他心里肯定会骂："大海啊，你他妈的怎么都是水。"

（三）

杨勇杰将他的南北极之旅命名为《魔鬼西风带》，我想这肯定是他当记者的"标题党"习性使然。"魔鬼西风带"位于南纬 45—60 度之间，又称暴风圈，是世界上环境最恶劣的海域。那里常年刮着 8 级以上的西风，最大风力超过 12 级，一个个巨大的气旋，常会在数千海里的范围内掀起 30 米的滔天巨浪，环境极其险恶。"魔鬼西风带"只是他往南极的一个必经之地，但不是目的地，以此作为书名，可能容易抓人眼球。"魔鬼"给人的感觉是邪恶，邪恶有时是诱惑，譬如"天使面孔、魔鬼身材"，再不济，"魔鬼面孔、天使身材"也有可观之处。

杨勇杰大学学的是体育，工作干的是体育记者，个子一米八三壮如铁塔，性格上粗犷婉约兼而有之。他是《诗刊》杂志的长期订户，年过半百开始学习英语。最近他又有惊人之举，由中国声乐学会和世界华人音乐家协会联合举办的北京国际"中国唱法"音乐节在北京举行，杨勇杰以毛泽东特型形象登场，演唱《沁园春·雪》，一举夺得了老年非职业组的金奖。

　　这就是我在深圳商报的同事杨勇杰，干啥都有模有样，做啥就能成啥。我曾经在读他写的这本书的时候，一个人击节赞叹，半夜一声叫"好"，把家人都吵醒了。

女人都是哲学家

毫无疑问，梁泓漪是才女。仅仅这本《简约之行》，就足够体现才情。何况她还出版了长篇小说《陶玉》、纪实随笔《信念平安》、杂文集《保险不是套》等，著述超百万字。

（一）

看男人，梁泓漪眼光独到。

她描写男人，将有思想的、诗情浪漫的、厚道温和的和窝囊苟且的，一刀刀划过，由皮及肉，深入骨髓而不多话，像极了素描的手法。

她讲了一个故事，让人对男人唏嘘不已。某男，二十岁风华正茂，琴棋书画诗酒花，相貌帅气有才华。三十年后，真的是带光的"油腻"。冉冉光阴悄悄流逝，不知何时已把当年激情澎湃的文学青年悄然淹没。这样"小时了了，大未必佳"的事，让人无限惆怅。惆怅的，不是岁月的杀猪刀，而是对美好的失望，以及深深的无奈。

她再说男人时，就是批判。

自信得过了头的男人，卑琐猥亵的男人，伪君子的男人，看破红尘的男人，她每个人都抽一鞭子。更有两种男人是真实的存在，一种永远玩不够，一种永远斗不够。玩主和斗士，看起来不是一条道上的，其实，逻辑起点归一，都是为了"仨瓜俩枣"的利益和"绿豆芝麻"般的欢愉。

梁泓漪说："男人的生涯，四十岁以前不能看，无论多辉煌灿烂。"

我想续貂一句：男人的生涯，四十岁以前还是要看，无论多卑微不堪。男人四十岁以前，辉煌灿烂的不是没有，只是少得可怜。四十岁以前辉煌灿烂的，不是上天眷顾，就是天赋异禀，更多的是二者合力而成。如果说四十是人生的分水岭，正常的状况像吃甘蔗，前半截味道寡淡而有些甜头，后半截有没有甜头已经不重要，因为习惯了寡淡。

（二）

看女人，梁泓漪眼光奇特。

女人的美，半是先天半是后天。在她眼中，自信的女人很美，乐观的女人很美，机智的女人很美，幽默的女人很美。当然，换成男人，这些特质同样让人欢喜。

她的意思是，尽管许多女人都拥有丰美的资本，但是，大多早早就荒废了这种资源，沦为世俗婆娘。譬如，曾经如雪如乳的肌肤失去了光泽，曾经窈窕的身姿，开始拖泥带水。粗糙浮在脸上，色斑故意作对，白发不请自到，眼袋无声堆积，就连说话的声音也日落西山不再明媚。

梁泓漪看女人，有点"毒辣"，眼光毒，话语辣。她说出来的，都是现实的存在，也是女人的最怕。还有一点就是，她触及不为人注意的存在，譬如声音也会老。

人的一生，其实有两次"变声"。一次是青少年变为成人的声音，变得细润如水或者雄浑粗犷。一次是成年人变为老年人的声音，变得低沉浑浊，沧桑颤抖。许多事，包括"变声"，该来的还是要来，我们所能做的，就是延缓它的到来，或者让它优雅地前来。

另外一个不为人知的到来就是人身上气味的变化。幼儿身上的奶香，青少年身上的青春气息，都好闻。成年人的味道开始不好闻，老年人身上有一股气味，年轻人更是觉得难以忍受，这就是"老人味"。人至老境，老气横秋，不是说格调的萎靡不振，也不是气质的老态龙钟，而是真的味道重。"老气"除了口气之外，更多的是从身体深处散发出来的味道。老外喜欢给自己穿上一件"香水外衣"，这是对环境和他人的尊重。中国因为传统的因素，亟须启蒙和自觉。因为，有的人真的"好大的口气"，有的人真的"老气袭人"。

因此，梁泓漪书里一篇《六十也精致》的短文，看后让人感觉花香四溢。也因此感悟，永远不要对年龄大惊小怪，而要在正确的年龄做正确的事。

（三）

看书，梁泓漪角度新颖。

这本书里，有 10 篇文章直接和书有关，是书评，是读后感，更是书香书色。

我一直认为，读一本书，作者就占据了我生命中的一段时光。梁泓漪也感同身受。她说，因喜欢书而爱人，因爱人而欣赏书，爱屋及乌，爱书及人。在作者和读者的关系上，最著名的掌故当属钱锺书先生。

一个美国女读者阅读了钱锺书先生的文章，十分敬佩，就打电话给钱锺书希望能登门拜访。钱锺书喜欢闭门读书，不愿与外界接触，他在电话中说："假如你吃了个鸡蛋，觉得不错，何必要认识那下蛋的母鸡呢？"

梁泓漪也有这份洒脱，她说，读书如读人，见书如见面，藏书如藏人。粗看，"藏人"不好理解。一大活人，何处可藏？再看，终于明了，是藏人的思想，藏人的经历，藏人的万千机巧。满橱满柜的书，不可能都读完，正如芸芸众生，不可能尽识。然而，男人女人都是书，书也就是男人女人。我思故我在，我藏故藏我。正如人需要千淘万漉才成为相知，书也需要经过时间的洗礼而成为珍藏。

近年来，我陆续涂鸦一些书评，原想结集用"说书"的书名来出版。现在一看，梁泓漪就有一篇文章，骇然就是《说书》。想法才露尖尖角，早有蜻蜓立上头。罢了罢了。

（四）

看细节，梁泓漪入木三分。

一座城市的大节，是庙堂之上的人们决定的；但是，一座城市的细节，则应该让街道市民多些话语权。

她欣赏海边栈道，喜欢看到人们在上面喜悦地行走。她关注户外的饮水设备，给人们带来清凉。她看到更多的公交车站，有了遮风挡雨的棚顶。她还喜欢简约的一切，简约办事，简约做人，简约出行。

简约里，能容纳复杂的一切。

但是，我们在城市管理上，有的时候将简约变得简单，将整洁变成洁癖。街边的小店，路边的报刊亭，竟然成了城市管理要清理的对象。其实，报刊亭等街边设施，既给市民提供了方便，也给治安提供了守候。报刊亭主人，既是经营者，也是社会治安的瞭望哨，更是城市温情的传递者。

一处新楼盘，在城市里不是大节，也不是细节，算是"中节"吧。她的一位朋友，为远离市区的一个新楼盘做策划，征求意见。她觉得这个楼盘远离市区，在山里与鸟兽为伍，而且定位崇洋，价格奇高。像这样的楼盘，在她眼里不过是天边一道美丽风景，美丽却很遥远。策划人员给了这个楼盘很多新概念，她则感慨，现在没有纯粹的诗人，诗人都被房地产老板请去做了军师。

一个城市的美好，需要所有人的参与，更需要所有人来挑刺和监督，大家都关注细节，一座城市就能永葆成功。

（五）

《平安颂》，梁泓漪全力以赴。

通过这本书，我们了解到中国平安司歌《平安颂》诞生的全过程。

在中国平安的历史上，一共传唱过三个版本的司歌：《平安颂歌》《平安颂》《天下平安》。其中，承上启下的《平安颂》就是由梁泓漪担纲操盘。1997 年，上海广播交响乐团著名曲作家陆在易作曲、歌唱家廖昌永领唱的《平安颂》完成录制，成为中国平安的第二首司歌。

在中国平安，有一项文化仪式已经实行了 30 多年，那就是平安的晨会制度。每天早上全体员工整齐列队，齐唱司歌，高颂公司训导，分享前一天的工作收获，在豪迈的传唱中精神百倍地开启新的一天。

一首企业歌曲，承载着一个企业的使命和愿景，成为企业文化的支柱，从董事长到一线员工，大家无比骄傲，传唱不已。我一直设想，把深圳所有企业的司歌聚集起来，在深圳报业集团的读特、读创客户端上进行展示，将作词家、作曲家、演唱家、企业文化建设的专家以及企业的全员，吸引过来。只要和企业司歌相关的人，就一定会关注。同时，还在线下每年举办企业司歌比赛，将企业司歌唱到最高的音乐殿堂，绘出深圳企业文化建设的浩荡图景。果真如此，那多好。

作为女性作者，梁泓漪的感悟是真的，立场是善的，文字是美的。"真善美"，我以为这就是《简约之行》的全部。

给古诗词建模

（一）

中国的诗词歌赋是一座高品矿山，每一个中国人都是矿工，从牙牙学语开始，就不断采撷、吸收，内化为我们的人文品格，固化为我们的中华基因。

刘建彪先生是一位勤奋的"矿工"。其勤奋外现为两样东西：一是每天早晨打卡一首诗词，二是提笔著就《诗词与家国情怀》。

正如"一个人做点好事并不难，难的是一辈子做好事"一样，三天打鱼两天晒网是人情常态，靡不有初，鲜克有终。因此，刘建彪让我感觉异样。他的勤奋之外，更多的是执着，是对诗词的真爱，是由内而外的欢喜。

（二）

一般认为，如此爱好古诗词，致力于弘扬与传播中华优秀传统文化的人，应该学的是中文，起码是文科。刘建彪偏偏不一般。他本科毕业于浙江大学土木工程系，硕士研究生毕业于中国科学技术大学计算机系。他不做码农，却深耕经典。在别人的瓜田李下，弯腰纳履，举手正冠，居然收获满满。

风生水面，雨过留痕。捧读《诗词与家国情怀》，他的学术童子功，依旧会在框架结构和字里行间，流露出理工科思维的痕迹。

刘建彪善于建模，他为每一首诗词构建了一个非常好的场景。诗词是中华文化的瑰宝，滋润着中华民族一直走到现在。但是，任何东西都需要有个时空坐标，否则容易迷失，更会产生隔膜。随着时间的推移，作者逐渐隐身于历史的深处，当时写作的场景，甚至地理地貌都发生了变化，有的变化极大。山无陵，江水为竭。冬雷震，夏雨雪，事如春梦了无痕。好诗好文能动人，关键是能与我们联通不绝。如此的山阻水隔，时空变换，动人的力量会急速衰减。因此，重构现场，让人回到从前就具有变换时空的力量。

刘建彪在他的书里设置了一组完整的概念，再现了一系列场景。"诗词游历示意图""诗词心能量""朗读指数""家国情怀名句"等的创设，让人具有整体感。他解读诗词的萍踪侠影，每一站都以时间为经、以诗词为纬，标示出具体的地理位置，带领我们走到历史深处，走进当时的现场，把创作的背景交代得清清楚楚，让我们去对诗词本体进行一种个体的还原，这样做对初学者是引导，对年长者也是一种启发。

我国过去的词话诗话，是对诗词的鉴赏和批评，长处是片言中肯，简练亲切。不足之处是多数不成系统，理论分析也不严密。刘建彪的这本书，有意无意间在取长补短，力争每一个章节都逻辑自洽，自成体系。我以为，这使刘建彪的词话和诗话，别具一格。

（三）

《诗词与家国情怀》有一个显著的特点就是情感充沛，主题集中。

世界上最美的文字是诗词，人们心中最永恒的情感是爱国情怀。刘建彪将自己的笔力聚焦在"家国情怀"之上。

每个人来到这个世界，社会关系会逐渐充盈，所见之人会非常芜杂，情感也会极其丰富。有兄弟之情、朋友之情、同事之情、夫妻之情，但在所有的情感之中，最让人感奋的还是家国情怀。一个人没有家国情怀，战争年代容易成为败类，和平年代容易成为墙头草，在全球化的当下容易成为无根的浮萍。

刘建彪在后记中说："以诗词为媒介，感受爱国志士对人民、对国家、对民族的满腔深情。"有家国情怀的人不会被时间抛弃，有家国情怀的诗词也会为我们历久传承。

（四）

这本书的创新点很多，感觉书中的插图非常漂亮，制作的游历地图也非常简练。刘建彪在书中加了一个"朗读指数"，我猜测，这是他的理工思维在起作用，也是他的人文情怀在起作用。"指数"这个东西，文科生大概弄不来，原创应该还是理科生。

理工男进入文化行业，很容易"捞过界"，文科生搞科研很容易让人笑翻天。常言道："男追女隔层山，女追男隔层纱。"文科男眼里的理工科就是山，理工男眼里的文科就像纱，所以我还是佩服理工科生能追会跑。学理工的，左右自如，自然科学里有自己的天地，社会科学里有自己的地盘。所以得出一个结论：读书纵有千般好，只有一件受不了，就是读书让人自卑。文理两两相较，也是我们文科生自叹弗如的原因之一。

（五）

本书还有一个东西很有意思。刘建彪把自己幻化成中年禅师，与两位诗词达人"本本"和"空空"做诗词游历之旅。

禅师是刘建彪的夫子自道，本本是权威的典籍，空空则代表着不断探索的青少年读者。禅师、本本、空空的三人行，加起来就是"禅本空"。

我觉得，这个世界上空不是无，无也是另外一种有。我们的阅读也是从无到有，从有到无的无限循环，才让我们的思想和认识不断升华。从"身是菩提树，心如明镜台"到"菩提本无树，明镜亦非台"，每个人都要经过由书本到现实，从空到满再到空的上升螺旋，这样一步一步往前走，一次次的顿悟和渐悟，才成就了今日的我。三人行必有我师，禅师本是师，本本也是师，空空亦如师，突破自我的藩篱，穿越爱的形式，就能以诗词为夜航船，达致家国情怀的彼岸。

"三五步走遍天下，七八人百万雄兵""咫尺地五湖四海，几更时万古千秋"，戏剧小舞台表现古往今来大事件。一本书就是作者的舞台，当您在吟诵经典诗词的时候，感动您的情怀也许和千年前感动前人的是一样的，在这一刻，刘建彪带着我们跨越时空，实现一次次重逢，达到一个个高度。

借风使船
借水行舟

（一）

这是一本好看的书，读起来让人哑然失笑，但不会一笑了之。

这是一本新奇的书，掩卷时能够让人思考，但思维不循旧路。

这本书名义上是"替古人担忧"，其实操心的是现代人。字面上是担忧，字里行间却不见艰涩沉重。作者名字很有趣，叫"讲古斋"，怎么看都是个房子，不像是个人。硬要实名制的话，"讲古斋"的开发商就是深圳广电集团原副总编辑于德江。

于德江自己说，他生性喜欢探幽发微，但不是严肃的学术，也不把自己当文人看，那是啥？是"讲古"。他的讲古和侃大山差不多，最相近的词应该是聊天。有人聊天味同嚼蜡，他的聊天，围绕古人古事古文，纵横捭阖，活色生香，真真地妙不可言。

（二）

于德江饱读《三国演义》，其角度异于常人，有的看法具有颠覆性。世人都说刘禅是扶不起的阿斗，但他认为，刘禅子承父业，遗传了刘备一流演技的基因，一出乐不思蜀的好戏，竟骗得司马昭七年的安乐时光。他进而演绎："一般来说，不在舞台上演戏，而在工作和生活中做戏的，都是坏人。"视距一下子从古代拉近到当下。

关羽在民间是忠义的化身，以至走上神坛，成为关帝，民间的关帝庙香火一直很旺就是明证。但是，于德江大胆断定关羽不忠："历史上真实的关羽，本不该有这般的荣耀。"他细数关羽不忠的表现。关羽降曹，一不忠也；斩颜良诛文丑，二不忠也；华容放曹，三不忠也；大意失荆州，四不忠也。四个死穴一点，就将关羽拉下了神坛，解构了常识。

<h2 style="text-align:center">（三）</h2>

《替古人担忧》也会时不时地挖苦一下古人。项羽被围垓下，吟出了一首流传至今的原创歌曲："力拔山兮气盖世，时不利兮雅不逝，雅不逝兮可奈何，虞兮虞兮奈若何。"于德江分析，项羽第一不明白的是，自己力气大为什么失败了？第二，在找原因时把失败归结为时不利，说明项羽没有总结教训的能力。第三，此刻的项羽问天问地都可以，尤为不应该的是去问一个女人，一个美人此时能给他什么满意的答复呢？剧场里，保留节目端上来的时候，就是主角该谢幕的时候。

他也从历史的角度埋汰排在娼妓之后的"臭老九"，说书生"满口之乎者也，不讲人话；满嘴仁义道德，不切实际"。延及当下，他断言："中国的文人已经绝种了。"为何？"没有一点理想和精神的人，一旦为官必是贪官，一旦经商即是奸商，就是为民也是刁民。"总结起来是理想和精神的缺失，是文人自己消灭了自己。

<h2 style="text-align:center">（四）</h2>

于德江学的是历史，书中知识丰富但又不拘泥于成见，推论大胆，新意盎然。如袁崇焕不冤、严子陵和东汉光武帝刘秀都是顶尖的炒作高手等。他对《金瓶梅》作者"兰陵笑笑生"究竟何许人的大胆假设尤其让人大开思路。《金瓶梅》作者的真实身份是自明代该书成书以来，文学史上的一大公案。嫌疑人中有名有姓有出处有论证的就有53人。他的假设是，明代中期的说书人，把《水浒传》中西门庆和潘金莲的故事扩充，形成各种话本，在此基础上，一个或几个落魄文人辑录编撰而成

此书。简言之,《金瓶梅》是"集体创作"。"集体创作说"别开生面。

一直以为,评价一本书的好坏,就是看这本书是否让人开悟,是否对人有所启发,是否能让人长见识。此书借古讽今,借景抒情,借别人的水行自己的舟,借古时的风行今时的船,都有标的,都能让人得道。

《替古人担忧》是于德江的读书心得,大都发在"讲古斋的博客"里,他的博客有逼近 400 万次的点击量,好东西不缺关注,在这样巨量的点击中,坚信有人与我感觉相似。

（一）

有个三只猴子的小摆件煞是可爱，一只捂着耳朵，一只捂住嘴巴，一只捂着眼睛。它们时刻提醒人们："不该听的不听，不该说的不说，不该看的不看。"

这组"三不猴"人人都见过，好多人也买过。家里有，办公室有，随身也有。如此普及只说明一个道理：越是稀缺的，需求越普遍。

读吴文超的随笔集《吾见如是》，从另外一个角度印证了这个感觉。

吴文超"立志把记者作为终身职业"，30多年来，"遇见的每个人，所做的每一件事，都在给自己启示"。单就职业特性而言，记者不是"三不猴"，听、看、说，从不能缺席。但是采访无禁区，发稿有纪律，听和看，要尽全力；怎么说，却内外有别，很是讲究。在这点上，记者也有"三不猴"的味道。

（二）

《吾见如是》是吴文超从2012年开始，在《晶报》上陆续写作的一个专栏，内容主要是探讨儒释道三学，闲话茶禅茶道。经年累月，竟至60余篇，由海天出版社结集刊行。

读完这一组长长短短的篇章，猛然觉得，在某种程度上，听、看、说不就是"见"吗？听见，看见，说见：说出高见、浅见或者陋见，都是我见——好个"吾见如是"。

互联网时代，人人都是作者，个个都在生产内容。听、看、说的门槛不像过去，需要山一程水一程地抵达，现在是与地平线齐平，抬腿就能迈过去。好处是内容空前地丰富，坏处是各说其是，也莫衷一是。

在互联网上，同样一件事，说好说坏的都有，如果较真，非要弄个清楚明白，求真求证的成本非常高。一个热点，在官方或当事人的权威声明发布之后，事情看起来平息了，可是，隔一段时间，有人又翻出来炒，还是会把人弄糊涂。因此，面对混沌的互联网，个人的见识和定力、文化的自信自强显得尤为重要。

（三）

吴文超的识见在这本书里表现得淋漓尽致。

譬如儒释道，每一个都巍峨高耸，博大精深。非专业研究者，难窥堂奥。但是，经过两千多年的世俗传播，儒释道的基本理念已经成为中华民族的文化基因。儒教的精进、佛教的圆融、道教的逍遥可以神奇地在一个人身上汇流共存。达则兼济天下，穷则独善其身，穷通之际，儒道分明。释在其中，则像中药的甘草，调和诸理。

吴文超的文字，很多都禅意深深。当年达摩祖师遵师谕，经过海上丝绸之路来到广州，在西关上九路登岸，留下"西来初地"之名。之后，此地建了西来庵，现称"华林寺"，寺内有诸多文字陈述达摩的生平事迹。他的眼光关注到达摩堂前挂着的赵朴初撰写的一副楹联，"无法对人说，将心与汝知"。

中秋之夜，深圳银湖赏月，四周静谧朦胧，水月双辉。此时意境，他猛然想起宋朝词人张于湖的《念奴娇·过洞庭》：悠然心会，妙处难与君说。这样的说与不说，意蕴流溢，书中随处可见。真乃欲说还休，欲说还休，却道天凉好个秋。

（四）

吴文超的这本书，谈禅之外，谈茶也多。

他说，自己对茶持开放态度，不偏好某一味。不同的茶，各有各的好，能喝出茶趣就行。但是，在他这里，茶会越喝越高深。"茶不是终点，茶只是一条路、一座桥，帮助你到达某个地方。""茶气开窍，喝茶能长智慧，喝出恭敬心、慈悲心、平常心。"人说从来美酒如美人，到他这里成了"从来佳茗似佳人"。

吴文超记载了他的品茶佳话。有次，品一道茶有很明显的淡味，圆融无碍不挂喉，表明茶已臻化境，可令人费解的是，舌尖有细微的粗糙开裂感。他示意泡第二道，喝完再说。第二杯依然如此，于是他断定：水有问题。众人回头一看，原来用的是自来水。还有一次，他在茶友处品到一道陈年大红袍。这茶一团和气，茶刚入嘴，他便脱口而出：禅茶！后来了解到，此茶制于1969年，是武夷山制茶世家黄老先生采摘名枞，按古法精制作为礼品的。他由茶入理，从一片小小的茶叶，进而推广到人生，"人生有如端杯喝茶，不断地拿起放下"。我想，这应该是他独有的、由茶而生出的"绿色生活理念"。

吾等粗鄙，喝茶只会牛饮，哪里知道如此精妙。且慢，他还说了：需要强调一点，茶就是茶，不是灵丹妙药，不能包医百病；病了，还是要看医生。这等接地气，就是真正新闻人的客观了。

（五）

同为新闻人，吴文超对新闻界的现状一直在进行积极的思考。虽然报社转型变阵，编务繁重，加上广告经营和报纸发行的压力，当个社会"守门人"殊为不易。但是，他一直初心不改。譬如长期上夜班，已经惯于数星星，都快把月亮仰望成太阳。此情此景，让人感慨。传统媒体人都是寂寞的高手，每当看完最后一块版，出得门来，抬头看天，有时见月，有时见云。这座动感之城，此时静若处子，是人少见的模样。

　　那三只猴子，还是很有意思。有人说，它的创意源自孔子"非礼勿视，非礼勿听，非礼勿言"。也有人说来自道家"视之不见名曰夷，听之不闻名曰希，搏之不得名曰微"。未考证释家，不知有何言。市井俚俗的"少说为佳""祸从口出""不见不烦"则与此说类似。可能是职业习惯使然，我总是由"三不猴"想到新闻人，我们不能闭目塞听，而要勇猛精进，做好千里眼、顺风耳，发出好声音。

　　否则，连猴都不如。

　　吴文超的《吾见如是》，主体在吾，核心在如是，关键是见，见禅见茶见精神，明心见性，故几于道。

远处的远
看近处的近

（一）

我们都生活在庸常里，需要一次次地出走，以及不断地冒险，才能让生命避开枯瘦，保持灵动鲜美。距离产生美，仆人眼里无伟人，熟悉的地方没风景，所以有旅游。

关于旅游，安琪介绍了一种奥地利特产的巧克力来说明。这种巧克力呈球状，金色包装纸上印着著名音乐家莫扎特的头像，它最外层选用最上乘的可可脂原料，四层夹心中含有杏仁糕和榛子糕，口感独特，在慢慢溶化中能一层一层地感受香滑、微苦、清凉又复甘甜的滋味。安琪说，每一个人都如这"莫扎特球"，外表披着相似的躯壳，却有层层叠叠曲折的灵魂，如不曾剥开心灵细细体会，你永远不会了解。

旅游就是一种"剥开"的过程，看起来是身体的行走，其实更是心灵的巡游。这个世界只有一个自己，其余的都是他人。他人犹如别处的风景，唯有主动走进才能体会，只有躬身入局才能了解。

作为一个旅行者，仰观俯察之间早就明白，天地之间，物各有主，所有的风景都是别人的，你去或者不去，它都在那里。"不为尧存，不为桀亡"，更不为我们而改变。安琪在西班牙马德里旅游时的经历很有禅意，她逛得累了便回到广场上坐下，听听游客们说着不一样的语言，有说英语的就搭讪一两句，不明白的就微微一笑，然后相忘于江湖。

当然也有忘不了的，就是那些风物风情，耳得之而为声，目遇之而成色，游目骋怀，物与我皆无尽也。这无尽的风光一直感动着安琪，她将对于异国他乡和故国山川的感动连缀成珠，写成一本游记。我想，安琪希望那些行走中的感动也来感动你一次，让你身未动时心已远。做着眼前的事情，想着远处的风景，人生就能超越柴米油盐，很有些盼头。

（二）

《天远天近》这本游记，照片与文字比翼齐飞、图和文并重是最大的特色。

老实说，一开始看这本书，我不怎么习惯。我们这代人是安琪的叔父辈，价值观里黑白分明，爱憎明显，恨就一声吼，爱就不放手。我们一直认为，以图片为主的叫画册，以文字为主的是书籍。安琪这本书，读文字的时候连着图片，看图片的时候接着文字，有一半是镜头写成的。但是，读着读着，就进入了"安琪模式"，慢慢发觉了其中的好。

安琪在西班牙参观了一个椅子展。椅子这东西，寻常物件，人人都见识过。安琪告诉我们说，别人设计的椅子如何地好，如何地出众，如何了不得，就像人群中的"高富帅"和"白富美"，让你看一眼就终生难忘。文字再怎么表达，对这样的椅子依然没有真切的感受，直到看了她拍摄的照片，方知所言非虚，真乃一图胜千言。

我一直觉得，写长文章是本事。把文章写短，让人看后觉得不短，是真本事。看了安琪这本书，要再加一条：配上合适的图片，是大本事。那些号称万水千山走遍的人，其实是拐腿走天涯：一般来说，照片好的文字不好，文字好的照片不好，罕有文图俱佳的。文好一半题，书好一半图。前者是"标题党"的理论依据，后者应该是"图片党"的实践结晶。

安琪这本书的最后有两篇长文字，我在阅读时居然有种新的不适，对长篇文字有点不习惯。这种感觉让我暗自心惊，新媒体环境之下的阅读，足以极视听之娱，每个人都捧着手机指指点点，乐当"低头族"，指尖上的毒瘾让人深陷其中。作为纸质媒体的供职者，如何以变应变是时代大考。

（三）

还是来看安琪有趣的旅行，以及别样的见闻。

安琪告诉我们，在巴塞罗那市中心，无论你身处何方，只要抬头就能看到一座名叫"圣家堂"的大教堂。圣家堂 1882 年开始动工，到而今，教堂修建已经超过百年，塔顶依然布满脚手架，据估计，这座教堂可能在 2025 年完工。这不是最长的。世界最大的天主教教堂之一的托莱多大教堂的建设历经 3 个世纪，直到 1593 年才正式完工。在"三天一层楼"的时代，安琪让我们看到了另外一种速度，这种速度可以雕琢时光。

安琪的一些旅行感悟也让人颔首微笑。

她看中了一个很可爱的旋转木马，顶棚做成了小丑帽子的形状。因为害怕后面的旅途中会把它弄坏了，最终没有买下。她问："爱不一定要拥有，对不对？"

——对！

她到迪拜，慕名去高级餐厅，得到的结论是：越贵名气越大星级越高的地方越难吃。尝试之后觉得好吃的东西都在民间大排档。

——哈哈，原以为就我一个人是平民胃，看了安琪的感受，顿觉吾道不孤。

安琪的照片并不都是空镜头，也有人。

"她坐在太阳广场的喷水池边，任凭环境喧嚣却始终没有抬头。虽然衣着简单、没有化妆，但我知道，看书的女人永远美丽。"

"很远我就看见了她，有着棕色长卷发和纤细的长腿的马德里女孩，沉静地站在街口等待，不浮躁、不急迫，虽然始终没有看清她的相貌，我却至今回味。最吸引人的，往往并不是美貌。"

多少的擦肩而过，都是这种感觉。看完这本书，你会发现这是一个女孩的视角，看天看地看世界，最终我们看到的是她自己。明显地优雅，明显地专业，明显地喜乐。永远行走在最美的风景里，走着走着，自己成了风景，成了最美。

（四）

安琪的父母是我的同事和朋友，因了这层关系，安琪在我眼里一直都是个小姑娘，直到读完这本书。她在书里写道：

> 不知道从什么时候开始，我养成了这个小习惯，时常独自地走一走。无论白天的闹市还是夜晚的郊外，都曾经留下我的足迹。有时候感觉孤独，有时候感觉害怕，也有时候感觉无人分享，然而我始终保留着这个习惯。也许是因为慢慢了解，无论是康庄大道还是崎岖小径，有些路终究只有我一个人走，有些关必须我一个人过。

这段文字，让我知道，一直以来的小姑娘，长大了。

——这是一本真正的游记，有照片为证。

——同样的风景，一百个人不止一百个看法。

——看到好吃的，食指大动。看完这本书，脚趾大动。

———

《博客与偷窥》是由吴超的 62 篇性灵文章结集而成，分为生存感悟、往事回眸、谈性说爱、书里书外四辑，这四个主题虽说是寻常所见，但能像吴超一样写得这般摇曳生姿的，委实少见。

（一）

吴超和我是同龄人，都已到不喜欢说自己多大的年纪。人到了这个年纪，对数字开始敏感起来，对岁月也由爱而恨、由恨转怕。有次，一个年轻记者写的稿件里有句话：他是一位 50 岁的老人……看了之后字字心惊，我们这个年纪的人在你们这帮小屁孩眼里是个啥？真真是让人羞愧难平，不由得怒从心头起，恶向胆边生，用气得发抖的手指着稿件，哆嗦着要求编辑删掉这句话。编辑疑惑地看着我说："50 岁不是老人吗？"一句话差点让人一口气上不来。

事后一想，不能怪年轻的编辑记者，他们也就二十四五岁，他们的父母也就是我们这个年纪。年轻人如日出之阳，岁月青葱，溪水清浅。老年人晚霞满天，岁月静好，汪洋大海。身处中间地带的人如你我，和老人比不算老，和年轻人比不年轻，有些经历可供回忆，好多事情力不从心，不老不小不尴不尬，最是仓皇变老日，最怕被人当老人。

吴超也有被人喊作"爷爷"的经历，这个四十来岁的"爷爷"当时哈哈一笑说："喊爷爷，我就赚到了！"这种表面上的假自嘲无法阻挡内心里的真嘀咕："我真的有那么老吗？"我比他惨多了，我被人叫

"爷爷"的年纪在三十多岁，整整提前了一个年代。真是往事不堪回首月明中，愁似春江水流东，所以非常认同吴超说的一句话："小孩子看人还是没经验。"

（二）

已经到了胡子多于头发的年纪，日头过午，天地玄黄，我们已经没有权利说青春，非要强说，就是回忆。读着吴超从小到大的成长记忆，感觉非常亲切。

他的那些经历，譬如抓鱼偷瓜，逃课打架，小时的手足情，老屋门口的树木，过独木桥考上大学等，与我出奇地相似。"现如今，草木零落，美人迟暮，不少同学已经面目全非了。时光年轮碾过，在当年青苹果红苹果似的脸蛋上挖下浅沟深渠。"吴超的感叹就是我们这代人的感叹，岁月是把杀猪刀，伤在脑门的，留下抬头纹；伤在眉头的，留下川字纹；伤在眼角的，留下鱼尾纹；伤在嘴角的，留下八字纹。天地不仁，以万物为刍狗；圣人不仁，以百姓为刍狗。岁月不仁，我们猪狗不如。

英国哲学家罗素，将人生比作河流。起初，是涓涓小溪，随着河水积聚，波涛汹涌，激流澎湃，呼啸着冲出山谷。河面越来越宽，最后融入大海。我们拿的都是单程票，奔流到海不复回，高堂明镜悲白发，朝如青丝暮成雪。也有逆袭成功的，自然界中，大马哈鱼能从海里百折不挠游回原点；人类社会，把锈迹斑斑的岁月打磨得油光锃亮的，是回忆的文字。所以，写作者就是人中的大马哈鱼，自性天真，或者恋恋不舍那些陈谷子烂芝麻，是马大哈。

（三）

木心在他的诗歌《从前慢》里说：从前的日色变得慢，车、马、邮件都慢，一生只够爱一个人！我们大家都知道，现在的光阴很快，说话、做事、走路都很快，快到一生不够爱一个人。在这个折旧超快的年代，我拿出崭新的东西送给你，你看到的却是锈迹斑斑。在写作泛化的时代，写作没有了烛照人心的光芒，只是在写作者笔尖恋恋不舍的萤火虫。在人人都能面对世界发言的当下，你说得如此大声，我却什么都听不见。

青春是一场远行，回不去了；青春是一场相逢，忘不掉了；青春是一场伤痛，来不及了——致青春其实是致自己的感觉，吴超把那份生命中觉醒的时光涂抹得富有亮色，活色生香。

对于青春，一百个人有一百种以上的感觉，我不迷信青春，更不美化青春。青春对我而言，是饥寒交迫，是夜里盼着天亮，是天亮盼着天黑，是盼着时光飞逝的急不可耐，是盼着快快成人的不管不顾。南宋著名词人刘克庄在《生查子·元夕戏陈敬叟》里说"物色旧时同，情味中年别"，不变的可能是生活，变化的应该是个体的体验。因此，佛说不同法，为度不同人。

（四）

吴超 1982 年就读于北京商学院，我有一个睡在同一个床铺上的高中同学，他考上了北京商学院，我则去上海念书。毕业后，我的同学到上海工作，我则到武汉，后来到了深圳。没想到，毕业于北京商学院的吴超和我做了同事。我们这一代人，曾经被人误会为老人，今后，这样的误会再也不会发生了，发生的都是真实的，真的要做爷爷啦。虽然，做老子是老子说了算，做爷爷老子说了不算，但也就是个时间问题，孙子会让你升级到真正的老年。

金韵蓉在《谁能写出玫瑰的味道》里说，什么是年轻的心？不是在 70 岁时仍然拒绝老去，而是在年轻的时候，有年轻的新鲜和热情。在年华老去的时候，也能坦然地接受渐密的鱼尾纹、松弛的肌肤，并有着当得起这年纪、配得起这岁月的气度和丰富，这就是"优雅地老去"。

唉！算了吧！这样的优雅留给老娘们，我们老爷们要粗糙得多，老就老吧，年华老去终于让爷们明白一个事实：流年似水货，光阴似箭（贱）人。

有多少事可以
另起一行

（一）

用了一段完整的时间，仔细读完《爱 另起一行》这本书。廖静冬
俊俏的文字、细腻的视角让我看到了一个陌生的世界——青春的、女
性的。

青春已经永远离我而去，仿佛还未年轻就已人到中年，而老年的岁
月已经在不远处招摇，触手可及。时常纳闷，人生怎么这么不禁过，晃
晃就剩下一半的光阴。

我等年岁的人，读书早已开始挑剔，犹如吃饭喝酒，偏好性极强，
唯有老辣才对胃口。对于略显稚嫩的青春文字，大都一笑而过。不是老
成持重，而是此心已不关风月。

《爱 另起一行》则让我惊起回头，瞭望已成记忆的日子。

（二）

能记住的过往，都是经过筛选提纯的东西，与自己浑然一体。我们
这代人的青春，一点都不美好。饥饿、贫困一直挥之不去，对异性从不
敢正眼相看，更别说恋爱了，写张纸条都有可能闹出人命。情感是雷
池，擅入半步，惊天地泣鬼神。

有人说，我们要保存的东西很多，但是青春最不值得花功夫保留，
因为根本就留不住。我们不仅没留住青春，连青春的记忆都很苍白，典

340

型的营养不良。

廖静冬展现给我们的，是温润的青葱岁月，和属于他们这代人的困惑，以及化解之道。谁都年轻过，但不是每个人都能让青春在笔下流淌。也有写成日记的，却只能私密阅读。真正出版发行，就已经站上了金字塔的顶端。

"爱 另起一行"是她书中独立的一篇，被拿出来统领所有篇章，颇见匠心。

如果说撞上南墙不回头是执着，那么另起一行则是智慧。这种随方就圆的智慧在书中随处可见：

"他是把她排在第一"，只是，需要另起一行，爱有级差；

"把自己锻造成'女人版的费云帆'，让天下男人梦寐以求之"，这是另起一行，提升自己；

上小学偏科，准备放弃数学，新来的女老师巧妙地鼓励，让她成了好学生，又是另起一行，补齐了短板；

故乡是埋有祖坟的地方，是人生的第一站，从三湘大地来到深圳，这更是另起一行，变换了时空。

机会就在拐角处，人生处处都是"另起一行"。另起一行有时是放弃，更多的是裹挟着过去进入未来，为自己开辟新境界。工作不如意，转岗。情感很纠结，放手。房子不够住，换吧。青春留不住，可以留下馨香四溢的文字做证，人在旅途，岁月流淌，都是另起一行的结果。

这本书是廖静冬近10年来的散文荟萃，从为人女、为人妻到为人母，每次的另起一行，她都用心记录。看廖静冬的文字，有种莫名的愉悦，在她的私人视角里，普通的人事都散发出人性柔善的光辉，光这点就足够了。

在这疲累的凡尘俗世，她看到的都是美好，或者说，她把美好的一面呈现给读者。假如你心灰意冷，看看这本集子，会给你心灵美容；假如你春风得意，看看这本集子，会给你锦上添花。不论你是深陷在泥沼里，还是行走在大道上，她都能让你另起一行，朝着更真更美的地方进发。

（一）

有谚语说："一千个人眼里有一千个哈姆雷特"，对于深圳，此话也不错，"一千个人眼里有一千个深圳"。最重要的，不是成千上万的看法，而是你的那一个，你眼中独一无二的深圳。

我对深圳印象深刻的感受是年轻。26 年前我 26 岁，来到深圳，看到的是满街满巷的年轻人；26 年后我增加了 26 岁，还在深圳，看到的依然是满街满巷的年轻人。在我的眼里，深圳似乎永远都不会老去，真奇妙。

刘滔居然也有类似的看法。我猜，她初到深圳时应该居住在白石洲（现在的白石洲早已不复旧模样）。接地气的生活，让她对深圳看得更深更透些。

"每天有无数朝气蓬勃的年轻人穿梭往返。他们来到深圳，寄居在白石洲便宜的农民房里，最初是为了心中的理想，可从此他们却对理想闭口不提。"这段话很是精彩，尤为传神。我们都有过类似的经历，也惯看秋月春风。没钱的人整天把钱挂在嘴上，真的大佬看不出有钱。整天都在喊"理想"的，是最缺理想的人。将理想埋在心底，就开始了真正的行动。

刘滔眼里的行动很纯粹。"在汹涌向前的人群中，我没有时间去彷徨，没有时间去想为什么要向前走。总之，我不赶快走，就要迟到了，就要被奔流的人群甩在身后，被深圳甩在身后，被自己的梦想甩在身后。"这样的紧迫感，在深圳待过的人都有，正是这样的只争朝夕，深圳才由边鄙之地，跃居为国内一线城市。

楼房在拔节生长，人潮在扑面而来，那些过去的小伙子大姑娘，都把最鲜亮的位置让给了接力的后来者，自己退隐在聚光灯的光晕之外。纵使如此，他们鹤发之下还是童颜，心中永驻着当时的年轻。刘滔笔下的"驻留"提升了层次："很多人来到这里之后，便再也舍不得走了。求生演变成了追梦，梦想在这里，我就要在这里；深圳越来越亲切、熟悉，我也越来越不舍得离去了。"

（二）

我一直以为，能拿起笔来涂涂抹抹、写写画画的女子，都是敏感而灵秀的。当深圳越来越亲切、熟悉的时候，代价是有个地方渐渐代入了陌生感，这个地方大家都叫它"故乡"。

故乡，曾经是最让人牵肠挂肚的地方，因为那里是父母之乡，所谓的"发小"也玉成于此。人不可踏入同一条河流，最回不去的就是故乡。时光把熟悉冲淡为陌生，给容颜打上了烙印。

我深深认同刘滔的两点感受："偶尔遇见彼此都要想一想才能叫出名字的旧时亲友"和"在家中住上几天，又会感觉到自己像是个客人"。冰心还在玉壶，洛阳亲友和自己的问候渐渐稀少，假以时日，以至于无。有种惆怅如薄雾轻纱笼罩而来，有人弄丢了爱情，有人错过了亲情，有人遗失了友谊，有人荒废了青春，有人失去了自由。刘滔追问：什么时候弄丢的？继而解嘲似的回答：没有人记得住，行走的路越长，总有一些角落被遗忘。她也找理由：疲惫的我，以"生活"之名，将他们一一忽略。

怎么办？"如果笑看已成过去的人和事，向当下的人付出热情，便会收获惊喜的感动和幸福。"一个小女子，和生活交手，回肠九转，喜怒哀乐在心中轮替，到笔尖下已是禅意深深。

生我的地方是故乡，养我的地方呢？也应该是故乡，久在他乡成故乡。刘滔的这本书，都是在深圳一字一句地敲打出来的。从第一故乡到第二故乡开枝散叶，许多的故事便开了头。

都说女儿是父亲的小棉袄，刘滔在书里对此有进一步的阐述。她说："我愈独立，他便显得愈无力。没错，我的逐渐成长竟是以父亲日渐衰老为代价，这多么残忍！"

她还算了一笔账，一年里，父亲来深一次，她返乡两三次，几次见面，加起来不过数十天。在余生的岁月里，我们还能有多少日子在一起共享天伦之乐？她说："每念及此，我的心就变得酸涩，因为幸福被设定了时限。"所有的父女之间都有误会，但是到深圳之后，刘滔逐渐懂得世路不平坦和生活不完美后，她终于能够理解父亲的所有言行和举措，哪怕是当年让她费解和不满的。这是她的庆幸，同时，她又感到忧伤，因为父亲已不再年轻。这是普世的情怀，让人容易共鸣。

（三）

情怀总是诗，不止少男和少女。

只要有情怀，都能有诗意的生发和表达。刘滔这本书里也收录了不少她创作的现代诗歌。她认为，这是在万籁俱寂时，对自己的倾听。我以为，"倾听"比"倾诉"好。倾诉是洪流泛滥，倾听是拦蓄疏导。倾诉重情感，倾听重理智。倾诉是龙王布雨，倾听是大禹治水。在《作别青春》里，她写道："你凝视我 / 我仰望天 / 天飘着云。"这个大好。你看我，我看天，天上云卷云舒，地下聚散依依，天人合一，世事如白云苍狗，唯有悟道。道生一，一生二，二生三，三生万物，便有了大千世界。

刘滔写作善于运用对立统一规律。说到梦，她说："有的浅 / 让人幸福得哭；有的深 / 让人悲伤得笑"，仔细想想，是这个理儿。"你沉默时怒吼 / 温暖时寒颤；满眼慈悲的面目狰狞 / 小心翼翼的肆无忌惮"，放眼望去，这样的现象不少。写到本能，我觉得她得其三昧：孩子是母亲的本能，希望是生活的本能，忘却是记忆的本能。

她的《凝固》一诗值得一读。"你的鼻息 / 在我的耳畔 / 均匀 / 恰似我梦里花开的声音 …… 不是吗 / 此生不会有第二个女生 / 把熟睡的你深深亲吻 / 而并不想要把你唤醒"。深情款款，爱意浓浓。这不是爱情诗，这是爱的诗，情的歌，是她写给自己儿子的诗篇。

都说女儿是父亲的小棉袄，有人吃醋了，问：儿子是什么？子曰：儿子是父母的大烦恼：小时候烦他长不大，长大了烦他没工作，有了工作烦他找不到媳妇，找了媳妇儿又烦 …… 你懂的啦！

有时候，有时候就是一生。刘滔说。

跋

丁时照

书犹药也，善读之可以医愚
书犹酒也，善饮之可浇块垒
很多的朋友写了很多的书
郑重地送过来
犹如递上一杯酒
喝是敬意
不喝是随意
我选择
干

这里都是熟悉的朋友
有的烂熟
有的初熟
起码见过面
也会吃个饭
有的人著作等身
我只取一瓢
有的新醅一杯酒
我一饮而尽

很多书如很多人
只在生命中出现一次
所以很珍惜
书要一本一本读
谁也代替不了
人要一个一个交
唯有以庄敬
字要一个一个写
很是考耐力

原想给这本书
起名"评书"
或者"说书"
写着写着
就变成这个样子

这种书评是散文的样子
或者
这种散文是书评的样子
不是故意模糊文体的边界
而是有意进行一种尝试
在严肃的书评里
放进散文的情致
也是一种探索
在优美的散文里
糅进盐粒的晶体
颠来倒去
无非是想

邻避古板

手植绿意

为写这本书

阅读超过 1800 万字

看一本书写一篇

接着再看下一本

用最笨的功夫

写最辛苦的文字

结硬寨

打呆仗

使蛮力

对朋友

不取巧

这本书

是一个真诚的故事

书卷多情似故人

晨昏忧乐每相亲

如此

真好